招財進寶

4

完

文創風 261

天然宅 著

目錄

第九十一章　窩囊的宋家男人們

李氏見冬寶出來了，卻沒看到大毛，便壓低聲音問道：「大毛呢？」

二毛也從碗裡抬起了頭，看著冬寶，問道：「我哥呢？」

這會兒上，秋霞嬸子端著一笸炸好的油條過來了，冬寶拿出來兩根熱呼呼的油條給了二毛，說道：「你先回家去吧，你哥待會兒回去。」

二毛接過了油條，滿臉都是滿足。大哥不在，他一人就能吃兩根油條了。

李氏看著二毛漸漸走遠的背影，搖頭說道：「這孩子眼裡就只有吃的。」

「缺心眼也比三隻手強。」冬寶說道。二毛雖然笨了點，但膽子小，錢放在他跟前他都不敢拿。

李氏問道：「大毛呢？」

「鎖西屋裡頭了，餓他幾天再說。」冬寶直截了當地說道。「這回妳別管，總這麼慣他下去，把他的膽子慣得越來越肥了。」

「話是這麼說……就幾個錢，等會兒放他走吧？」李氏直嘆氣。她也知道這麼縱容著大毛不好，可大毛是她前夫的姪子，稍微有個啥事，鄉間就能把話傳成各種難聽的說法。

「這哪是幾個錢的事？」冬寶皺起了眉頭。「不說旁人了，就說單強的鋪子，偷得多了吊房梁上抽頓鞭子送官，偷得少的也要挨頓拳腳，咱都親眼見過的。他要是想買零嘴啥的，來我面前喊聲姊，要幾個零花錢，我能不給？非得偷，就是沒把咱們放眼裡，跟我奶一樣，覺得咱們的錢就該給他們，他們多拿點就多占點便宜。」

上梁不正下梁歪！冬寶在心裡頭又偷偷加了一句。

幫工的人也紛紛勸著李氏。「沒見過白吃白喝還這麼理直氣壯的，好像老闆娘妳欠他們的似的，連聲大娘都不喊。」

「妳別怕咱鄉親們會說啥，大家都是明白人。」

這會兒上，嚴大人進了鋪子，鋪子裡認得嚴大人的人紛紛起身拱手打招呼。

嚴大人微笑著一一回了禮，這才轉頭問李氏道：「怎麼了？有啥事？」

李氏便把剛才的事說了一遍。

嚴大人看了眼冬寶，點頭道：「做的好。要不，把他交給山根他們？那幾個小子最會治這些不走正道的半大孩子了。」他倒不是因為大毛是李氏前夫的姪子而討厭大毛，只是不能容忍大毛的偷竊行為。

「那哪成啊！」李氏急了。「把人弄出個好歹來，不好看。」因為二毛有點笨，宋老二夫妻倆把大毛當眼珠子一樣疼，萬一要是把大毛給嚇壞了，宋老二夫妻不定會幹出啥事來。

冬寶笑著拍了拍李氏的手。「不用山根哥出手，餓他幾天就知道怕了。」

大毛被關在西屋，一上午的時間嘴巴就沒歇著，除了問候冬寶的身體及祖宗外，動不動就揚言「等老子出去砍死妳們」之類的「豪言壯語」。

張秀玉在廚房裡聽得一臉菜色，跟秋霞嬸子抱怨。「嬸子妳聽聽，這話是人說出來的嗎？偷了錢不認錯，還覺得是咱們虧待了他。就該把他送到梁子哥那兒去，好好教訓一頓！哪像現在，關在屋裡風吹不著、雨淋不著的，還有勁兒罵人。」

秋霞嬸子嘆口氣，小聲說道：「有啥辦法？妳小姨臉皮薄……」她清楚李氏心裡顧忌什麼，把前夫的姪子送官是一了百了的，可在莊戶人家看來，李氏這麼做就相當於攀上高枝後翻臉不認人了，何況大毛只是個孩子。

宋二嬸瞧見只有二毛回來了，並不奇怪，大毛、二毛每回去鎮上都會吃得很飽，回村裡後會各自玩到下午才回家。宋家人都心知肚明，黃氏也從來不阻止大毛、二毛去鎮上吃，甚至持一種鼓勵的態度，因為兩個孫子可以吃得好不說，還能給家裡省兩頓飯。但要是宋二嬸或者宋二叔嘴饞了想去鎮上，黃氏就不願意了，她覺得大人去吃就是向李氏示弱，是在討好李氏。

宋二嬸嫌惡地看了眼二毛黑得發亮的袖子還有沾著鼻涕的胸口。「招娣！二毛的衣裳髒成這樣妳都不管！」宋二嬸不滿地瞪了宋招娣一眼。「把二毛的衣裳趕緊洗了，等會兒大毛回來了也得洗！」

宋招娣耷拉著臉，給二毛脫衣裳，因為不情不願，動作就有些粗魯。

「妳這死妮子！」宋二嬸喝斥道，一巴掌拍到了宋招娣的肩頭。

天氣熱穿的衣裳薄，這一巴掌下去打得就比較痛了。

宋招娣哎喲地叫了一聲，捂住了肩膀，氣憤地看了眼宋二孀。「妳打我幹啥？我又沒說不洗！」

「妳還敢強嘴！」宋二孀氣道：「我養妳這麼多年，使喚妳給二毛洗件衣裳都不行？瞧妳這懶樣，到時候妳婆子、男人嫌棄妳，可別回老娘家裡來。」

宋招娣抹著眼淚，等二毛又跑出去玩了，才顫抖著小聲說道：「娘，我不想嫁那個王小寶。」

宋二孀一時間沒聽清楚，問道：「妳剛說什麼？」

宋招娣顫抖著把話又說了一遍。

宋二孀的眼睛瞬間瞪得比銅鈴都大。

「妳瘋了是吧！」宋二孀恨不得把宋招娣痛打一頓，然而她知道這事不能張揚，因此小聲地罵道：「王小寶有啥不好的？人家家裡多少畝地妳知道不？比林實都強！再敢胡說八道，我叫妳爹收拾妳！」

宋招娣哭了起來。「他那麼大的人了還流口水，咱莊上的閨女都笑我……我寧願嫁個家裡窮的！」

「她們那是羨慕妳，吃不到葡萄說葡萄酸。有本事讓她們也找個恁有錢的婆家！」要是王小寶沒這個毛病，家裡有錢又長得俊，人家也看不上她閨女啊！

宋招娣反駁道：「她們才不羨慕我……她們羨慕冬寶，都說林實好，這一、兩年家裡也過起來了，要是再能考個秀才……」

「妳咋還掛念著那臭小子？」宋二嬸勃然大怒。「就是他跪在我跟前求我，我也不會把妳嫁到他們家去！妳嫌王小寶不好，那妳收人家送妳的銀鐲子時咋不嫌人家不好？見天炫耀的時候咋不嫌人家不好？別得了便宜還賣乖！」

宋招娣被罵得滿臉羞紅，嗚嗚地哭著，趕忙把手腕上的銀鐲子藏到了袖子裡頭。

傍晚的時候，二毛才拖著鼻涕從外頭回來了。

宋二嬸隨口問了句。「你哥呢？」

二毛慢吞吞地搖搖頭。「不知道，我自己從鎮上回來的。」

宋二嬸急忙問道：「你們不是一起從鎮上回來的？」

「我先走的，我哥後走的。」二毛說道。「冬寶還給了我兩根油條。」

大毛從來沒有喊過冬寶「姊姊」，都是直呼其名，二毛也有樣學樣。

宋二叔沈著臉問道：「你瞧見你哥從你大娘店裡走了？」

二毛迷茫地搖了搖頭。

「大毛這是去哪兒了啊？」宋二嬸立即哭道，心肝肺都要揪到一起了。

在村裡玩不要緊，肯定不會出什麼事，可鎮上人生地不熟的，聽說還有拐子……

「人在她那裡沒的……」宋二叔表情猙獰。「咱明兒一早就去找她，讓她賠錢！」

宋二嬸猶豫地說道：「人家現在都是官太太了。」

「怕什麼？凡事有我頂著！」宋二叔大手一揮，頗有大男人頂天立地，只為妻兒出頭的風姿。

其實宋二叔不相信大毛會出什麼事，肯定是跑到哪裡玩瘋了。

等到掌燈時分，黃氏也坐不住了，到西廂房門口問道：「老二媳婦，大毛還沒回家啊？」

「沒。」宋二嬸底氣十足地跟黃氏說道：「娘，我們明天去找李紅珍要人！」

黃氏被噎住了，她以為大毛是去哪裡玩野了。「妳找她要啥人？」

宋二嬸理直氣壯地說道：「人是從她那裡不見的，不問她要，問誰要？孩子擱她那兒吃個飯就不見了，就沒她啥事？娘妳別管了，大毛他爹都說了，這事有他作主。」

還沒等黃氏說什麼，大門口的柴門就被人推開了，大榮點了個火把站在宋家大門口。

「宋老二！」大榮喊道。

黃氏和宋二嬸心裡同時咯噔了一下。

宋二嬸連忙應道：「啥事啊？」

大榮不大願意跟宋二嬸說話，然而等了半天，宋二叔都不出來，大榮沒辦法，便對黃氏和宋二嬸說道：「今兒上午大毛在冬寶她們的鋪子裡偷客人的錢，叫人逮了個正著——」

「你放屁！我兒子怎麼會偷錢？」宋二嬸破口大罵了起來。自己兒子手腳不乾淨她是知道的，有幾次兒子從鎮上回來時就在老成的鋪子裡買零嘴吃，她知道這錢的來路肯定有問題，還沾沾自喜過，誇大毛有出息、有本事。

大榮也火了。「閉上妳那臭嘴！妳兒子手腳不乾淨，大家伙兒誰不知道？今兒他偷錢是叫人當場抓到的，妳再罵一句試試！」

宋二嬸當然不敢再罵了，然而宋二叔在房裡當縮頭烏龜，宋二嬸只能求助於黃氏了。她小聲地說道：「娘，咱不能叫他們誣賴大毛啊！」

這時，宋老頭從堂屋出來了。按說這事應該宋榆出面的，可宋榆不出來，他再不出來哪行？

「大榮，這大半夜的啥事啊？」宋老頭明知故問，其實他剛剛已經聽清楚了。

大榮對宋老頭的態度還算客氣。「今兒大毛在冬寶她們鋪子裡偷了客人的錢，事鬧得挺大的，冬寶姑娘作主，把大毛留鎮上了，說什麼時候大毛改了偷錢的毛病，什麼時候大毛就能回家。」

黃氏一聽就發起了火。「她說我孫子偷錢了，我孫子就偷錢了？你們一個個看她有錢了，就爭著去舔她的臭腳——」

「別說了！」宋老頭看大榮的臉色越來越難看，趕緊喝住了黃氏。「大榮啊，這事肯定是誤會，咱莊戶人家的孩子都老實，不會幹這事的。」

「你家大毛啥樣誰不知道啊？」大榮哼了一聲。「偷雞摸狗啥事不幹？就是他在冬寶她們鋪子裡偷錢，也不是一次兩次了。前幾次大家都忍了，這回抓了個當場，不教訓教訓，將來可是要走歪路的。」

大榮也是好意，只是黃氏可不能忍。

「你兒子才走歪路！將來你閨女——」黃氏被宋老頭捂住了嘴，不讓她再說。

大榮的拳頭都提起來了，見宋老頭識趣，才哼了一聲走了。出門的時候，他看到林福幾個人站在不遠處，笑嘻嘻地等著他。

「你們這群不講義氣的，你們不想去，就讓我去！」大榮笑著捶了下大偉的肩膀。

林福笑道：「能者多勞嘛！」大家都討厭宋家人，誰也不想去。

「宋老二明兒肯定得去鎮上，咱明天早上要不要去幫幫冬寶她們母女？有咱哥兒幾個在那兒站著，他就得嚇得尿褲子。」栓子爹笑道。

林福搖頭笑道：「用不著咱們，有嚴大人呢！」李氏和冬寶再也不是沒人護著的孤兒寡母了。

眾人心領神會地笑了，乘著夜色往各自家裡走。

「大毛那小子，是該好好收拾了！」

「平時老愛偷雞摸狗，咱村裡沒人不煩他的，將來也是下大獄的料。」

黃氏和宋老頭站在門口，聽著外頭幾個漢子經過他們門口時說的話，臉上青青白白，分外精彩。

宋二嬸進了西廂房，就見宋二叔躺在床上用被子蒙了頭裝睡。

「你給我起來！」宋二嬸氣急，一把掀開了宋二叔的被子。

宋二叔一副剛被宋二嬸吵醒的樣子，睜著惺忪的睡眼問道：「咋啦？妳掀我被子幹啥？」

「你裝個屁！」剛黃氏過來問大毛的時候，宋二叔還沒睡哩，這麼一轉身的工夫，他就能躺床上睡著了?宋二嬸氣得嘴唇都哆嗦了。她怎麼就那麼倒楣，嫁了這麼一個軟蛋！

宋二叔耷拉著眼皮說道：「我真睡死過去了，我要是知道大榮過來了，我咋也不能睡啊……」

「少放閒屁！」宋二嬸罵道。「你說咋辦吧，大毛還在冬寶那死妮子手裡！」

宋二叔急忙坐了起來。「還能咋辦?去要人啊！」

「咋要？」宋二嬸哭了起來。「人家嚴大人動動手指就能捏死咱……」

宋二叔指天發誓。「為了妳和孩子，我不怕他！他敢攔著不放大毛，我就敢找他拚命！要是大毛受了罪，我就叫她賠錢！」

宋老二夫婦嘴裡正在「受苦受難」的大毛，現如今躺在西屋的光板床上，嘴巴乾得要冒煙了。他從上午一直罵到下午，其間一口水都沒喝過，他口渴的時候踹著門要水喝，也沒人搭理他。

冬寶原本打算晚飯的時候給大毛一碗水的，後來看他罵得挺帶勁的，乾脆連這碗水也省了。

張秀玉端了小半碗水走到了西屋的窗臺前，碗裡還插了根麥秸稈，敲了敲西屋的窗戶，淡淡地說道：「喝水了。」

大毛立刻跑到了窗臺前，隔著窗櫺從麥秸稈裡吸水，第一口水下去，他乾涸的嗓子立刻得到了潤澤，冰涼的水滑過乾渴喉嚨的感覺太好了。

的門。

然而，沒等他再吸第二口，張秀玉就毫不留情地端著水碗走了。

「臭妮子，我還沒喝完！」大毛急了，叫道。

張秀玉回頭，厭惡地看了他一眼，把碗裡剩下的水潑到了地上，頭也不回地關上了西屋的門。

第二天一早，宋老二夫婦從西廂房裡出來時，瞧見黃氏、宋老頭還有宋柏站在堂屋的屋簷下看著他們。

「爹，你們跟我們一起去？」宋榆驚喜地問道。要是宋老頭肯出面，那他們就不用直接面對嚴大人這麼恐怖的存在了。

宋老頭搖頭道：「我跟你娘就不去了，你們去把大毛領回來就行了。」

宋二嬸看著宋柏，眼神一亮，叫道：「他三叔，你跟我們一起去吧！你識文斷字的，比我們這些泥腿子能說會道。」

宋柏沒料到宋二嬸還想拉上他，當即就慌了，結結巴巴地說道：「我、我不行，你們去就行了。」他去不是找抽嗎？

宋二嬸憤怒失望之下，張嘴就罵。「見天白吃白喝，養條狗還知道給家裡看門，廢物！」

宋柏也惱了，大罵道：「妳兒子幹這麼丟人的事，我才沒臉去！偷錢是啥光彩事啊？指不定就是你們兩個教他這麼幹的！」

宋二嬸氣壞了，剛要展開架勢罵人，黃氏就開口了。

「還不趕緊去鎮上接大毛，磨嘰個啥！」

其實得知大毛被冬寶留在鋪子裡後，宋家人心裡都是一鬆，心照不宣地覺得這事沒啥。李氏當了宋家十幾年的媳婦，不但不能把大毛咋樣，還得好吃好喝地伺候著，不然，唾沫星子就得淹死她。

宋榆夫婦到鎮上的時候，就看到嚴大人帶著幾個衙役進了鋪子，其中一個衙役側頭往他們這裡看了過來，目光凶神惡煞似的，宋老二立刻就慫了。

最後還是春雷媳婦看到了宋老二夫婦，拉了拉李氏的袖子，示意她看了過去。

「你們來了啊……」李氏打了聲招呼，有些不自在，這還是她改嫁後頭一回碰到老宋家的人。

昨天晚上，冬寶跟她說了許久的話，讓李氏絕不能心軟，不能如了宋二叔的意。

宋二叔尷尬地笑了笑。「嫂子，我跟大毛他娘過來領大毛回家。」

李氏嘆了口氣，對宋二叔正色說道：「今兒不能讓你們把大毛領走。」

「李紅珍妳啥意思啊？」宋二嬸急了，尖利的嗓門也大了起來。

宋二叔急忙瞪了她一眼，小聲罵道：「插啥嘴！」又回頭對李氏賠笑道：「這不好吧？妳現在有錢有權的，非得跟大毛一個孩子過不去，傳出去，也不好聽啊！」

李氏心裡就有些不痛快了。大毛犯了錯，而且這個錯很嚴重，要是別人家的孩子犯了錯，父母來的頭一件事就是賠禮道歉，再不濟也得問清楚到底咋回事吧？可宋老二開口就要領大毛回家，還用名聲什麼的來威脅她。

「我不是生氣他偷那點錢。」李氏嘆了口氣。「孩子都恁大了，再不好好教教，長大了偷得厲害了咋辦？他要是犯到人家那裡，可不像我這麼好說話，見官都是輕的，就是剁手也沒人說啥。你們是大毛的親爹娘，得知道啥樣對他才是好的。」李氏說得十分苦口婆心。

她是真心為大毛好，在家裡無法無天也就罷了，出來後再犯錯，誰理會老宋家的面子啊！

第九十二章　教訓

冬寶過來的時候，宋老二夫婦已經走了，李氏將宋老二夫婦來的事告訴了她。

冬寶想了想，拿了根油條去了後院，看到大毛閉著眼躺在床上，蹺著二郎腿，還是一副吊兒郎當的模樣。

大約是腳步聲驚醒了大毛，大毛看見是冬寶，立刻一骨碌地爬了起來，瞪著眼對冬寶叫道：「我渴了，也餓了！我要吃豆花、吃包子！」

旁邊灶房裡，秋霞嬸子和張秀玉正在蒸包子、炸油條，香味一個勁兒地往西屋這邊飄，大毛快一天沒吃飯了，被香味勾得肚子咕嚕叫。

冬寶板了臉，問道：「你知錯了沒有？」

「錯了錯了！」大毛不耐煩地敷衍道。

「錯在哪裡？」冬寶問道。

「不該偷妳家的錢。」大毛不耐煩地說道。「我都認錯了，趕緊給我點吃的，餓死我了！」

冬寶冷笑著轉身就走，這個態度能叫認錯才怪呢！

大毛急了，嗷嗷叫道：「宋冬凝！妳不放我出來，我奶非得打死妳不可！」

「叫你奶奶過來試試，看她有沒有那個能耐！」冬寶轉身，冷冷地說道。

大毛不甘心，衝冬寶嚷嚷道：「我知道妳為啥欺負我！不就是去年的時候，我奶讓妳去當丫鬟嘛！」

冬寶笑了笑，點頭道：「對，這事我是挺生氣的。」

「有啥好生氣的！」大毛朝冬寶翻了個白眼，理直氣壯地說道：「因為妳爹死了，家裡才借的錢，不賣妳還賣誰啊？」

冬寶不怒反笑了，插著腰問道：「我爹活著的時候給你買棉襖、帶好吃的都不算了？那些年你們吃的大米、白麵，不是我爹掙回來的？得好處的時候怎麼不說那是我爹，不是你爹了？」

「我是男娃，當然該吃好的！妳個賠錢的丫頭片子還想吃大米、白麵？」大毛立刻嚷嚷道。

張秀玉這會兒剛從灶房出來，聽到大毛嚷嚷，馬上就怒了。

「什麼亂七八糟的歪理！冬寶是女孩不假，她就不是宋家人了？白吃白拿還有臉說自己該得！」張秀玉指著大毛，鄙夷地說道：「我看還是得再餓幾天！」

冬寶十分贊同。「我也是這麼想的。」

兩個姑娘輕描淡寫間，就決定了大毛接下來幾天的命運。

大毛氣得嗷嗷叫，卻沒人再搭理他了。

李氏看冬寶出來了，問道：「剛跟大毛說啥了？我咋聽說大毛又嚷嚷難聽的了？」

冬寶搖搖頭，最終說道：「這回教訓完了，咱就算是盡了心，以後他成啥樣，咱都別管。」

有黃氏這樣的「精神領袖」在，難怪會教育出來大毛這種歪到九重天的性子。經歷過今天，冬寶算是絕了把大毛從歪路上領回來的念頭了。

「可惜好好一個孩子……」李氏嘆口氣，搖搖頭去幹活了。

宋二嬸從鋪子離開後就憋著一肚子的火氣，原本還想著丈夫能「雄起」一把，把兒子要回來，誰知道竟熊成這樣！

回到家後，黃氏問道：「大毛呢？」

宋二嬸就哇的一聲哭了起來。「李紅珍扣著大毛不放！她這是要絕咱們老宋家的根啊！」

「她敢不放人?!」黃氏插腰，驚怒不已。

宋二嬸巴不得黃氏越惱李氏越好，因此火上添油道：「我看她就是報復！就算是大毛拿了錢，那才幾個錢？對她來說算個啥？她就是想找個由頭欺負咱！她記恨著娘妳呢！」

黃氏氣昏了頭，捋著袖子，說道：「我去——」

宋老頭一把抓住了黃氏，把她拖到屋裡，小聲說道：「老三現在正是要緊時候，妳做啥得罪她？」

一提起宋柏，黃氏沖天的火氣彷彿被一盆冷水給澆熄滅了，坐在屋裡不吭聲了。

反正李氏是個善良綿軟的人，不可能讓大毛出什麼意外，早晚會把大毛放回來的。

中午的時候，來吃飯的全子和栓子聽說西屋裡關著大毛，便一人拿了兩個肉包子，走到西屋窗戶前，大口大口地吃著，還不住地往窗戶裡頭搧氣，讓肉包子的香味飄進去。

大毛看著兩人手裡的包子，眼睛都要冒綠光了，不停地嚥著口水。

「全子，給我吃一口吧！」大毛哀求道。

「我的包子幹啥要給你吃啊？」全子笑嘻嘻地搖頭。

等兩人吃完，又笑嘻嘻地走了，剩下大毛坐在床上又飢又渴，痛苦不已。

「這兩個壞小子！」秋霞嬸子在一旁看得笑著搖頭。

晚上的時候，張秀玉給大毛端了一碗水，這回大毛怕她再突然把水端走，抱著碗喝光了才肯把碗鬆開。

「秀玉姊，給我點吃的吧！」大毛可憐巴巴地說道。「我都兩天沒吃飯了。」

張秀玉咦了一聲，她還是頭一次聽大毛喊她姊，便問道：「你知錯了嗎？」

「知道了！」大毛忙不迭地回答，生怕回答慢了，張秀玉又走了。

張秀玉笑道：「知錯了就好，等兩天就放你回家。」說罷，便走了。

一連三天，冬寶都只是吩咐給大毛一碗水喝。

等到第四天的時候，大毛哭都沒力氣哭了，抓著窗櫺，對著冬寶默默地流眼淚，虛弱地說道：「我再也不敢偷了，我再偷，你們就剁我的手……」

秋霞嬸子推著平板車回了塔溝集，板車上除了豆渣外，還有一個餓得兩眼冒金星的大毛，她把大毛送到了宋家門口。

「招娣她娘！」秋霞嬸子懶得進宋家，在門口喊了一聲。「大毛回來了，妳趕緊出來。」

話音剛落，宋二嬸就跑了出來。

「大毛！」宋二嬸叫了一聲，上前去摟住了平板車上的大毛，想兒子想得心都碎了。大毛抱著宋二嬸，嚎啕大哭起來。「娘啊！我以為我要死了啊……」

黃氏在一旁，一顆心也落回到了肚子裡，皺眉笑道：「青天白日的，說啥死不死的，晦氣不晦氣！」

大毛嚎了沒兩聲就沒力氣了，委屈地跟黃氏告狀。「奶，我都四天沒吃沒喝了……」

「啥?!」宋二嬸跳腳了。「沒她這麼狠心糟踐人的，對個孩子都能下這麼狠的手！咱以後惹不起躲得起，再也不去鎮上遭人家嫌了！」

這會兒上，左鄰右舍聽到聲音都出來看熱鬧了，圍了好幾個人在宋家門口。

秋霞嬸子當即就反罵道：「妳兒子為啥叫人家留那兒了妳咋不說？妳要是再亂說，我就把妳兒子幹的事跟大家說道說道，讓大家給擺擺理，看妳兒子該不該！」

其實村裡不少人都知道了李氏扣留了大毛在鋪子裡，荷花她們頭一天下工時，就跟村裡人說了這事，沒人同情大毛，都覺得大毛是罪有應得。

宋二嬸趕緊把大毛抱回了屋，氣得不行，說道：「都是一群見錢眼開的貨，見她們有錢了，就去捧她們的臭腳。誰叫咱沒錢啊，活該受這窩囊氣！」

黃氏看大毛餓狠了，狠了狠心，舀了兩勺豬油，拿了一個雞蛋出來，給大毛做了頓飯。

大毛吃得狼吞虎嚥，恨不得連碗都吃下去。

黃氏看著也心疼，罵道：「她一天掙那麼多錢，大毛拿的才幾個？對她來說，那點錢屁都不算，還揪著大毛不放！老尖酸！」

送走大毛後，李氏跟冬寶說道：「吃了這麼大的虧，這孩子以後總算能長點記性了。」

就算是讓一個成年人餓上四天，那滋味也挺難承受的，何況大毛一個孩子。

冬寶丁點兒都沒相信大毛對她悔過的話，江山易改，本性難移。但她已經做了該做的，剩下的路就看大毛自己怎麼走了。

大毛也沒讓冬寶失望。

八月中旬的時候，這天一大清早，林福和幾個管事都去鎮上了，一個個臉色氣憤不已，跟冬寶和李氏說了昨晚上發生的事。

昨晚上輪到大偉和二偉兄弟倆值夜，半夜的時候，一個小毛賊翻進了作坊，因為不熟悉地形，毛賊先是倒楣地被高牆上嵌的碎瓷扎破了手和胳膊，流了不少血，剛翻牆下到作坊裡，立刻又被作坊養的兩條大狗給盯上了，被狗追著跑，然後被大偉和二偉逮住了。

兩人從毛賊身上搜出來了火石和一小節蠟燭，還有不少豆乾和腐竹。真是神奇！這麼短的時間內，被狗追著還不忘順點東西，手腳那個麻利啊……如果那個被抓的小毛賊不是她的大堂弟的話，冬寶真想讚嘆一聲。倘若任由大毛發展，這傢伙很可能在盜賊史上寫下一個傳奇呢！

李氏嘆了口氣，有些犯愁，林福幾個明顯是讓她拿主意怎麼處置大毛。

「我二叔、二嬸咋說？」冬寶問道。

大榮不屑地說道：「一開始在那兒胡攪蠻纏，非得讓我們賠他們錢，說咱們的狗咬傷了大毛，後來見我們把大毛捆起來要送官，又是哭又是求的，讓我們把大毛放了。」

「冬寶她爺奶也一個勁兒地求情……」林福也是一臉為難。大毛要是不教訓，以後還得來偷，難保有別的人也起同樣的壞心，可教訓吧，一來大毛是冬寶的堂弟，二來大毛還是個孩子。

「大毛的傷重不重？找大夫看過了沒？」冬寶問道。

林福說道：「不重，咱們養的狗不咬人，大毛身上的傷都是被碎瓷劃的，全是皮肉傷，撒把香灰養兩天就好，用不著請大夫看。」

「那就好。」冬寶鬆了口氣，她就怕作坊裡的狗身上不乾淨，大毛要是被狗咬了染上狂犬病啥的，那可真是出大事了。雖然她很討厭大毛，但也沒想過讓大毛出什麼意外。

大偉在一旁感嘆道：「還是冬寶姑娘心善。」被人偷了東西，頭一時間不是憤怒，而是關心小偷的傷勢，一般人可做不到。

貴子氣哼哼地說道：「那大毛可是心懷不軌的，大半夜的，他身上帶火石、蠟燭，肯定是想在作坊裡頭放火！」

「問他了，那小子死活不承認。」大榮攤手說道。

貴子氣惱地說道：「他當然不認了，他要認了，村裡人不打死他！」

村裡不少人家都有人在作坊裡上工，要是大毛一把火把作坊燒了，絕對是犯了眾怒。

冬寶思索了下後，很含蓄地對幾個管事說道：「我和我娘是沒能力管他了，不過他見了全子、栓子那些能揍他的，還是怯氣的……總得叫他有個怕的。」

幾個壯漢都不笨，立刻領會了冬寶的意思。

既然大毛沒有是非對錯的觀念，那就只好讓他有個怕的。大榮、大偉他們幾個壯漢子隨便「教育」大毛一頓，估計效果會比餓他幾天強得多。

冬寶沒有在第一次教訓大毛的時候就動用暴力，是看在了他是宋冬凝的堂弟，且還是個孩子的分上。

「這個妳放心。」大偉拍著胸脯，保證給大毛那小子一個終生難忘的回憶。

冬寶笑了笑，叮囑道：「大毛偷的那些豆乾什麼的，讓我二叔、二嬸原價賠償，他們要是耍無賴，就說把大毛送官。還要煩勞林叔跟村裡人說清楚，再有人不自重，抓住後一律送官，並照價賠償。」

「成啊！這事是得好好跟村裡人說說。」林福點點頭，忽然又想起一件事，說道：「前幾天劉樓的一個媳婦過來找秋霞，說是冬寶的表嬸，想來作坊上工。秋霞推說人招滿了，沒應下來。」

「是銀生媳婦吧。」李氏說道。

「推了就推了吧。」冬寶搖頭道，宋姑奶奶在她這裡沒那麼大面子。

轉眼就是八月十五了，今年的中秋是李氏和嚴大人成親後的第一個節日，而且節後林實就要去縣城下場考試，兩家人都想好好地過一下節。

八月十四那天，李氏和冬寶在家忙了整整一天，做了兩桌席面。

晚上的時候，皎月掛在夜空，院子裡兩桌酒席坐滿了人，熱熱鬧鬧，男客一桌，女客一桌。

臨開席前，梁子已經被好幾個嬸子拉出去訓話了，先是柳夫人讓他看著柳夫子，不讓自家老頭子喝太多，接著是秋霞嬸子拉著他叮囑，再接著是李氏拉著他叮囑，最後張秀玉紅著臉讓他少喝一點，把小夥子心裡美得沒喝酒就已經要醉了。

「都包在我身上！」梁子拍著胸脯對各位大嬸答應得很是暢快，至於那幾個漢子喝起興了能不能煞住車，他一個後生可真管不了。

女客這邊也都斟滿了酒，只不過大家都不能喝，一人一杯是個意思。

臨走的時候，林福醉得都有些口齒不清了，還在拱手給柳夫子道謝。「柳夫子，沒有你，大實今年肯定下不了場，不管他考成啥樣，我這個當爹的都替他謝你。」

柳夫子也喝了，還喝得醉眼朦朧，笑嘻嘻地說道：「你甭謝我，我就是喜歡你家小子才教他，要是旁人，我還不樂意哩！」說著，還依依不捨地拉著林福的手，想再喝一輪。

「別絮叨了，人家還得趕路回家哩！」柳夫人好氣又好笑，一把拍開了柳夫子的手，和秋霞嬸子道了別，攙著柳夫子回去了。

林實攙著林福，回頭在人群中找了下，果然找到了冬寶。月光下，小姑娘唇紅齒白，目光彷彿一汪澄澈的泉水在盈盈閃動，正笑咪咪地看著他。林實的心一下子就暖了起來，衝冬寶笑了笑，便扶著林福出去了。

等客人都走了，冬寶和小旭上前收拾桌子，李氏則是去灶房燒水，準備泡蜂蜜水給嚴大人喝。

「爹醉得厲害不？」冬寶問道。

李氏笑道：「不打緊，剛睡了。」

這也是嚴大人讓李氏滿意的一點。嚴大人平日裡也不是沒有應酬，可醉酒後回家倒頭就睡，絕不會像宋秀才一樣發酒瘋。

月光把鄉間小路照得清清楚楚，林實和全子扶著林福，一家四口走在回家的路上。

「大實，我聽秀玉她娘說，進考場得準備個筆套子啥的裝筆墨？」秋霞笑著問道。「回去我就給你縫一個。」

誰都沒想到林實今年會下場考秀才，都以為他至少得等到明年，畢竟之前唯讀了一年書，又輟學了那麼多年。

秋霞暗地裡也嘀咕，覺得兒子這麼快就去考太倉促了，要是考不上，孩子肯定受挫折，心裡頭難受。

林福倒是信心滿滿，說柳夫子支持兒子去考的，準沒錯！

「不用了。」林實不好意思地說道。「我有一個了。」

林福笑道：「肯定是冬寶丫頭給他弄的唄！」

林實的臉唰地就紅了，只是在清冷皎白的月光下看不大真切。

秋霞哈的一聲笑開了。「回家讓娘看看。」

「我也要看！」全子連忙叫道。

林實彆彆扭扭的。「有啥好看的……就是個袋子……」

回到家後，在秋霞的「威逼」和全子的起鬨下，林實被迫交出了冬寶給他縫的袋子。青色細棉布袋子，用墨綠色的粗線縫了幾片葉子，收口處用黑色的粗繩，簡簡單單，卻讓人覺得乾淨舒心。

「還是冬寶有心。」秋霞笑道，把袋子還給了林實。

林實笑著點點頭，接過了袋子。

秋霞對林實說道：「冬寶還有她爹娘看中的是你這個人，便是你今年考不上，你們倆的親事也不會有啥變數的，你別太逼著自個兒了……」

「我知道的，娘。」林實拍了拍母親的手。「我心裡頭都有數，便是今年不成，還有明年，有幾個人是一下場就能中的？」

第九十三章　雙喜臨門

過了八月十五，林寶便跟著聞風書院的夫子和學生一起去了縣裡。

宋柏也去縣裡考試了，因為他不再是聞風書院的學子，夫子們自然不會發善心帶著他去考試，所以他是一個人上路的。

宋二嬸去鎮上趕集，到底沒忍住，還是去了寶記鋪子那裡。

「嫂子，忙呢？」宋二嬸笑道。

李氏抬頭看是宋二嬸，笑了笑，客氣地問道：「來趕集啊？吃早飯了沒？」

宋二嬸等的就是李氏這句話，連忙笑道：「今兒起得早，還沒來得及吃早飯呢！」

李氏便給宋二嬸盛了碗豆花，遞給了她。

宋二嬸接過豆花後卻沒有像往常那樣端進屋坐那兒吃，而是靠在牆上，一邊翹著蘭花指舀著豆花吃，一邊跟李氏絮叨。「嫂子，冬寶她三叔也要去縣裡考試了。」

李氏點點頭，今年她和冬寶是不會給宋柏出盤纏了。上回寶記小隊的人去宋家鬧的時候，不還從宋柏那裡搜出來銀錢過嗎？不用她和冬寶出錢，人家也能順順利利地到縣城去考試。

見李氏不怎麼搭理她，宋二嬸也不覺得尷尬，繼續說道：「嫂子，妳說老三這回能考上不？」

「學問上的事我不懂。」李氏笑著搖頭。

宋二嬸暗罵李氏油滑，轉了轉眼珠，湊近了李氏，輕聲問道：「妳這跟嚴大人成親恁長時間了，身上有信兒了沒？」

李氏的臉有些紅，推開了宋二嬸，說道：「啥信不信兒的，我都三十好幾的人了，早沒那想法了。」

「嫂子，這可不行。」宋二嬸煞有介事地說道。「嚴大人那是啥身分啊？多少大閨女都想嫁給他呢！妳帶個冬寶過去就夠扎眼的了，再不生個兒子，那哪行啊？」

李氏本來想說嚴大人不是那樣的人，後來覺得沒必要跟宋二嬸多話，乾脆不吭聲。

宋二嬸笑道：「嫂子，我娘家那邊有個廟，廟裡的神仙水可靈驗了，喝了保准能生兒子……我大哥跟住持熟，保證給妳弄最好最靈的！」

見她越扯越沒個邊，李氏也煩了，直接對她說道：「天不早了，妳還不趕緊回去？」

宋二嬸訕訕地放下了碗，又厚著臉皮說道：「嫂子，二毛好吃妳包的包子、粽子，老念叨大娘做的東西好吃……」

她沒敢提大毛的事，怕提起來李氏會轟她走。

李氏不想聽宋二嬸囉嗦，拿了個包子放到了宋二嬸的籃子裡，擺手道：「趕緊回家去吧！」

好不容易打發宋二嬸走了，李紅琴長吁了口氣說道：「可算是走了！她剛絮絮叨叨在妳耳朵邊說啥呢？」

李氏紅了臉，搖頭道：「說啥她娘家那兒的廟裡有生子的神仙水……我要是信了她那套，一碗水還不可著勁兒地跟我要錢？」

李紅琴撇撇嘴。「要真有恁靈驗的神仙水，她自己咋不喝？不過，妳咋還沒個動靜啊？」

李氏臉更熱了，不過畢竟是親姊妹，說起話來也沒什麼顧忌。「我跟他有小旭和冬寶就夠了。再說，我就不是個好生養的……」

「得空了我陪妳去找個大夫瞧瞧。」李紅琴小聲說道。再等兩年，李氏年紀大了，就不適合要孩子了。

李氏點點頭，沒接話。冬寶出生後兩年她還沒懷上孩子，宋秀才就帶她去看過大夫了，都說沒事，可就是懷不上。她整天在婆婆和丈夫失望的目光下活得戰戰兢兢的，直到秀才死了，她才鬆了口氣。現在的日子她已經很知足了，有沒有孩子，就看天意了。

從九月初開始，就到了秋收的農忙時節，村裡家家戶戶都是一片忙碌的景象。

宋柏去考試也有好些天了，黃氏得了空就搬個小板凳坐在門口，無時無刻不在盼著心頭肉宋柏早日回來。

初六那天，豔陽高照，黃氏剛坐到門口，就遙遙地聽到有吹嗩吶、打鼓的聲音從村口過來了，她瞇起有些老花的眼睛看了過去。

有幾個看熱鬧的小孩兒跑了過來，激動地拍手叫道：「是縣裡來的報喜的人！」

黃氏噌地站了起來，一顆心隨著那越來越近的嗩吶鼓聲而跳動得越發厲害，不一會兒，來報喜的隊伍便漸漸地映入了她的眼簾。

黃氏激動地抖得不成樣子。「中了，我三兒中了！」

報喜的人已經走到了黃氏跟前，朝黃氏客氣地拱了拱手，說道：「大娘……」

黃氏本來是想從容地應對，免得丟了三兒的臉面，可她難捺激動，嗚嗚地哭著。「我家三兒……我的好兒子！」

領頭的報喜人莫名其妙地看著哭的不能自已的老婦，問道：「老太太，我就是跟您打聽一下，林實家在哪兒啊？」

黃氏還沒回過神來，下意識地問道：「你們找林實幹啥？」

報喜人連忙說道：「我們是去林秀才家道喜的。」

「啥林秀才？中秀才的不是我家三兒宋柏嗎？你們弄錯了吧？肯定是我們家三兒，你別瞎胡搞！」說到最後，黃氏心慌得要命，拉住來人的袖子，嚷了起來。

「宋柏……沒聽說過。這秀才是縣老爺選出來的，哪可能弄錯了？妳個鄉下老婆子莫要胡說八道！」報喜人不耐煩地從黃氏手裡抽回了衣袖。

早有別的報喜人從看熱鬧的鄉親們那兒問到了林實家在哪兒，隊伍便往隔壁走了過去，報喜人之間也在小聲嘀咕——

「看來這家今年也有考生去考秀才哩！」

「看那癡老婆子的瘋樣……」

鄉親們之間也都沸騰了起來，驚喜和議論聲幾乎蓋過了報喜的嗩吶和鼓聲。誰也沒想到林實才去鎮上唸了一年，就能給林福和秋霞考個秀才回來！

然而眾人議論得再熱鬧，老林家也是一把大鐵鎖把門，家裡居然連個人也沒有。

「老鄉，這家的人呢？」報喜的人問道。

其中一個漢子搶先說道：「我知道，林秀才他爹去作坊了，他娘去鎮上了，家裡就剩個爺爺，這會兒上肯定在地裡收包穀哩！」

作坊在開工的時候是鎖著門的，來喊林福的人在門口就嚷嚷開了，林福在作坊裡聽得清清楚楚，激動之下，起身差點摔了個跟頭，大榮眼疾手快地扶住了林福。

林福跌跌撞撞地跑去給那人開門，劈頭就問道：「我家大實中了？」

「中了！」那個鄉親激動地點頭。「報喜的人就在你家門口哩，趕緊回去吧！」

林福一聽，旋風般地往家裡就跑。

林老頭也被人從包穀地裡叫了回來，父子倆半路上碰到了，皆激動得連話都說不出來，相互攙著一路往家跑。

有眼尖的人遠遠就看到林老頭和林福了，趕緊叫道：「林秀才他爹、他爺爺都回來了！」

「您二位就是林實的父親、爺爺？」報喜的人上前拱手問道。「我們哥兒幾個從縣裡來的，給您二位道喜了。貴府的林公子被縣老爺點為秀才，恭喜恭喜！」

看熱鬧的鄉親們又是羨慕、又是高興，這不光是林家的大喜事，還是整個村子的大喜事。

然而看林實中了秀才，人們心中不免把宋柏拿來做了個比較。至於他們心裡怎麼想的，那就不得而知了。

黃氏面目呆滯地站在門口，臉上激動的眼淚還在，只是心裡一片冰涼。從地裡得了消息回來的宋老頭扶住了她。

黃氏鐵青著臉，一雙眼睛像刀子一樣剜著隔壁，咬牙切齒地叫道：「他們肯定弄錯了！我去找那人去，我家三兒肯定是中了的！」

見黃氏跟瘋癲了一樣，宋老頭抱著黃氏的腰不讓她去。村裡那麼多人都在林家賀喜，黃氏要去鬧，那真是丟死人了。

「咋可能弄錯啊！」宋老頭的眼淚也流下來了。

黃氏的目光凶得能殺人，咬牙切齒地罵道：「我的三兒肯定是秀才，他們弄錯了！等我三兒中了狀元，一個個砍他們的頭——」說著，黃氏過於激動，暈了過去。

這會兒，宋榆等人從地裡跑回來了，宋老頭忙向宋榆喝道：「趕快幫我抬你娘進屋！」幾個人把黃氏抬進放到床上，便出來了。隔壁林家熱鬧得不行，鞭炮聲、嗩吶聲、恭賀聲此起彼伏，襯得宋家的院子更加的淒涼冷清。

宋榆板著臉抄著手靠在牆上，一會兒斜著眼看著和林家隔開的那道高牆，一會兒看看宋老頭，雖然一聲不吭，但明明白白地對宋老頭表現出了他的不滿。

在自己的小女兒被黃氏溺斃後，宋二嬸就喜歡有話直說。「我早說他考不上，就不是那塊料，把自己親姪女的命都花了。就瞅準我們好欺負，給他當苦大力！」

宋老頭的手在袖筒裡抖得幾乎沒知覺了，他下意識地想去抽腰上別的旱煙桿，卻摸了個空，這才想起來，冬寶給他買的煙葉早抽完了，這時節又不好找枯黃的草葉來抽，他已經戒煙很久了。

林實那孩子怎麼就考上了呢？這叫三兒多沒臉啊！宋老頭暗暗埋怨起林家人來。

宋二嬸忍不住了，笑嘻嘻地說道：「爹，我看還是分家吧！家裡的地咱們四六分，你跟娘最疼老三，就跟老三一起過。爹你放心，我跟大毛他爹年年都會給你們老倆口孝敬。」

宋老頭聞言，氣得差點一口氣喘不過來。分家？這個節骨眼上分家？黃氏和他都已經老了，宋柏一時半會兒要是考不上秀才……

林家熱鬧歡慶的同時，鎮上也來了一撥鑼鼓喧天的報喜人，直接奔向了寶記鋪子，原來是張謙也中了秀才，報喜人先去了張家村，聽說張秀才的母親在鎮上的寶記鋪子，便又奔鎮上來了。

李紅琴喜得淚流滿面，真想立即奔到亡夫的墳頭上告知他這個好消息。

張秀玉抹著眼淚，勸著母親莫要太激動傷身。

人們紛紛羨慕議論著，都說寶記鋪子的風水好，生意興旺不說，一個做幫工的女人居然供出了一個秀才！

秋霞嬸子真誠地向李紅琴道了喜，心中卻有一絲悵然揮之不去。自己的大兒子也去了，看來是落榜了……

冬寶笑咪咪地看著，突然靈機一動，跑到報喜人跟前問道：「大叔，我們鎮上的聞風書院還有誰考中秀才的嗎？」

報喜人見冬寶是個長相漂亮的小姑娘，心中也挺喜歡的，便笑著點頭：「有啊，今年你們聞風書院出了三個秀才，一個王選王秀才，一個張謙張秀才，還有一個林實林秀才。」

「林實？可是家在塔溝集的林實？」冬寶趕忙問道。

報喜人搖頭道：「這我不清楚，我不負責去林秀才家報喜，我知道的就是聞風書院今年中了這三個秀才。」

聞風書院能有幾個林實？肯定是大實哥唄！

冬寶高興不已，趕忙去跟秋霞嬸子說道：「嬸子，我剛問了，大實哥也中了！」

秋霞嬸子還有些不敢相信，強笑道：「不可能吧？大實才唸了幾天啊！」

實際上，就是冬寶也有些不相信，她想著大實哥怎麼也得唸個兩、三年才能中的。不多會兒，塔溝集來報信的鄉親就到了，跟秋霞嬸子說大實中秀才了，報喜人都進了家。

因為有前面冬寶的打聽，秋霞嬸子聽到好消息時顯得頗為鎮定，只是顫抖的說話聲洩漏了她內心的激動。

「大實他們啥時候回來啊？」秋霞嬸子問道。

報喜人沒想到這個看著不大的鎮上鋪子裡，居然出了兩名秀才，拱手笑道：「這個在下不知道，按以往的慣例，新晉秀才在拜謝完縣太爺後，就會回來的，應該就是這幾天。」

秋霞嬸子去飯館訂了四桌席面，兩桌送到塔溝集，兩桌送到寶記鋪子，李氏叫來了嚴大人和梁子作陪，招待了那幾個報喜人。

在眾人的翹首以盼中，三天後，林實和張謙從縣城趕了回來，在去書院拜謝完恩師後，林實和張謙便回了寶記鋪子。

「大實哥！」冬寶在門口先看到了林實和張謙。

張謙搖頭笑道：「我可是走在大實前頭的，怎麼妳眼裡就只看到大實啊？」

林實溫和地笑著，眼睛眨都不眨地看著冬寶。印象中，他和冬寶還沒分開過這麼長時間呢！他覺得冬寶還是那麼的漂亮，像以前的每一天，他放了學，中午過來吃飯，冬寶站在門口笑盈盈地招呼他一樣。

冬寶朝張謙眨眼笑道：「這不還沒來得及叫你嗎？你就酸上了。」又看了兩人幾眼，搖頭笑道：「你們倆瘦了好多，大姨和嬸子不知道該多心疼了。」

兩人不但瘦了，也感覺更成熟穩重了。

張謙和林實一進門，就分別被各自的娘給抱進懷裡了，不過鄉下婦人到底不會表達那麼多，抹著眼淚心疼了番兒子辛苦，便鬆開了。

林實和張謙相互看了一眼，彷彿不約而同般，同時給自己的母親下跪磕了個頭。

秋霞嬸子嚇了一跳，剛要伸手去扶林實，就被旁邊的李紅琴攔住了，勸道：「孩子一片孝心，妳就別推辭了。」

秋霞嬸子看著高大俊秀的兒子磕頭，悄悄地抹了把眼淚，點頭道：「好孩子，你們倆都是好孩子！」

等兩人磕完頭站起來，李紅琴把李氏拉到了張謙面前，嚴肅地說道：「謙兒，你能中秀才，這功勞裡也有你小姨的一份，要是沒你小姨這豆腐鋪子，娘也沒錢供你到鎮上唸書。來，給你小姨也磕一個。」

張謙剛要撩開長袍下跪，旁邊的秋霞嬸子就說道：「慢著！大實、全子，你們也一起給你大娘磕頭。秀玉她娘說的對，要是沒有你李大娘給了你爹娘賺錢的門路，你和全子也上不起這個學，這個頭，該磕！」

秋霞嬸子話音剛落，大實兄弟兩個就和張謙一起跪在了李氏面前，恭恭敬敬地給李氏磕了三個頭，在石板地面上發出響亮的撞擊聲。

「使不得！趕緊起來！」李氏慌忙扶起了三個人，眼圈也紅了。「我哪當得了你們的禮，使不得。」

林實輕聲笑道：「大娘，沒人比妳更當得了我們三個的禮了。要不是妳和冬寶開的這個鋪子，我們三個哪來的機會到鎮上唸書？」如果沒有李氏給父母提供的工錢，他現在還和全子在塔溝集當農民，到鎮上唸書是不可能的事，中秀才更是連想都不敢想的。

所以這個磕頭禮，李氏是當之無愧的。其實林實更想感謝的是冬寶，沒有冬寶，就沒有他現在的一切，他把這份尊重埋藏在了心中。

「柳夫子你們去謝過了嗎？」冬寶笑著問道。「他才是大功臣呢！」

「謝過了，先去謝的柳夫子和柳夫人。」林實笑道。

李氏點頭道：「這就對了，人家柳夫子才是你們倆的大恩人。今兒晚上，都到我家去，咱們好好給大實和小謙慶祝一下。」

還有一句話，是李氏心中的小算盤——她還想好好地討好了柳夫子和柳夫人，將來指導小旭哩！

今晚的這場接風宴，李紅琴和秋霞嬸子說什麼都不讓李氏破費，這頓飯理應她們兩個來請。兩個春風滿面的女人一個去了集市買雞鴨魚肉，一個回了塔溝集的家把地裡的菜摘了滿滿兩大籃送了過來。

第九十四章　宋柏的選擇

不負眾望落榜的宋柏，比林實他們回來得要早一些。

宋柏是在外面磨蹭到天黑的時候，趁著夜色溜進家裡的，為的就是不想碰見村裡的鄉親們。

因為宋柏回來了，二房一家就沒消停過了，黃氏心裡氣得要命，然而卻也沒辦法。

宋柏覺得日子苦不堪言，二房一家稱呼他不是秀才公，就是狀元公，譏諷得一塌糊塗。

宋柏坐也坐不住，想出去走走就更別提了，每個人都知道林實考中了，他卻沒考中。

他怎麼就能考中了呢！宋柏煩躁地躺在床上翻來覆去。不過才到鎮上讀了一年多書的臭小子，之前怕是連字都認不全吧，咋就中了呢？

宋柏怎麼也想不明白，只覺得自己像話本裡的那些落難公子一樣，虎落平陽被犬欺，連宋二嬸那樣的鄉村野婦都敢出言嘲諷。等自己飛黃騰達的時候，看他怎麼收拾這些人出氣！

然而，沒等宋柏飛黃騰達，他就忍受不了了。

原因之一，是林實回來了。新秀才就住在他的隔壁，林實有多熱鬧得意，他就有多淒涼氣短。

「有什麼了不起的！」宋柏憤憤然。「他也就是四十九名而已，鄉下人就是沒見識，這秀才跟秀才能一樣嗎？」

宋二嬸撇嘴。「我們不知道秀才跟秀才有啥不一樣的，我們就知道考上秀才的跟沒考上秀才的有啥不一樣。」

原因之二，宋柏自己不想讀書了。他現在拿起書本就煩，這回沒考中，徹底打擊壞了他。

本來宋柏就不是什麼愛學習的人，讀書不過是他過舒坦日子的藉口，現在住在鄉下，吃的差不說，還不能出門，他才回來幾天，就覺得實在過不下去這樣閉門讀書的日子了。

林實在家裡幫著父母和爺爺秋收，下地拉棒子、耕地點種，所有的活計一樣不落，要是別人不知道，根本分不出這個穿著粗布衣裳、紮著褲腳褲腰、戴著草帽的農家少年是個秀才。

人人都在誇林實，羨慕林福夫妻有這麼懂事的兒子。

等秋收完了，宋柏終於是忍不住了，跟宋老頭和黃氏支支吾吾地說道：「爹、娘，我不能不考慮二哥和二嫂的意思……我也靜不下心來唸書……」

黃氏瞪著眼叫道：「是不是你二哥二嫂又說啥混話了？我、我打死那兩個畜生去！」

宋柏在這個破破爛爛的鄉下實在是待不下去了，情急之下，說了實話。「娘，我不喜歡唸書。再說了，林實都中了，人家都咋看我？我丟不起這個人，不唸了！」

宋老頭長嘆了一聲，說道：「三兒啊，除了唸書，你還會啥？」

「三兒，今年再唸一年，你明年一定能考得上。」黃氏鼓勵道。

宋柏說道：「我想過了，我去給人家代寫家信、寫狀子、寫對聯，我都行，我這一身的本事，到哪兒都有我的一口飯吃，還能養活得了爹娘。」說到最後，宋柏的臉上又浮現出了以往那種驕傲和自信。

「給人寫信、寫狀子能掙幾個錢？」宋老頭又急又氣。

不管宋柏怎麼說，這回黃氏和宋老頭站在了同一陣線，堅決不同意宋柏放棄唸書。

忙完了秋收，林實和張謙又回到了鎮上唸書。

「既然已經考上秀才了，就收收心，別那麼急躁了。」柳夫子對林實說道：「比起張謙，你基礎太差，這幾年也別想著去考舉人了，先把基本功打實了。去省城考舉人可跟縣城裡考秀才不一樣。」

林實乖乖地應了。他之所以那麼心急地想考個功名，就是想有求娶冬寶的資本，如今已經是秀才了，他甚至想過放棄讀書，回家幹活，減輕父母的負擔，卻被林福和秋霞狠狠地教訓了一頓。

「繼續唸唄，反正現在供你還不是問題。」冬寶笑道。能考上舉人不是更好？

林實被小未婚妻鼓勵了，臉上微紅，笑道：「我也想繼續唸的，這回我考了四十九名，都不好意思跟妳說。」

冬寶嘻嘻笑了起來，秀才一共取五十名，林實第四十九名，就是吊車尾的名次了。

「這有什麼好丟人的？考上就夠了。」冬寶笑道，林實若是經歷過二十一世紀的大學，應該就知道一句名言：六十分萬歲，多一分浪費。

林實也笑了起來，慢慢地說道：「我要是唸下去的話，就好好唸幾年再去考舉人，我想考個好名次。」他沒有在恭維聲中迷失掉自己，作為一個上進的農家少年，他有自己的雄心和驕傲。「還有……」林實笑看著冬寶說道：「我爹娘和李大娘商量了，明年咱兩家就把訂親的事給辦了。」

冬寶微笑著點點頭。其實就算林實沒考上秀才，兩家還是要辦訂親酒的，林實中秀才對兩人的婚事是錦上添花。對於和林實訂親，冬寶沒有什麼羞澀興奮，大約是這些年和林實混得太熟悉了，一切都像是水到渠成。

她願意把自己的一生託付給這樣一個靠得住的男子。

十月的時候，秋霞嬸子給冬寶母女倆帶了一個消息，宋柏不唸書了，聽說經人介紹，去安州一個大老爺家裡當大掌櫃了。

「冬寶她奶說，那大老爺是當官的，家裡有錢得很……」秋霞嬸子說道，神色滿是不信。

李氏也是一臉的疑惑。「咱這小作坊的管事都還得是自己人哩，她三叔……人家官老爺就樂意讓他一個生人來當大掌櫃？」

秋霞嬸子手一攤。「這話都是冬寶她奶一個人說的，一個勁兒地在大實他爺跟前說，說她家三兒有本事，在朋友跟前有面子，看得起他，非得舉薦他當啥大掌櫃，推都推不掉。」

這話一出，所有人都無語了。

「送行那天，宋嬸子又是殺雞，又是買酒的，還請了不少人作陪，喝到最後，宋大叔也醉了，抱著宋柏哭得跟啥似的。宋柏也抹眼淚，拍著胸脯賭咒發誓，說不混出個人樣子就不回來。」秋霞嬸子說道。

李氏嘆了口氣，想起那個嬌生慣養、花錢大手大腳的前小叔子，搖頭道：「他在塔溝集還顯眼，是個讀書人，安州那是什麼地方？恐怕秀才都不值錢。」

「娘妳又不是不知道，我三叔啥不行，就說大話行，前兩年不還動不動就說等他考上了就把咱們怎麼怎麼著的嗎？」冬寶忍不住笑了起來。

李氏笑著點了下冬寶的額頭。「別人能說他，妳可不能說他。妳爺奶跟魔怔了一樣，非得供出來個官老爺，咋就願意他不唸了呢？」

說到這裡，秋霞嬸子撇起了嘴。「他不唸就不唸了，非得扯上大實，一個勁兒地說大實走運考上了，他沒面子啥的。要我說，那都是藉口，我看他就不像是讀書那塊料。」

冬寶也沒把宋柏拋到腦後去，她打算初十去一趟安州，並託了王聰查一查宋柏在安州做了什麼。

冬寶此行帶了上百斤自己在家摸索了大半年時間才做出來的千葉豆腐，介紹了幾種做法後，便讓廚子自己動手做兩道菜試試。等菜做出來後，嚐過的人都嘖嘖稱奇，沒想到還有這種奇妙口感的豆腐。

「我這裡還有個東西。」冬寶笑道，展開了手裡的紙張，上面是她畫的一張圖，是現代餐飲業常常使用的乾鍋。「在這個托座裡點火，既能讓菜更香，又能保溫，很適合冬天吃。」

「這個東西好！」當即有廚子喜孜孜地叫了起來。

冬寶繼續說道：「關鍵問題是，托座裡面用什麼燒火好一些？我在家試過用小炭塊，可惜煙有點大。」

豆腐坊的大廚便笑道：「宋姑娘用的是什麼樣的炭塊？有沒有用過銀絲炭？這種炭塊燒起來是不會起煙的，不如等會兒我們用銀絲炭試試？」

王聰在一旁點頭，兩眼放光。客人席間難免喝酒談事，時間一長，菜都涼了，那些人也沒胃口再嚐那些冷菜了。有這個鍋在，這個問題便迎刃而解，無非是多加兩塊炭的問題而已。

「十斤品質差些的銀絲炭也不過一兩銀子，足夠用上百個……這個什麼鍋了。」王聰穩穩地說道。

談完正事後，離午飯時間還早，王聰便請了冬寶幾個人先去包間喝茶。

「宋姑娘，妳託我們查的那個宋柏，現在有結果了。」王聰笑道。「宋柏這人在安州還算是老實，在一個小糧油鋪子裡當夥計。」

「夥計？」冬寶忍不住抽了抽嘴角。

王聰點點頭。「是夥計，給客人秤麵量油的。」

這會兒上，有管事敲門進來，示意王聰出來一下，王聰便先失陪了。

王聰走後，張謙不知道是該笑還是該如何。「他那樣的人，啥本事都沒有，人家咋可能讓他一來就當大掌櫃啊？這話當初咱們也不信。」

林實想起了前年清明過後那天，宋柏雇了頂轎子回來的事情，那時候意氣風發的宋柏，怎麼都想不到兩年後他會落魄到當一個糧油鋪子的夥計。

過了一會兒，王聰就進來了，還帶來了一個老熟人，周平山。

自從周平山考上了秀才去安州唸書，冬寶就再沒見過他了。

周平山個子長高了不少，穿著合身的藍棉布長衫，戴著方巾。

王聰笑道：「剛聽說了林賢弟和張賢弟金榜題名的事，周賢弟特地進來恭喜二位的。」

林實和張謙連忙站了起來，和周平山相互行了個禮，笑道：「不敢當，論起來周秀才還是我們的前輩。」在對冬寶的問題上，林實比誰都敏感。周平山那小子不安好心，要不然他也不會刻意地用周秀才這樣生疏的稱呼。

周平山笑著看了冬寶一眼，冬寶微微點頭便站到了林實身後。

「林秀才可是今年的黑馬啊，不知道林秀才是榜上第幾名？」周平山笑著問道。他其實也知道，這話太失禮，只不過他心裡總覺得不服氣，林實哪方面比得了他？不過是個剛出來的鄉下泥腿子，走了狗屎運，吊了車尾考上了秀才。

林實笑了笑，剛要開口，就聽到背後冬寶漫不經心地說道——

「喔，原來名次這麼重要，莫非周秀才每次跟人說自己是秀才時，還要交代一下自己考了第幾名？」

小旭沒忍住，噗哧笑出了聲。

周平山的臉色便有些尷尬。「我還有事，剛是聽說林秀才和張秀才來了，特意拐進來恭賀的，我先走了。」

王聽用一種同情憐憫的眼光送了他出去，回來便吩咐廚房上菜。臨走時，對冬寶無奈地說道：「他非得要進來，說是為了恭賀林賢弟和張賢弟的……我總不好攔著。」

冬寶笑了笑，搖搖頭沒說話。

王聽見冬寶並不生氣，便放了心。周平山也算是少年得意，這回在冬寶手裡丟了臉，應該是不會再對冬寶有啥想法了。

進入十二月後，挨著年關，只要趕上大集，街道上肯定擠都擠不動。李氏和李紅琴她們有了去年的經驗，應付今年的客流來得心應手了許多。

這天冬寶和大實一起回村，兩個人是趕著冬寶家新添置的驢車過來的，拉車的依然是養得油光水滑、精神抖擻的大灰，車卻不是以前的平板車了，而是找鎮上的木匠鋪子打造的車廂，裡面的座位上鋪著褥子和小被子，坐在裡面包著被子，一點兒也不冷。

驢車漸漸走近了，村口玩鬧的孩子們都停了下來，看著向他們駛過來的驢車。

有洗衣裳的小媳婦看到了趕車的大實，就起來笑著打招呼。「是大實跟冬寶回來了？」

冬寶從車裡探出了頭，笑著衝幾個洗衣裳的人點頭。「嬸子洗衣裳啊？當心凍了手。」

「沒事，我們都幹慣了。」小媳婦喜孜孜地說道，對於能和冬寶搭上話十分高興。

「二蛋兒啊，趕緊去作坊，跟你林大伯說，你大實哥和冬寶姊回來了。」小媳婦吩咐旁邊的兒子，五、六歲的小孩立刻箭一般地飛奔往村裡頭跑了。

林福早等在門口了，看到冬寶便笑道：「天恁冷就別過來了，我把帳本給妳送到鎮上就行了。」

「我倒是想煩勞林叔。」冬寶笑嘻嘻地說道。「不過，這回來我是有正事的，我娘準備了不少年禮讓我帶回來，趁這幾天天好，我代我娘給各位拜個年。」

林福笑著點頭。「還是妳娘禮數多。」

作坊外面的路上排了一溜煙的大騾子車，都是等著從作坊進貨的。

林福指著那一長溜騾子車，笑得見牙不見眼。「都是等著出貨的，過年了，各家要的貨更多，天冷，豆芽啥的發得慢，腐竹也不好曬乾，大榮他們急得都學北邊的人燒炕發豆芽了。外頭好多人都等了幾天還沒等到貨，一個勁兒地在等，說空手回去沒法兒跟掌櫃的交代。」生意興隆，林福心裡也高興，這意味著年底分紅能厚上不少。

「不能叫人家空手回去。」冬寶說道。「這個月辛苦大家伙兒幾天，到時給大家結雙倍工錢。」

「好咧！」林福大聲笑道，朝院子裡幹活的人們高聲喊道：「冬寶說了，大家辛苦點，爭取把人家要的貨都弄齊全了，這個月給大家算雙倍工錢！」

院子裡頓時爆發出一陣歡呼聲，所有人的動作都更有勁了，不少人都是跑步來回。冬寶看著熱火朝天的作坊，覺得要湊齊那些訂單不成問題。

冬寶這回來，主要是給各個管事發年禮的。

李氏是個細心的人，不光給各個管事準備了禮，來作坊裡上工的工人每人也有一斤高粱糖當年禮，喜得村裡這天比大過年都熱鬧。

當然，給林實家的禮是李氏和冬寶特別用心準備的，兩套上好的文房四寶是給林實和全子的，兩塊老藍色的細棉布是給林老頭和林福做衣裳的，還有塊暗紅色的細緞子布是給秋霞嬸子的，其餘另有點心、酒之類的。

給管事們發完了禮後，林實就趕著驢車，帶著冬寶回了林家。

第九十五章　送年禮

林老頭和全子在家裡守著，正在太陽底下曬著暖鍘豬草。

林實從車上提下了不少東西，有酒有肉，還有幾塊布料，另有一個紅布包的小包袱，裡頭放著一塊紅色碎花棉布和一對銀耳環。

林實見這些東西不少，冬寶一個人拿著吃力，便叫過了全子。「你跟冬寶一起去隔壁送年禮吧。」自從宋二嬸想把宋招娣和他湊一對後，林實就再也不踏入宋家的門了，見了宋招娣恨不得繞著道走。

全子沒想到這些禮是給宋家送的，頓時就有些不大情願了，說道：「冬寶姊，給他們送禮幹啥啊？」

冬寶老老實實地承認。「我也不想送，我娘非得讓我送。」

李氏總覺得，雖然冬寶隨著她到了嚴家，可到底還是宋家的孫女，要是連過年都不來看望爺奶，就有些說不過去，怕人說冬寶的閒話。

全子朝冬寶投去了同情的眼神，搬起了所有的東西。這幾個月來，全子的個頭竄得飛快，身板長得也結實，幾十斤的東西輕輕鬆鬆就扛了起來。

「有人在家嗎？」冬寶在門口問道。

「誰啊？」門裡面傳來了宋招娣的聲音，見是冬寶，宋招娣脫口而出。「妳來幹啥？」

冬寶沒好氣地看了她一眼。宋招娣明年這個時候就要出門子了，還是這麼蠢，冬寶都替她發愁將來在婆家怎麼過。

「我給爺奶送年禮。」冬寶說道。「爺奶在家不？」

宋招娣的一雙眼睛立刻就瞄到了全子手上的東西，撇嘴道：「這麼點東西還來送？」

全子先不樂意了，要不是看在冬寶的面子上，他才懶得登宋家的門哩！「貪得無厭！李大娘和冬寶每天後半夜就起床做豆花的時候，你們躺在被窩裡睡大覺，人家辛苦掙錢給你們送年禮，妳還有臉嫌少？妳真好意思說出口啊！」

全子雖然唸了書，骨子裡改不了的是鄉下少年的直爽，當即就讓宋招娣有些臉上下不來臺。

「又不是我求著她讓她送的！」宋招娣氣得臉都脹紅了，覺得委屈得不行。她們又是作坊又是鋪子的，錢嘩啦啦地進，這點東西對她們來說算啥啊？

「妳去叫爺奶出來吧。」冬寶懶得跟她打嘴皮子官司。「還有，這個是給妳的。」冬寶把手裡的紅綢布包裹給了宋招娣。

宋招娣驚訝地接過了包裹，打開一看，柔軟順滑的布料和銀耳環都讓她忍不住心花怒放。

冬寶是怕連同年禮給了宋老頭和黃氏後，李氏專門給宋招娣準備的添妝就會被黃氏給扣下了，所以才提前把東西給了宋招娣。

「我娘知道妳訂親了，這是給妳的添妝。」冬寶說道。

原本很平常的一句話，冬寶怎麼也沒想到，宋招娣卻立刻就變臉了。

「誰跟妳們說的我訂親了？」

「妳不是和小王莊的王小寶訂親了嗎？」冬寶詫異地問道。難道對方終於認清了宋招娣尖酸刻薄的本質，退親了？

宋招娣指著冬寶，憤憤地罵道：「我就知道妳跟妳娘不安好心！不就是想來嘲笑我的？」

冬寶也火了。「妳怎麼逮著誰就咬啊？我跟我娘忙得腳不沾地，誰有空過來嘲笑妳？還不是我娘看在妳小時候她帶過妳幾年的分上，才會給妳添妝，妳還罵人。妳……」冬寶氣得伸手去抓宋招娣手上的添妝，卻被宋招娣躲開了。

「妳不是說我們是來嘲笑妳的嗎？把東西還我！」冬寶不客氣地瞪著宋招娣說道。

宋招娣哼了一聲，抹了把發紅的眼眶，帶著哭腔說道：「我知道王小寶比不了林實，現在妳高興了吧？妳得意了吧？」

「腦子有病啊！」全子憤憤地說道。「合著別人都該過得比妳差，否則就是來嘲笑妳的？啥玩意兒啊！」

宋招娣抽泣著轉身跑進了西廂房，手裡還緊緊抓著冬寶送過來的添妝。

全子沒好氣地瞪了回去。「不識好歹！人家王小寶咋啦？人挺好的，配她我還覺得磕磣了人家哩！」

「你還認得王小寶？」冬寶笑道。

全子點點頭。「我七、八歲的時候和栓子去他在小王莊的大姑家，碰到了那個王小寶，人家笑話他，他也不生氣，還從家裡拿糖分給大家吃。除了流口水，也沒啥毛病，我覺得人挺好的。」

冬寶笑了笑。全子是個大咧咧的男孩，自然不覺得流個口水有啥，但是擱宋招娣這個心比天高的女孩身上，那就是了不得的大毛病了。

不一會兒，宋二嬸出來了，看著冬寶，誇張地笑道：「哎呀，大老闆來了啊！」

因為宋二嬸跑到李氏那兒鼓吹啥「生子秘方」，冬寶看見她就犯膈應，直接衝堂屋的方向大聲喊道：「我爺奶不在家啊？嬸子，那這年禮妳收著吧！」

宋二嬸正準備小跑到門口接收禮物的時候，堂屋的簾子唰地就掀開了，黃氏板著臉站在了門口，眼睛跟刀子一樣剜了宋二嬸一眼。「老二媳婦，妳跑恁快幹啥啊？」

黃氏出現，宋二嬸自然歇菜，悻悻地看了黃氏一眼，嘴裡罵了句。「老尖酸貨！」轉身就進了西廂房。

「冬寶來了啊？」黃氏不大自然地給冬寶打了個招呼。

「奶，身體還好吧？」冬寶笑著問候了一句。黃氏和宋老頭一直都在堂屋裡，不知道是存著晾一晾她的目的，還是想擺架子，總而言之，冬寶心裡頭也正不爽快著。

黃氏臉上總算有了點笑意。「我跟妳爺都好。不進屋坐坐？」

「不了，我還有事。」冬寶搖頭。黃氏也只是客氣客氣，何況屋裡還有個連見她都不想見她的宋老頭呢！

「那就不耽誤妳了。」黃氏說道，難得跟冬寶客氣地說了這麼幾句話。

全子趕緊放下了手裡的年禮，放在宋家門口。

兩人轉身準備走的時候，黃氏又叫住了冬寶，猶豫了下，說道：「妳過來，奶跟妳說兩句話。」

「那你先回去。」冬寶對全子說道，自己走到了黃氏身邊。

黃氏努力地在臉上擠出了一個還算慈祥的笑臉，問道：「那個嚴大人對妳咋樣啊？打不打妳啊？」

冬寶怎麼都沒想到黃氏問的是這話，無語了半天，就當是黃氏關心孫女吧，便說道：「我後爹對我挺好的。」

「妳還小，不懂。」黃氏咂嘴說道。「他現在對妳好，還不是看上了妳娘手裡的鋪子、作坊。」

冬寶皺眉說道：「奶，妳這是什麼話？人家嚴大人不是這樣的人。」

「知人知面不知心，外人是信不得的。嚴大人對妳再好，誰知道是不是裝的？到底還是自家親戚靠得住。冬寶啊，妳三叔現在在安州給人當大掌櫃哩，回來管妳的作坊、鋪子，那肯定行——哎，冬寶，妳咋走了？這死丫頭！不聽老人言，吃虧在眼前，有妳後悔的時候！」黃氏氣得罵道。

她就說怎麼黃氏突然對她和顏悅色了起來，原來有後招留著啊！

回到林家，全子把事情經過和家裡人講了一遍，林實笑著寬慰她道：「一年也就送這麼一次年禮，盡到心意就行了。」

下午的時候，冬寶帶著香燭、紙錢還有兩碟子點心去給宋楊燒紙。墳頭上都長滿了枯草，就知道至少得有大半年宋家人沒來過了。冬寶忍不住嘆了口氣，清理了下枯草。

褐黃色的草紙在乾燥的冬季裡燒得很快，黑色的紙灰在風中飛舞著。

冬寶把一罈子酒倒到了宋楊的石碑上，小聲說道：「我會過得好好的，我年年都會來給你燒兩次紙，我們都會過得好好的。」

冬寶回家的時候，李氏正在和麵，準備包餃子。

「回來啦？」李氏笑道。「東西都送過去了？」

冬寶點點頭。「都送了。」

「妳爺奶那兒……說啥了沒？」李氏問道。

冬寶笑了笑，黃氏那些話可不能在嚴大人跟前講，便說道：「還能說啥啊？妳好心給宋招娣添妝，人家上來就罵咱們不安好心，是來嘲笑她的。」

李氏忍不住搖頭嘆氣。

趁嚴大人出門的工夫，冬寶慢悠悠地說道：「我給我爺奶送年禮的時候，剛開始兩人咋都不出來，後來我喊了二嬸出來接年禮，我奶才坐不住出來了。還一個勁兒地說嚴大人看上的是咱們的作坊、鋪子，將來要謀奪了去，不如請我三叔來給咱們管事……」

「平時沒短她吃、沒短她喝，對他們仁至義盡的，還嫌不夠。她說啥咱就當沒聽到，太過分了……」李氏再好的脾氣，也忍不住上火了。

臘月二十八，王聰派了豆腐坊的大掌櫃跟著來拿豆腐的夥計過來了，給冬寶送來了八百兩銀子的分紅。

冬寶高興開心之餘，也不免驚訝，謝過大掌櫃後，問道：「這個月怎麼這麼多？」

大掌櫃笑道：「宋姑娘有所不知，年年都是臘月裡生意最好，咱們豆腐坊又打出了名氣，這個月生意很是不錯。」

作坊和鋪子的盈利這半年多下來，分到冬寶這裡的大約有個三百兩左右，冬寶將這三百兩分成了三份，她一份，李氏一份，小旭一份。

嚴大人堅決不肯要小旭的那份紅利，冬寶便把她分給小旭的那份紅利交給李氏存了起來。既然是一家人親姊弟，分給小旭一份紅利不是理所當然的嗎？

至於她手上的錢，冬寶決定拿出五百兩來買地，剩下的想在省城裡買一所宅子。

「到省城買宅子幹啥？」李氏詫異地問道。「咱在省城又不認識啥人，買了也不過去住。」

冬寶笑道：「大實哥和謙哥不是得去省城考舉人嗎？還有小旭，早晚得去考，到時候去了，他們也有個住的地方。再說了，咱們這豆腐生意，要是把作坊開到省城，不就賣得更好？」

李氏盯著冬寶看了半天，搖頭嘆氣道：「妳這孩子是個心眼活絡的，心想得也大，娘是不如妳……」

冬寶還在耐心地給李氏解釋。「咱們作坊裡的管事只簽了十年，如果咱們不趁著這十年工夫把寶記的牌子打成全國第一，到時候就被人家搶了。」

李氏還在一個勁兒地搖頭嘟囔。「幸好早就把妳許給大實那孩子了，不然擱別人家，怕是容不下妳這麼心大的兒媳婦。還好、還好……」

除夕那天，李氏和秋霞嬸子商量好了兩家訂親的日子。

「就定在二月二了。」李氏回家後笑著跟冬寶說道。

冬寶笑著點點頭。「妳跟秋霞嬸子決定就行了。」

李氏點了下冬寶的額頭。「妳這閨女，一點兒都不害臊。」旁人家的女兒聽到自己訂親的消息，哪有不羞澀的？只有她閨女，淡定得跟啥似的。

「有什麼好害臊的？」冬寶笑道。「我們都這麼熟了。」

今年是李氏和嚴大人組成新家庭後的頭一個春節，兩邊親戚都不多，年過得簡單而溫馨。

過完年後，冬寶家的頭等大事就是冬寶和大實的訂親。

李氏和秋霞嬸子商量過了，宴席就在鎮上辦，一是鎮上買什麼方便，二是林家隔壁就是宋家，誰知道會出現啥事？兩個孩子這輩子就這麼一次訂親禮，要講究一個好兆頭，可不能受到啥影響。

那麼，在鎮上家裡辦的話，還請不請宋家人？這是擺在李氏面前的大問題。

不請吧，畢竟冬寶姓宋不姓嚴；請吧，宋家人啥德行大家都知道，要是丟了冬寶的人，可是丟到沅水鎮上去了。

「我去跟老宋家說一聲。」秋霞嬸子自告奮勇。「他們來不來是他們的事，咱們話帶到了，就不算失禮。」而後，秋霞嬸子又補充了一句。「我猜他們肯定不來。」來了是要送賀禮的，宋家人成天想的是從冬寶和李氏身上摳油水，要他們給冬寶送賀禮，呵呵……

秋霞嬸子從鎮上回到家後，換了身乾淨衣裳，就去了宋家。回來後，秋霞嬸子也不吱聲，該幹啥幹啥。

林福笑呵呵地拉著她到屋裡，問道：「生氣啦？妳跟那種人生啥氣啊？划不來！」

到底是多年的夫妻，秋霞雖然沒說，可林福還是看出來她是生氣了。從她剛才特意換了身衣服就知道，秋霞對這件事是很鄭重的，畢竟是兩個孩子一生的大事，但很明顯的，宋家人並沒有把冬寶訂親當回事，說不定還說了風涼話。

宋家人不來是在李氏意料之中，秋霞嬸子沒跟她學宋家人的話，不然李氏又得氣一場了。

第九十六章　又是雙喜臨門

很快地，二月二就到了。

二月二是個好日子，初春的太陽照在人身上暖烘烘的。一大早，林家不大的院子裡就站滿了來幫忙或者是看熱鬧的人。

林福請了鎮上的喜樂班子，給了豐厚的工錢，熱鬧喜慶的嗩吶鑼鼓聲從早上就開始響個不停，院子裡也放滿了準備抬到鎮上冬寶家裡的聘禮。

不一會兒，林福便帶著林實，領著挑聘禮的隊伍出發了。

聘禮隊伍中打頭的便是三金三銀，金銀雙份的手鐲、釵還有項圈，成色好、分量重。三金三銀後面便是挑著箱子的人，箱子裡面裝的什麼外人看不到，但看著箱子沈甸甸的，扁擔都壓彎了，便知道箱子裡的東西不少，不像有些人家，為了圖面子好看，聘禮裡面箱子不少，可大部分都是空的，挑起來輕飄飄的。

林實訂親是今年塔溝集的頭一件喜事，幾乎全村的人都出來看熱鬧了，許多老人一邊看一邊感嘆，說活這麼大歲數，還是頭一次看見這麼排場的聘禮。

這麼大的熱鬧，宋二嬸是絕對不會錯過的，一雙白多黑少的眼睛盯著聘禮裡面最晃眼的三金三銀，不知道在想些什麼。

宋招娣躲在宋二嬸身後，看著抬聘禮的人從她面前過去，後面是熱鬧喧天的嗩吶鑼鼓聲。太陽下明晃晃的三金三銀刺得她眼睛又酸又澀，心中又是悲憤、又是絕望。

林實才不是什麼好東西！自尊心受到傷害的宋招娣恨恨地想著。就是看冬寶有錢才貼上去的，我才不稀罕！

大毛、二毛和村裡的孩子一起，爭搶著撿地上撒的花生和喜糖，黃氏一改往日對孫子們還算和善的面目，陰著臉大聲喝斥大毛、二毛回來。「眼皮子淺的東西！什麼人的東西你們也搶！」

嗩吶聲掩蓋了黃氏的喝斥，大部分人都沒聽到，大毛、二毛依舊搶得不亦樂乎。即便是大毛、二毛聽到了，也會裝作沒聽到。

黃氏一出來，不少人都看了過來，還有相熟的老太太問她。「冬寶丫頭今兒訂親，你們家去不去人啊？」

這也是大部分人都關心的問題。

黃氏冷冰冰地盯了那老太太一眼，轉身就進了院子。好在村裡人都知道黃氏是個什麼脾性，也沒人計較黃氏的無禮。

在熱鬧喜慶的嗩吶聲、鞭炮聲中，聘禮有條不紊地抬進了嚴家。

即便嚴大人未對外說冬寶今日訂親，還是有不少不請自來的人帶著禮物賀喜，其中單強父子兩個人占了四個人的面積，在人群中尤為顯眼。

單強的馬屁拍得比以往更肉麻，李氏實在聽不下去了，轉身去了女客那邊照應。每次聽單強拍馬屁，把她和冬寶捧得天花亂墜，她寒毛都要豎起來了。

冬寶今天上身是大紅色的綢夾襖，下面穿著同色的百褶羅裙，腰上掛著一塊嚴大人給買的刻著歲歲平安的小玉牌。今天雖然是她訂親的大日子，但大部分時間都不需要她出場，和幾個小姊妹躲在屋裡喝茶、吃瓜子。

陪著冬寶的除了張秀玉外，還有塔溝集的幾個小女孩，其中最小的姑娘才五歲，是春雷媳婦的小閨女大妞，乖巧地坐在冬寶旁邊，冬寶一邊跟張秀玉幾個人說著話，一邊給大妞剝花生吃。

「等會兒妳得去給妳爹娘和林實的爹娘磕頭。」張秀玉十分有經驗地指點著冬寶，嘆口氣說道：「當初我就沒出去磕頭，因為梁大哥沒爹娘了。」

等到半晌午的時候，柳夫人到了後院，叫冬寶進堂屋給長輩磕頭。

「可別害怕，越緊張越出錯。」張秀玉笑著叮囑道。

冬寶臨出門時回頭白了她一眼，笑嘻嘻地說道：「我才不害怕哩！」

喧天的嗩吶鑼鼓和鞭炮聲中，林實看到一身紅衣裳的冬寶，臉噌地就紅了，側身讓冬寶先進了屋。

柳夫人回頭打趣主持婚禮的柳夫子，道：「你那個乖徒弟，還是個懼內的。」

進入堂屋後，兩個人的長輩依次坐著，主位坐的是林老頭，接下來依次是嚴大人、李氏和林福、秋霞嬸子。在柳夫子的指引下，林實先給爺爺和父母叩了頭，感謝他們的生養之恩，接著給嚴大人和李氏磕了頭，算是正式拜見岳父、岳母。

一般說來，兩家訂親，男方要向女方家下聘，而女方是不需要準備回禮的，但嚴大人和李氏還是給林實準備了禮物，也是為了向人展示他們對這個女婿的喜愛，以及對這門親事的看重。

李氏給林實準備的是四套四季的衣裳，因為林實還在竄個頭，衣裳都做得大了一號，袖口和褲腳窩起來一截，等林實再高一些，就可以放下來。

嚴大人準備的是他託人從省城買回來的幾本書，放在一個精緻的小木盒子裡，交給了林實。這年頭書雖然算不上多珍貴，但也不是便宜貨，只有去安州、去省城那樣的大城市，才有像樣的書鋪可以買得到書。

林實沒想到嚴大人送給他的是書，當即又跪下了，鄭重地接過了嚴大人手裡的木盒子，道了謝。

接著是冬寶磕頭，先給嚴大人和李氏磕頭，給李氏磕頭的時候，李氏趕緊扶了冬寶起來。看著出落得大方漂亮的閨女，李氏的眼圈立刻紅了，抑制不住地捂著帕子抽泣了起來。

嚴大人立刻拍著她的後背，小聲勸道：「大喜的好日子，妳哭個啥啊！」

「我……忍不住……」李氏斷斷續續地抽泣道。「我捨不得寶兒……」

這會兒上，堂屋裡頭的女人們都圍過來勸李氏了，秋霞嬸子笑道：「我知道妳捨不得冬寶，咱把兩個孩子成親的日子往後挪，妳跟冬寶多親兩年，妳看成不？」

「成、成！」李氏流著淚，笑著點了點頭。

冬寶前世參加過不少同事的婚禮，幾乎沒有一個女方的父母不在婚禮上哭得唏哩嘩啦的，她也跟著感動過，也曾奢望過有一天她結婚時，她的父母也能像同事的父母那樣心疼她、捨不得她。

如今願望算是實現了，可她反而希望李氏不要哭了，因為她一定會用心地把自己的日子經營好，不會讓李氏擔心的。

等李氏情緒平復了，柳夫人接著指點著冬寶，讓她繼續給林老頭、林福和秋霞嬸子磕頭。說是磕頭，但冬寶只是跪下低了下頭，就被長輩們拉起來了，不讓她真的把頭磕到青石板上。

兩人磕完頭後，訂親的過程就算是完成了，長輩受了小輩的磕頭，代表著對媳婦或者是女婿的認可，接下來就要開席了。

席面一共有十桌，每個席面上十個冷盤、十個熱菜，取一個十全十美的吉利說法，席面最後還會上兩道熱湯，一個甜的米酒湯，一個是鹹的酸辣豆腐湯。

客人們可以坐在席面上放心開懷地享用美食，可主人就沒這個福了。從一開席，林實先由嚴大人領著，給嚴大人的客人們敬酒，接著由林福領著，給從塔溝集來的鄉親和林家的親戚敬酒。

這算是林實頭一次以獨立的大人身分出現在眾人面前，訂了親之後就是大人了，可以代表自己和林家行事了。

小旭吃飽後，跑去跟冬寶說道：「大實哥一直在敬酒，現在席面都要散了，他還沒吃飯哩！」

冬寶便拿了個熱氣騰騰的饅頭掰開，夾了不少菜和肉進去，使勁捏嚴實了，給了坐在她旁邊的大妞，悄聲囑咐她給林實叔叔拿過去。
之所以選擇大妞，那是因為大妞小，走到哪裡都不顯眼。
結果小姑娘很乖、很聽話，小手拿著饅頭去了林實那裡，奶聲奶氣地跟林實說道：「大實叔叔，給你，冬寶嬸嬸讓我給你帶的饃。」
彼時林實剛敬完酒，周圍一群漢子都聽到了大妞的話，哄堂大笑起來，不少人都在起鬨。「這就開始心疼相公了！」
「女大不中留啊！」
林實紅了臉，笑著接過了大妞手裡的饃，認真地向小姑娘道了謝，咬著熱呼呼的肉夾饃吃了起來，吃得他整個人都是暖洋洋的。
呸，那群人是羨慕嫉妒恨！
吃完酒席，送走客人後，林福一家還沒走，留下來幫著收拾。李氏蹲在地上舀著大木盆裡剩下的菜，裝到了盆子裡，準備讓林福他們帶回去。
沒蹲一會兒，李氏就不住地捶腰，還捂了捂肚子，站了起來。
「娘，妳咋啦？」冬寶關切地問道。
秋霞嬸子問道：「是不是累著了？回屋歇會兒吧。」
李氏苦笑著點點頭，嘆氣道：「這年紀大了，就是不能不服老。」
「見天地說自己老，沒老都被妳自己說成是個老太婆了。」冬寶有些哭笑不得，扶著李氏往屋裡去。李氏也不過是三十出頭罷了，哪裡就老了？

李氏笑著說道：「我怎麼不老了？閨女都訂親了……妳還非得要買下人，買啥下人啊？我這毛病就是活兒幹得少了……」

論歪理的功夫，冬寶歪不過李氏，扶著李氏躺到了床上，幫李氏脫了鞋子和衣裳，蓋上了被子。

嚴大人端了一個大茶壺進來，給李氏倒了杯熱水，問道：「咋回事？我聽他們說妳身上不得勁了。」

李氏接過水杯喝了兩口，笑著擺擺手。「沒事，蹲了會兒腰疼肚子疼的，我躺會兒就好了，等過會兒我要是睡著了，你記得喊我起來做飯。」

嚴大人卻不放心，等李氏躺下睡了後，便打發梁子到鎮上去叫王大夫過來。

李氏這一覺睡得極沈，等她醒來的時候，天已經擦黑了，屋裡也點起了燈。讓她驚訝的是，屋裡站了不少人，除了丈夫和兩個孩子，還有李紅琴母女倆在，連本該早回家的秋霞嬸子也在屋裡。

「你們都站這兒幹啥啊？」李氏笑著坐了起來，覺得所有人看她的目光都有些詭異，忍不住埋怨起了嚴大人。「都說了讓你喊我，你不喊，這一覺都到天黑了。」

嚴大人也不解釋，嘿嘿笑了笑，樣子極傻。

李紅琴往她背後塞了個枕頭，開口訓斥道：「妳說妳，多大個人了，自己身子咋樣，自己不清楚啊？都快三個月了，還蹲來蹲去的。」

「啥三個月了？」李氏還在茫然。

秋霞嬸子笑得合不攏嘴，說道：「妳現在是雙身子了！剛王大夫來給妳號過脈了，妳睡著了不知道，這都要三個月了，再過幾天就該顯懷了。」

「是啊！」冬寶也笑著點頭。「我和小旭就要有小弟弟、小妹妹了。」

李氏顯然被震撼住了，下意識地看了眼嚴大人，臉上的表情又驚又喜，話都說不囫圇了，語無倫次地說道：「這準不準？我、我都恁大歲數了……閨女都訂親了……擱親家母跟前……多丟人。」

秋霞嬸子笑道：「這有啥丟人的？添丁進口是喜事，好多人家小叔子跟姪子一般大，還是吃嫂子的奶長大的哩！」

晚上吃飯的時候，嚴大人堅持不讓李氏下床，在床上支了張小桌子，給李氏端了過去。

小旭拉著冬寶，小聲說道：「爹娘有了新小孩，不要我了怎麼辦？」

冬寶姊已經訂親了，過兩年就出門子了，不用擔心這個問題，多好！搞得他也好想趕快訂親啊！

「這個不用擔心。」冬寶很講義氣地拍胸脯表示。「等我出嫁的時候把你也帶上，大實哥不會介意多養一個你的。」

小旭立刻笑開了，點頭道：「好啊！我也去！」

正好這時候嚴大人出來了，把兩人的對話聽得一清二楚，伸手捏了下小旭的耳朵，笑罵道：「你還真不把自己當外人啊！」

李紅琴吃完飯就去看望李氏了，李氏屋裡又燒起了炭火盆，李氏披著襖子，坐在床上，熱得臉頰都是紅的。

「我說不冷，他非得燒上……」李氏笑著解釋道。

「這是對妳好，妳得惜福。」李紅琴笑道。「以後就專心把身子養好，不管生男生女，妳跟嚴大人能有自己的孩子，是好事。」

等冬寶和小旭都睡下後，嚴大人打了桶熱水進來，先給李氏擰了熱帕子擦臉，接著倒一些進入腳盆子裡，扶了李氏起身燙腳。

「我這又不是不能動彈了，不用這樣。」李氏笑道，心裡甜蜜蜜的。

嚴大人也笑道：「人家王大夫說了，妳年紀不小了，得多上心。剛冬寶和我商量過了，鋪子交給大姊照應，家裡的活兒就雇個婆子來做，妳專心養身子。」

如今有了身孕，李氏對於雇人幹家務活兒也沒那麼地排斥了，這個孩子是她和嚴大人的意外之喜，兩個人都很看重。

等洗漱完，嚴大人吹熄了油燈躺到了床上，李氏依偎在嚴大人的懷裡，忍不住就流下了眼淚。

嚴大人感覺到了肩膀上的濕意，伸手一摸，摸到了李氏一臉的淚水，頓時急了，問道：

「妳咋啦？身上不得勁了嗎？別忍著啊，我這就去叫王大夫過來。」

說著，嚴大人就要起身，被李氏連忙拉住了。

李氏斷斷續續地說道：「我是高興的……也不知道我上輩子積了多少德，才有冬寶、小旭這樣的孩子，還有你這樣的相公……如今老天還給我送來了個孩子，我就是死了，也心滿意足了……」

「說啥死不死的，多不吉利！」嚴大人摟著李氏，柔聲勸道：「妳得好好地活下去，冬寶還沒出門子，小旭還沒考功名，還有妳肚子裡這個，這幾個孩子不都指望著妳照應？」

桶子裡的水還是溫熱的，嚴大人披了襖子起身，摸黑擰了把帕子，遞給李氏擦了擦臉。

李氏哭過後，情緒就平穩了許多，跟嚴大人絮叨道：「我心裡高興，先前……他們都嫌我不能生，這麼多年了，我自個兒也斷了這念想，咱們有小旭、有冬寶，也算是有兒有女的齊全人家了，真沒想到，觀音娘娘還給我送了個孩子。」

嚴大人笑了笑，他和李氏是重新組合的家庭，比起那些十來歲的少年夫妻，他們更像是相互照顧的親人，並不避諱雙方的過去。

「這是菩薩照應我。」李氏笑道。「過兩天挑個好日子，咱們去廟裡給菩薩上香，謝謝菩薩。」

嚴大人點頭。「這個應該的，還得請菩薩保佑你們母子平安。」

「還有一個事……」李氏遲疑了下，慢慢地說道：「這幾個月，鋪子和作坊的分紅冬寶一共給了我四百多兩銀子，家裡沒啥花錢的地方……我想給塔溝集修路，把鄉下的泥路鋪上青石板，跟咱們鎮上一樣，以後下雨天也不發愁路難走了。」

李氏遲疑是有原因的，在她看來，這個錢理應屬於嚴大人、她還有小旭共同所有，鋪路花費不小，四百兩銀子恐怕就這麼進去了。

沒等嚴大人開口，李氏便急急地解釋道：「今兒咱們家是雙喜臨門，不做點啥，我這心裡頭總覺得不好。冬寶以後是要嫁到林家去的，少不了在村裡頭過日子，一是為了冬寶以後方便，二麼，咱的作坊在那兒，工人也會更用心幹活。作坊和鋪子的生意好，這些錢，一、兩年工夫也就掙回來了。」

黑暗中，嚴大人笑道：「那是妳的錢，妳想怎麼用就怎麼用，修橋鋪路都是積德的大善事，這是給咱們的孩子積德。將來咱們的孩子，一定平平安安的。別擔心錢的事，妳那兒要是不夠，我這裡的妳儘管拿，反正鑰匙都在妳手上。」嚴大人笑道，又略帶調侃地說道：「要是咱們夫妻倆都一窮二白，沒錢吃飯了，咱就去賴冬寶，那小丫頭攢的私房可不少。」

李氏也笑了起來。「行，咱們就去賴冬寶，讓她養爹娘。」

在溫暖的被窩裡呼呼大睡的冬寶完全不知道，她已經被爹娘給盯上了。

同張秀玉訂親時的各種激動忐忑不同，冬寶從頭到尾都過得很平靜，對她來說，和林實太熟悉了，訂親、成親都是年齡到了後，水到渠成的事，不過是走個儀式罷了，日子該怎麼過還是怎麼過，和之前沒什麼不同。

第九十七章　春意

到了陽春三月，李氏要給塔溝集鋪路的青石板也一車車地運到了塔溝集，堆到了一個空地上，請人日夜看著。

整個塔溝集都沸騰了，除了宋家，沒有人不感激李氏的。

現在因為李氏的慷慨，塔溝集這樣的鄉下地方也能過乾淨方便的日子了，這在過去有誰敢想？即便是想過，也沒人願意出這個錢、做這件事。誰傻了啊？有錢不搬到鎮上過日子，還窩在這到處是爛泥的鄉下地方幹什麼？

為了給李氏省錢，村長從鎮上請了一個會鋪路的石匠，先讓他教會了村裡幾個聰明手巧的漢子，接著讓那幾個漢子教村裡的其他人，而人工全由村子裡出，每家都出一個壯勞力，每天管早、中兩頓飯。

然而到宋家時，黃氏抻著臉擋在了門口，不讓村長和劉勝進去。

「我們家不出這個力。」黃氏看都不看村長和劉勝。「恁丟臉的事，我們不幹！」

村長氣得跺腳。「咋丟臉了？這是好事，大善事！我看你們就是見不得別人過得好！」

黃氏不耐煩在這個事上多說，擺手道：「隨便你們咋說，我們家不出這個力！」

看黃氏這麼無賴，村長也沒辦法，便說道：「妳家老二呢？叫他出來，我跟他說。」

「老二昨天把腳脖子扭了，下不來床。」黃氏說道，哼了一聲。「我們下勁兒給她長臉？呸！」

劉勝氣笑了，指著黃氏說道：「那也行，你們一家都有本事得很，看不上這個也看不上那個。你們有本事、有骨氣，以後出門就別走人家出錢修的路！」

「不走就不走，狗才稀罕那路！」黃氏梗著脖子叫道。

這話就太無賴了，路鋪得全村都是，除非宋家人會飛，天天懸浮著在村裡飛來飛去。

劉勝氣得還要理論，被村長拉走了。

「爹，你看那宋老婆子多噁心！村裡丁寡婦家沒男勞力，也沒人要她出力，人家都非得去幫著燒飯，非得出份力才安心。」劉勝氣不過父親就這麼放過了宋家。

村長搖頭嘆道：「宋老二啥樣你也知道，去了不好好幹活，還白吃一天兩頓飯。」

到三月中，路就已經從村口鋪到了宋家門口。

對於宋家有壯勞力卻不出工的事，村裡人都十分不滿，路鋪到宋家門口時，不少年輕氣盛的漢子都嚷嚷著宋家門口這一段不鋪了，跳過去直接鋪林家的路。

「啥玩意兒啊！憑啥他們不出工，還要咱們給他們鋪路？」

「就是，不給他們鋪！」

最後還是林福和村長站出來息事寧人。

「算了，大家都是鄉里鄉親的……就當這段路上沒住人家好了。」村長尷尬地笑道。

林福則豪氣多了，從鎮上買了十罈好酒，請大家中午吃酒，眾人一下子就被激勵了，幹活也更賣力了，等到下午給林家門口鋪路的時候，眾人幹得格外認真仔細，石板對得嚴嚴實實的，一絲縫都沒有。

宋二嬸和宋二叔躲在西廂房裡，豎著耳朵聽著外面的動靜，真怕眾人一怒之下不給他們家門口鋪路了。

「都怪咱娘，非得爭那一口氣！」宋二嬸不高興地抱怨。「讓你去修兩天路又能咋？他們還管兩頓飯哩！」

宋榆不吭聲，他才不想下這個力，抬石板子也好，壓路也好，大太陽底下幹一天，哪勝在屋裡坐著啊！可要是那些人跳過宋家門口這段，也太丟人了……

兩個人又聽了一會兒，知道村裡人只不過是說說，便集體放下了一顆心。

「他們不敢！」宋二叔一手插腰，一手指著大門外。「他們也就敢嘴皮子上說說，最後還不是得給我修路？他們不敢不給我修路！」

二毛也學著宋二叔的模樣，裝得人五人六的，指著外頭說：「他們不敢！」

宋二嬸和宋招娣同時把臉撇向了一旁。啊呸，人家真怕你啊？

宋招娣心裡酸溜溜的，因為鋪路這事，她又輸給了冬寶，她就是輸在沒錢上了。她要想爭口氣超過冬寶和林實，就得找個比冬寶和林實更有錢的婆家！

塔溝集鋪路的時候，冬寶也沒閒著。在王聰的介紹下，一家人中除了懷孕的李氏外，連林實、張謙、張秀玉都一起去了省城魯州。

這次去的主要目的是想買處房子，將來留著給林實他們考功名的時候用。而領他們去省城魯州的是王聰家鋪子的大掌櫃，因為常常去魯州聯繫生意，對魯州相當熟稔。

李氏也不是一個人在家，梁子介紹了他鄰居大娘來照顧李氏，姓賀，伺候過三個兒媳婦懷孕、坐月子，人愛乾淨，也會做飯。

冬寶給賀大娘開了一天十文的工錢，包吃，除了照顧李氏和做飯外，只需要打掃家裡的衛生即可。活兒輕鬆不累，伺候的又是脾氣溫柔好說話的所官太太，還不少掙錢，因此賀大娘照顧李氏很是用心，而李紅琴和秋霞嬸子也常常過去看李氏。李氏懷相好，連嘔吐都極少，是以幾個人出門也不怎麼擔心李氏。

幾個人乘著馬車在路上走了將近一天的工夫才到魯州，天不亮從沅水出發，到達魯州的時候已經夕陽西下了。高大的城牆上，「魯州」兩個字在夕陽的餘暉下，格外的耀眼。

「魯州夜晚的市集可有名氣了。」一路掌櫃笑著跟他們介紹。「等會兒咱們在客棧安頓好後，可以出來逛逛，嚐嚐這邊的小吃。」

全子、小旭還有冬寶先歡呼了起來，三個人都是清一色的吃貨，聽到有好吃的就高興開心。

入了夜後，幾個孩子由林福和嚴大人領著，去了魯州的集市。

集市裡賣的東西花樣繁多，賣吃的、玩的、用的，熙熙攘攘，熱鬧非凡。冬寶原以為少了現代大功率的燈泡，集市會黑咕隆咚的，沒想到進了這條街，她就發現自己錯了。數不清的蠟燭、油燈還有火把，照得街市一片燈火通明，還有賣小吃的攤子擺放著兩人粗的大鐵皮桶糊成的灶，夥計在一旁賣力地推動著風箱，爐灶裡冒出的熊熊火光照亮了周圍的一切。

幾個人先買了魯州的驢肉火燒，又在麵攤上叫了幾份特色魯肉麵。

等填飽了肚子，幾個人才開始慢悠悠地逛集市。嚴大人最先發現了集市裡的一樣東西，黑不溜丟的，像麻將似的，一塊塊放在木盒子裡，他不由得好奇地問道：「這是什麼？」

攤主是個四十來歲的中年漢子，立刻熱情地說道：「這是正宗的驢皮阿膠，這玩意兒對女人可好了，尤其是要生孩子的婦人，補血補氣又安胎，好得很。您聞聞這味，正宗得很！」

阿膠這玩意兒，嚴大人聽過，只是沒有見過，一聽對孕婦身子好，嚴大人立刻動了心思，一番討價還價後，以一兩銀子的價錢買了兩盒阿膠。

「一盒給妳娘。」嚴大人有些不好意思地跟冬寶說道。「剩下的妳大姨她們幾個分著吃。」

冬寶暗暗鄙視後爹，多大個事啊，還害羞上了。

第二天，路掌櫃先前聯繫過的一個牙儈便過來了，這個牙儈是專門負責房屋買賣的，之前路掌櫃也找過他買過房子，算是熟人了。

牙儈很快就帶他們去看了幾套正在賣的房子，最終由出銀子的冬寶拍板，要了一套三進的宅子。冬寶看中了這所宅子安靜，離考舉人的省學政司還算近，不管是自己住還是租出去，都很方便。

在牙儈的周旋下，房東又在價格上稍微讓了步。加上去衙門過戶的契稅，這處宅子一共花了冬寶將近八百兩銀子。雖然一下子出了這麼多錢讓她頗心疼，但細細一算，還是合算的，光是租金，每年就能收上來三十兩銀子。

「你們可得給我好好唸書，尤其是小旭。」冬寶笑嘻嘻地說道。

不知道別人是怎麼想的，林實反正是暗暗發誓，要給冬寶掙一個舉人太太的名號，才不辜負冬寶對他的一片心意。

等冬寶再回到塔溝集的時候，石板路的工程已經結束了，整個塔溝集彷彿煥然一新般，到處都是平整氣派的石板路。

林福也著手買下了村裡的一塊空地，說等明年動工，給林實和冬寶蓋新房。

在冬寶的提議下，村裡的大姑娘和小媳婦組了一個隊，每十天下一趟溝子，採蘑菇和木耳，孩子們也可以撈小魚小蝦，寶記作坊會出錢收這些東西。

整個春天，塔溝集都籠罩在一片勃發的生機之中，幾乎每個人臉上都帶著笑意，飽含著對未來生活的希望。

當然了，宋家人心裡是很不爽快的，宋招娣想加入小隊，一起下溝子採蘑菇掙錢，被人拒絕了，大家都不是傻子，不少人還記恨著鋪石板路時宋家人耍無賴不出工的事，可把宋招娣氣狠了，晚上在被窩裡抹眼淚，發誓一定要出人頭地，讓這些看不起她的人後悔。

冬寶在家休息了沒兩天，就有王家的馬車來接她去安州。駛出沅水鎮的路上，正好宋二嬸帶著宋招娣去鎮上趕集，看到那輛氣派拉風的馬車，兩人駐足在路邊，露出了豔羡的神情。

「喲，是安州王家的馬車！」路旁有個漢子看到了馬車上王家的標識。

宋二嬸連忙問道：「那安州王家啥來頭啊？很厲害嗎？」

那漢子翹起了大拇指。「整個安州頭一份啊！連知府大人都得看王家眼色，整個王家的家產說出來，嚇死妳！」

「哪那麼厲害？」宋二嬸撇嘴不信。「吹的吧！」在她眼裡，當官的才是大老爺，王家再有錢，還能叫知府大老爺低頭？哄誰啊！

漢子不屑地搖頭。「妳個鄉下婆娘，跟妳說妳也不懂，我可是在安州給人幫過工的，我們東家好幾間鋪子，夠有錢了吧？可他見了王家少爺都得點頭哈腰的。」說罷，漢子就背著手走了，一副自己是十分有見識的世外高人模樣。

宋二嬸不咋信，拉著宋招娣繼續往前走，宋招娣心裡卻是翻騰不已。比起那個高高在上的王家，冬寶那個小鋪子、小作坊算什麼啊！

等冬寶到了安州，太陽已經昇得老高了。

教完了兩個菜後，王聰的貼身小廝過來跟王聰說了幾句話，王聰想了下，便對冬寶笑道：「宋姑娘，豆腐坊來了一群嬌客，她們聽說妳也來了，對妳很有興趣，想見見妳。」

「嬌客？什麼嬌客？」冬寶愣了下。

王聰笑道：「是我們王家的幾個姑娘，還有幾個官家小姐。」

「我之前沒跟她們打過交道。」冬寶遲疑了下，如實說道：「你也知道，我就是個鄉下丫頭，要是有什麼失禮的地方……」

王聰笑著擺手。「我妹妹德芝在呢，莫要擔心。她們也是聽說了這好些菜式都是妳想出來的，好奇想見見妳罷了。」

「那好吧！」冬寶爽快地點了點頭，既然王聰都這麼說了，她就去一趟唄！

嬌客們的包廂在豆腐坊二樓最裡面的房間，門口站了三個十四、五歲的姑娘。

領冬寶過去的小廝朝那領頭的姑娘打了個千兒，笑道：「彩霞姊姊，這位就是姑娘們要見的宋姑娘，給您領過來了。」

等那個彩霞朝她看過來時，冬寶微微一笑，朝她點了點頭。

彩霞愣了下，大約沒想到冬寶一個鄉下小姑娘會表現得這麼落落大方，連忙朝冬寶笑了笑，對冬寶說道：「宋姑娘，跟我進來吧。」

彩霞敲了門後推開了門，女孩們輕聲細語的說笑聲就傳了過來。擋在門口的是一道薄絲織成的屏風，透過影影綽綽的屏風，只能隱約看到屏風後面坐了幾個身影。

彩霞讓冬寶等在屏風後，她先過去說道：「小姐，宋姑娘來了。」

「請宋姑娘過來吧。」一個清脆的女聲笑道。

冬寶便在彩霞的招手下慢慢地走了進去。粗粗看過去，席面上已經上了十幾道菜，都是豆腐坊的特色招牌菜，坐了大約六、七個女孩，大的有十五、六歲了，小的只有十歲的模樣。

「妳就是和我哥哥合開這個豆腐坊的宋姑娘？」冬寶最先聽到的那個女聲問道。說話的女孩子十二、三歲的年紀，梳著兩個髻，脖子上戴了一個金剛石的項圈，圓圓的臉，紅潤的唇，配著她清脆的聲音，十分嬌俏可愛。

「您就是王公子的妹妹，德芝小姐吧？」冬寶笑道。「我叫宋冬凝。」

王德芝點點頭，招呼冬寶坐到了她旁邊，吩咐彩霞給冬寶添碗筷、倒茶，然後朝席面上的其他女孩俏生生地一笑，說道：「妳們非要看宋姑娘，我把人請來了，有什麼好奇的趕緊問啊，別耽誤人家宋姑娘的事。」

一桌女孩都笑了起來，最小的那個姑娘看著冬寶，驚訝地說道：「妳多大了？」

冬寶笑道：「我臘月生的，十二歲了。」

「哎呀，只比我大兩歲呢！」小姑娘驚嘆道。

「妳都十二歲了，妳家裡給妳訂親了沒？」王德芝突然問道，朝她俏皮地眨了眨眼。

這問題擱一般姑娘早就羞得面紅耳赤說不出來話了，不過冬寶不是一般人，落落大方地說道：「定了，前些日子剛辦了酒席，是和我從小一起長大的鄰家哥哥。」

也許冬寶自己都沒發覺，說到林實時，她的眉眼不由自主地就會溫柔地笑起來，那裡面包含的情意，是個人都能看得清楚。

「他們家是做什麼的？」王德芝好奇地問道。

冬寶笑道：「他們家就是普通的莊戶人家，他現在在我們鎮上唸書，已經考了秀才，正在準備考舉人。」

王德芝笑著點點頭，客氣地讓冬寶一起同她們吃飯，冬寶婉拒了，說還有事，下次有機會再陪各位姑娘吃飯。

等彩霞送她出來時，冬寶才悄悄地吁了口氣。其實她不相信這群千金小姐真的是好奇她為什麼會做菜，人家是高貴的千金小姐，怎麼可能對廚子這種髒兮兮、滿身油煙味的人感興趣？冬寶感覺得出來，這群千金小姐見她的主要目的是問王德芝的那幾個問題，只是冬寶不知道為何她們這麼關心自己的婚事？

冬寶走後，直到門被掩上，最小的姑娘才朝旁邊一個姑娘笑道：「月姊姊，這下妳可放心了吧？」

月姊姊是在座中年紀最大的姑娘，聞言頓時紅了臉，搖頭道：「是妳們攛掇著要她過來問這問那的，我有什麼放心不放心的？」

另外一個十二、三歲的姑娘笑道：「看樣子宋冬凝很滿意她的未婚夫君，月姊姊妳可以放心地給德芝當嫂子了。」

月姑娘低著頭，擺弄著手裡的穗子，心裡有些不滿，輕聲說道：「瑞妹妹淨會打趣人，多虧妳出這麼個主意。」明明是張瑞出的主意，起鬨攛掇幾個人把宋冬凝叫過來問話，偏偏還打著幫她的旗號，叫她一口老血卡喉嚨裡，憋屈得很，德芝也沒辦法，只得去找王聰叫來了宋姑娘。

即便是宋姑娘和王聰有什麼又如何？以王聰的身分，有幾個姨娘太正常不過了，不是宋姑娘也會是其他人，她要是連這點肚量都沒有，這門親事趁早作廢算了。再說宋姑娘如果真進了王家，對王家來說只有好處，只不過看宋姑娘的行事作派，人家可不是為了攀高枝什麼都幹的人。

張瑞不是傻子，自然聽出了月姑娘語氣中的不滿和警告，當即冷笑了一聲，剛要開口，這邊王德芝就大聲說道——

「來，咱們先喝杯葡萄酒！這可是我哥找人從西域運過來的地道貨，喝多少都喝不醉的。」

見周圍的人都舉起了酒杯，張瑞只得掛了笑，隨著別人一起舉起了杯子。

冬寶從八角樓出來的時候，正是大中午，因為只有她一個人過來，所以冬寶謝絕了王聰的席面安排，請王家的車夫帶她去安州的街市上轉了一圈，買了幾塊今年新出來的花樣的薄布，夏天製來穿，基本上每個人都買了一份，另外還給李氏帶了幾塊白細棉布，留著給未出世的弟弟或妹妹做貼身的小衣服。

回去的路上，冬寶把買來的布料堆在身後，靠在布料上打盹，春日午後的陽光耀眼而溫暖，透過被晃動的車簾灑到了冬寶的臉上、身上。

瞇了好一會兒，冬寶起身看了眼窗外，外面已經是熟悉的田野和村莊了，這裡應該離沅水很近了。

還是自己的家鄉好！冬寶心裡由衷地感嘆。安州再好，似乎也不是自己熟悉的地方，只有在沅水、在塔溝集，那裡的人、那裡的風景，她才真真切切地覺得熟悉，覺得安心。

「不知道大實哥在幹什麼？」冬寶默默地嘀咕道。「天天那麼用功地唸書，又不指望他考狀元，到最後小帥哥唸成個大傻子，那我可就真虧大發了……」

冬寶長嘆一聲，重新靠到了布料堆上。魯州也有鋪子來他們作坊要貨了，還有南邊的幾個州縣，過了年後也有人來問，作坊現有的這點人肯定不夠，還得招人。至於作坊，也得再往外擴兩個院子，專門晾曬腐竹和豆乾，現在就這兩樣賣得最好。

一聽說寶記作坊又要招人，旁邊幾個村子上的人都找來了，其中有不少人提著禮物找上門，口口聲聲說是林姑媽介紹他們來找林福的，村裡人都議論紛紛。

這下子可把秋霞嬸子給氣壞了，林老頭也覺得臉上挺沒光的，尋了個機會去女婿家裡，把女兒給罵了一頓。

林姑媽也氣壞了。「我咋給我哥丟臉了？他手裡管著招人，說招誰就招誰，不就是他一句話的事嗎？我這個親妹子的面子他都不給？」

「妳哥是給人家冬寶她娘招人，傳出去誰給妳哥送禮、走關係就能進來上工，妳哥成啥了？」林老頭說道。

林姑媽不以為然。「冬寶那丫頭不是早和大實訂親了嗎？都是林家的媳婦了，她的就是咱們林家的，我這個姑姑的面子她得給！」

「妳哥、妳嫂子都沒想過占人家的私產，妳這潑出去的水倒是惦記上了！」林老頭說話也嚴厲了起來。「我醜話給妳放這裡，妳要是再打妳哥的旗號辦事，以後就別回娘家了！」說完，林老頭就氣呼呼地背著手走了，剩下林姑媽獨自氣得跺腳。

招工風波的結果，就是林福一天二十四小時都躲在作坊裡不出來。秋霞嬸子則是上午在鎮上幫工，下午也躲進了作坊和林福作伴。林老頭緊閉大門，碰到不認識的人就不開門。

隨著天氣一天天熱起來，李氏的肚子也漸漸大了起來，有賀嬷嬷照顧著，還有王大夫時不時來把脈，李氏的身體很好，家裡人都放心。

冬寶覺得日子過得飛快，春日裡時光總是分外美好。在林實休沐的日子裡，兩個人經常回塔溝集，到山上、溝子裡到處轉，帶上吃食，能在外面玩一天才回家，有時候還會和張謙他們幾個結伴去更遠的地方踏青遊玩。

轉眼間，夏天就到了，原本碧綠的麥浪慢慢地成了熟透的金黃色，也到了收穫的季節。林實和全子都回塔溝集幫家裡人收麥了，寶記鋪子也關了門，農忙的時間反而成了冬寶和李氏最清閒的日子。

李氏肚子已經很大了，行走也不大方便，現在基本上不出門了，每天就扶著肚子在前院後院轉，當作是鍛鍊身體。

第九十八章 制止

冬寶每天上午燒好飯後便趕著小驢車去塔溝集送飯，總有鄉親打趣她是「大實的小媳婦來了」。冬寶還託了梁子和嚴大人幫忙打聽，看這附近有沒有人要賣地。

這天，冬寶和林實坐在樹蔭下乘涼，不遠處有兩騎人馬慢慢地走了過來。

領頭的男子戴著寬大的草帽，穿著白色薄綢直裰，二十出頭的模樣，看上去斯斯文文，後面跟著的那個十六、七歲，穿著青色細棉布的短襦，像是跟隨的小廝。

兩人經過這裡時，先後下了馬，領頭的公子朝兩人走近了兩步，他腰上掛著一塊紅線繩拴著的玉，行走間在白綢布中若隱若現，白綢公子的眼光在冬寶身上快速地打了個轉後隨即看向了林實。

「這位小兄弟！」白綢公子客氣地笑道，手裡還拿著一柄摺扇，朝林實拱了拱手。「這裡是什麼地方啊？」

林實客氣地還了個禮，把冬寶擋到了身後，說道：「這裡是塔溝集村，往南走就是小王莊。」

白綢公子的目光越過林實的肩頭，只能看到冬寶烏黑的髮髻，有些遺憾地笑了笑，用扇子指著冬寶問道：「這位是小兄弟的妹妹吧？」

這是非常失禮的行為！林實的臉色倏地沈了下來。「不勞閣下費心，閣下還是快走吧！」

他今日如同別的農家少年一樣，藍粗布短襦，頭上戴著破了邊的草帽，要是不說，誰也不知道他是個秀才。

白綢公子呵呵笑了笑。「剛見令妹長得實在漂亮，一時失禮，小兄弟勿怪、勿怪！」

一旁的小廝衝林實哼了一聲，不滿地衝白綢公子叫道：「公子，咱們什麼身分，他什麼身分，您跟個泥腿子道什麼歉？他也配？」

「閉嘴！」公子橫眉喝了小廝一句，轉頭對林實笑道：「下人不懂事，小兄弟勿怪。我是青州人，姓王，來這邊是想問問這一帶有沒有人想要賣地的。我祖父年紀大了，想回老家安州過日子，我提前來置辦一些田產用作養老。」

林實搖頭道：「這邊沒聽說過有誰要賣地。」

「喔，這樣啊！」王公子的神色很是失望，便轉身上了馬走了。

「出什麼事了？」林福問林實。

林實說道：「沒什麼事，那個人說想在這附近買地，不過咱們這兒沒有人要賣地的。」

「青州來的？那可遠著哩！」林福看了眼兩人離去的背影。「咋會想在咱們這裡買地啊？」

林實只是搖搖頭，沒吭聲。

還是冬寶乾脆俐落地說出了林實的心裡話。「看著就不像是好人，賊眉鼠眼的，誰知道他說的是不是實話啊！」

等林福他們都走了，林實忍著笑意，轉頭問冬寶道：「妳就不覺得那個姓王的公子長得挺好看的？」好像女孩子都喜歡王公子這樣的男子吧？一看就是有錢的公子哥兒，還騎著白馬，白衣飄飄，再搖一把紙扇，那簡直絕了。

「沒你長得好！」冬寶衝林實眨了眨眼。

本來林實是想揶揄一下冬寶的，可沒想到卻被冬寶一句話給堵了回來，自己鬧了個甜蜜的大紅臉。

夏忙結束的時候，梁子也託人打聽出來田地的事了，只有離沅水不算近的姚各莊有人一次要賣二十畝地，土地還算不錯。

「那就先買了吧，過戶後還得煩勞梁子哥幫忙租出去。」冬寶說道。

麥收過後，冬寶原先買的四十畝地的租子也收了上來，上好的麥子洗淨曬乾後磨成粉，蒸出來的饅頭配上剛炒出鍋的豆瓣醬，嚴大人一頓能吃上四個大饅頭。

「咋能光吃醬不吃菜啊！」李氏嗔怪道，桌上三、四個菜都沒咋動，爺兒仨都緊著豆瓣醬吃了。

嚴大人呵呵笑了笑。「好吃，冬寶曬的這醬就是好吃！」

今年冬寶醬曬得早，剛開春就捂上豆子了，比平常早兩個月工夫就吃上了新曬好的豆瓣醬。

「再等等，還有更好吃的豆瓣醬。」冬寶笑道。作坊新擴建的兩個院子，其中一個被她徵用了，院子裡堆滿了寬口的大醬缸，天氣好的時候就讓豆瓣醬在太陽底下曬，天陰下雨的時候就蓋上蓋子，保證滴不進去雨水。

等到六月的時候，冬寶和林實還有全子一起回了塔溝集。

「今年總共有九缸豆瓣醬，一缸有兩百斤，一斤賣六個錢，能賣多少錢？」冬寶笑咪咪地問全子。

冬寶本以為全子會算一會兒才能算出來，哪知這小子順嘴就把數給報出來了。

「一萬零八百個錢！」說完，全子那小眼神還衝冬寶不屑地閃了閃，意思是：這種程度的題目太簡單了！

冬寶驚訝不已。「不賴嘛！」

全子得意地笑了，說道：「妳賣六文錢一斤不划算，我給妳說，弄幾個好看點的小罈子裝上炒好的，賣一百個錢一罈，保證——」

「千字文背完了嗎？」林實突然開口了，問全子。

全子臉上的眉飛色舞立刻跑了個無影無蹤，支支吾吾地說道：「快了，真的快了！」

林實氣笑了，伸手點了下全子的額頭，罵道：「腦袋瓜子轉得是挺快的，就不用在正地方。」

「這咋不是正地方了……」全子不服氣地反駁，又嘟囔道：「我就是不耐煩背那些之乎者也的，咱家有你考功名就夠了。」

冬寶笑過後，認真地問道：「那你想幹什麼？」

「我想去外面看一看，不是安州，也不是魯州。」全子笑嘻嘻地說道。「到更遠的地方去，跟更遠的地方的人做生意，他們肯定稀罕咱們這裡的好東西。」

林實看了看眼裡滿是希望憧憬的全子，摸了下全子的腦袋，說道：「不管以後你想幹什麼，先把字兒認全了吧，啥都看不懂，咋跟人家做生意？」

「我懂！我會好好學的！」全子見林實不反對，便呵呵笑了起來。

驢車慢慢地走到了塔溝集的村口，大灰如今對於這條路線熟門熟路，根本不用人指引，完全是自動駕駛模式。

通過那條長長的石板路就進到了村子裡，在村口，冬寶瞧見了宋招娣，她低著頭，懷裡還抱著一個東西，匆匆地走得飛快，不知道在想些什麼。驢車走近時，她看到了坐在車頭的冬寶，那表情彷彿是見了鬼似的，臉色嚇得慘白，還未等冬寶開口，她把頭一低，撒腿就往前跑。

這姑娘又出什麼么蛾子了？冬寶看了宋招娣纖細苗條的背影半天，也沒開口叫住她，自己縮回了車廂裡。

進了村裡，林實和全子便下了車。這是林實的習慣，到了村裡，會有不少村裡人來打招呼，他不習慣坐在驢車上高高在上地跟眾鄉親們打招呼，總是提前就跳下來。不管身分地位再怎麼變，他在鄉親們面前，還是當年那個淳樸的農家少年。

驢車剛拐過一個彎，繞過村裡的一個小水塘，旁邊就有一個十四、五歲的姑娘叫住了林實。

「大實哥！」那姑娘咬著嘴唇喊了一聲，一臉的害怕和不安。

「妳是……孫二妮兒吧？」林實笑道。「有什麼事嗎？」

孫二妮兒幾乎快要哭出來了，說道：「招娣她走了！」

冬寶心裡一緊，問道：「走哪兒去了？」

孫二妮兒一邊抹著眼淚，一邊說道：「收麥的時候，村裡來了個姓王的公子，不知道咋的，招娣她就……好上了，還給我看王公子給她的傳家寶。昨天晚上她偷偷跟我說，王公子來接她了，剛她過來跟我告別，說有了好日子不會忘了我，還讓我發誓要是告訴別人就會天打雷劈……我不敢跟大人說，可這不就是私奔嘛！」

冬寶被震得頭腦有一瞬間的空白，回過神來後，拍了拍孫二妮兒的肩膀，寬慰道：「妳別怕，妳這是做好事，老天不會怪罪妳的。」

大實趕忙調轉車頭往村口跑，一路上把鞭子抽得飛快。

「剛我就瞧見招娣姊了！」全子在車裡頭說道。「一個勁兒地往前跑，不知道去幹啥。」

冬寶心裡也焦急了起來，又是擔心又是生氣。宋招娣性子尖刻，村裡頭願意和她玩的女孩兒很少，孫二妮兒算是宋招娣唯一的「閨蜜」了，從女孩子的角度出發，她很可能會和孫二妮兒分享她的「甜蜜愛情」。

她真是不想管宋招娣，私奔不是什麼光彩的事，走到哪裡都要被人指指點點，即便是宋招娣日後順利進了王公子家的門，冬寶估摸著也是被當成免費丫鬟使喚，誰家會娶一個私奔的女子當正室夫人啊？

驢車跑得飛快，很快就看到了長長的石板路上宋招娣的背影。

「宋招娣！」冬寶氣得遠遠地就大喊了一聲。「妳站住！」

宋招娣回頭看了一眼，立刻撒腿就跑。出村子沒多遠，宋招娣就被冬寶幾個人趕上了，把她圍在了中間。

冬寶沒好氣地問道：「妳上哪兒去啊？」

「妳是誰啊！妳管我！」宋招娣嘴硬，顫抖著頂了一句，懷裡緊緊抱著一個藍底白花的細棉布包袱皮。

冬寶一眼就認出來了，那包袱皮的布還是去年臘月的時候她送到宋家的年禮之一。

「我也懶得管妳！」冬寶不耐煩和她耍嘴皮子。「上車，要不然我就把妳爹娘叫過來。」

宋招娣平時和黃氏還有宋二嬸學得相當牙尖嘴利，可膽子還是很小的，私奔這種考驗精神和膽量的事是頭一回做，一聽冬寶說要叫宋二叔和宋二嬸過來，膽都要嚇破了。

冬寶一把拽過了宋招娣手裡的包袱，除了一件衣裳，剩下的就是一個小袋子，冬寶在手裡上下拋了幾下，裡面的銅錢叮噹作響。

「堂姊，這幾天不見，妳出息得很啊……都學會偷錢了。」冬寶冷笑道。「趕緊上車，要不然我真叫二叔、二嬸過來了。」

宋招娣急了，突然面朝南面那幾處農家宅院，放開喉嚨大叫道：「王公子，快來救救我！」

然而叫了好幾聲，連個回音都沒有，倒是一處宅子後面有兩個人影跨上了馬，噠噠地走遠了，由於距離太遠，看不清楚那兩個人的長相。

「別叫了，人都走了。」冬寶說道，伸手去拉宋招娣。

宋招娣狠狠地拍開了冬寶的手，推開了擋著她的冬寶，朝南跌跌撞撞地跑了過去，哭著喊道：「王公子，你等等我啊！」

宋招娣哭著喊著，追跑了好幾步，前面的人也沒有停下來的意思，很快地，在馬蹄揚起的飛塵中，兩騎人馬已經看不到蹤影了。

宋招娣彷彿天塌下來了一樣，萎坐到了地上，捂著臉嚎啕大哭了起來。

看著坐在地上哭得要死要活的宋招娣，林實和全子懶得跟她多廢話，一人架起她的一條胳膊，把她拖到了驢車上。

冬寶也爬進了驢車裡，林實和全子則是坐在了車頭的位置趕車。

宋招娣一雙淚眼矇矓的眼睛狠狠地瞪著冬寶，咬牙切齒地說道：「妳毀了我的好前程！我恨妳！」

冬寶壓根兒沒把她的話放心上，就如同一個不懂事的孩子要下河去玩，大人制止了他，他不感謝反而痛恨大人不讓他玩一樣。再說，宋家人要是懂得感恩，那真是太不科學了。

車頭坐著的全子撇撇嘴，不屑地說道：「啥好前程？跟人私奔……傳出去，二十年後妳家人出門還得遭人指指點點。」

「你懂個屁！私奔也得分跟誰！」宋招娣罵了一句。「你知道他是誰嗎？」

全子無語了。「妳知不知道點羞恥啊！」

宋招娣哼了一聲。「等我有了錢，誰還會說我不知道羞恥？就是你們，也不敢看不起我！」

冬寶最不耐煩的就是宋家人這副作派，她估摸著，是因為宋老頭這輩子總被人看不起，潛意識裡對自尊還有面子的渴望施加到了兒孫身上。

「妳有了錢？」冬寶冷笑。「有了妳偷妳爹娘的幾個銅錢嗎？有志氣得很啊！」

宋招娣對冬寶那是新仇舊恨，咬牙切齒地說道：「宋冬凝，妳少在那兒得意！不就是靠著妳娘爬了嚴海峰的床嗎？等我發達了——」

話沒說完，冬寶揚手一巴掌，重重地拍到了宋招娣的臉上。

「妳敢打我?!」宋招娣不敢置信。

冬寶揪著宋招娣的頭髮，惡狠狠地說道：「妳要是再敢唧唧歪歪我娘還有我爹，我保證把妳私奔這事宣揚得是個人都知道，到時候我叫妳連個老光棍都嫁不了！妳就一輩子給妳兩個弟弟當老媽子，伺候他們吧！」

宋招娣嚎啕大哭了起來。「妳知道我那王郎是誰嗎？等王郎知道你們這麼對我，早晚收拾你們！」

冬寶被她那句甜蜜的「王郎」給徹底噁心到了，抓著宋招娣頭髮的手也鬆開了，一想到宋招娣的頭髮那個「王郎」也可能摸過，她就後悔得不行，趕緊拿帕子搓了搓手，省得沾上什麼不乾淨的東西。

「我管他是誰啊！」冬寶皺眉。「他要真是誠心想娶妳，找個好日子來提親不就完了，幹啥非得讓妳跟他私奔？妳到了他們家，他們家裡人能看得起妳嗎？」

到了村裡，宋招娣也知道羞，怕被外頭的人聽見，抽噎聲也漸漸消停了，捂著臉說道：「王郎有苦衷的……王郎是他們家的獨子獨孫，他父母、爺爺、奶奶都寵著他，我是他領回家的，他家裡人不會看不起我的。」

「到了！」外頭的林實也聽不下去宋招娣一臉嬌羞地說她的情郎了，讓宋招娣下車。

宋家門口站著黃氏和宋二嬸，兩人內心同時竊喜，以為這不年不節的，冬寶又來給他們送禮了。

結果禮物沒等到，等來了一個眼睛紅腫、臉上一個巴掌印、頭髮亂得像雞窩一樣的宋招娣。

宋招娣灰溜溜地下了馬車，抱著懷裡的藍花布包袱，低著頭往院子裡走，看都不敢看宋二嬸和黃氏一眼。

「妳給我站住！咋回事啊？」宋二嬸沒好氣地問道，下勁拽宋招娣手裡的藍布包袱，宋招娣低著頭抱著包袱不給，宋二嬸氣得不行，下狠勁兒把包袱拽了出來。

宋招娣低著的臉就有些白了，等宋二嬸發現包袱裡她偷的家裡的錢，還不知道該怎麼揍她。

黃氏可不想讓冬寶還有林家兄弟看宋家的熱鬧，朝宋二嬸板著臉吼道：「大中午的，還不趕緊做飯去！」

宋二嬸揪著宋招娣的頭髮進西廂房了，剩下黃氏站在那兒，看著冬寶。

「奶，還沒做飯吶？」冬寶笑著問道。

黃氏見冬寶沒有送禮的意思，不熱乎地搖頭道：「沒。」

冬寶又問道：「三叔走了恁長時間了，回來過嗎？」

說到宋柏，黃氏的臉色和語氣才隨和起來，搖頭道：「沒回來過，他在安州給人當大掌櫃，大大小小的事忙得腳不沾地的，哪能說回來就回來啊！」

冬寶強忍住了笑，對黃氏說道：「奶，那我走了啊！」

冬寶回家後，並沒有向李氏隱瞞，跟李氏一一說了今天的事。

李氏駭得坐在椅子上半晌沒動彈，喃喃說道：「這閨女膽子也太大了！」

冬寶笑道：「娘，我看二嬸氣得不輕，估計這回得下狠勁看著她了，她就是想跑也沒機會了。」

第九十九章　尋人

時間過得飛快，轉眼間，地裡的莊稼嫩苗已經長得一人多高了，玉米和高粱組成的青紗帳鬱鬱蔥蔥，一眼望不到邊。

李氏扶著腰，在院子裡走路，跟冬寶搖頭嘆氣。「今年天兒真熱，入了夏就下了兩場雨，地都沒澆透，估計收成不好。」

冬寶點點頭，說道：「要是收成差的話，咱們一畝地就少收五十斤包穀。」

「好！」李氏笑著點頭贊同。五十斤租子對他們來說不算什麼，但對於那些靠租地過活的佃戶來說，在災年就相當於是救了一家老小的命了。

自從李氏懷孕後，對於做善事的熱情比以往更加高漲了。一家人都清楚李氏的心思，不管是嚴大人還是冬寶，都願意出點錢讓李氏求個心安高興。

一切似乎都很順利，在冬寶看來，她日後的人生都將這麼一年年地過下去，看著莊稼從幼芽到成熟，做豆腐、賣豆腐……就在這個時候，鎮上的鋪子裡來了個不速之客。

李氏自從胎象穩定後，就不願意窩在家裡了，這天她和冬寶一到鋪子門口，門口蹲著的那個男子就趕忙站了起來。

「嫂子！」門口的男子熱情地叫道，掃了眼李氏高高隆起的肚子，朝她走了過來。

李氏尷尬地笑了笑。「來啦？」

宋榆穿了件乾淨的藍細棉布短襦，肩上搭著一個包袱，煞有介事地說道：「我去青州辦點事。」

「你去青州幹啥？」冬寶插嘴問道。

宋榆嘿嘿笑了笑，一臉「我要去幹正事、幹大事」的模樣，並不搭理冬寶，只對李氏說道：「嫂子，我這天不亮就出門了，還沒吃飯哩！這肚子空空的，也不好上路啊！」

李氏早就習慣了宋家人這副作派，便說道：「春雷媳婦，去給冬寶她二叔盛碗豆花。」

宋榆一邊往屋裡走，一邊嚷嚷道：「還有那包子、油條，一樣給我來幾個！」

「什麼人啊！」冬寶忍不住撇嘴。

李氏拍了拍冬寶的肩膀，勸道：「現在他們也不常過來，忍一忍就過去了，咱也不差那兩個豆花錢。」

「我不是在乎那幾個豆花錢。」冬寶皺眉搖頭。「算了，咱不跟他計較。」誰讓宋榆是她二叔呢，這點血緣關係真是抹都抹不掉。

等宋榆吃飽喝足出來了，看到李氏和冬寶在門口站著，便問李氏。「嫂子，咱這鎮上有去青州的嗎？我不認得路，找人搭個伴。」

李氏搖了搖頭。「這我不大清楚，我找人幫你打聽打聽。」

「二叔去辦啥事啊？」冬寶問道。「這邊去青州那麼遠，人家都是有正事的，你不說清楚，人家只怕不願意跟你一夥。」

宋榆這種閒漢能有什麼事要去青州辦的？不定心裡又在想什麼餿主意了。

「看妳這小妮子，一張嘴利的。」宋榆不高興了。「我去是有正事辦，可不是去玩的。」

李氏身子沈，也不耐煩跟他多說了。「你要是不說，那就算了，我也幫不了你啥。」萬一宋榆真是幹什麼壞事去了，她這不是坑了和宋榆搭夥的人嗎？

冬寶這邊就扶了李氏要走。

宋榆趕緊叫住了李氏，左右看了一眼，壓低了聲音說道：「嫂子，我可不是故意想瞞著妳的，妳看，要不咱找個安靜的地方說？」

還故弄玄虛上了！冬寶一陣好笑。「二叔，你要不說就算了，我們也沒興趣聽。」

宋榆急了，想拉李氏又不敢，只一個勁兒地叫嫂子，非說他有急事，不方便叫人聽到。

「行了！」李氏打斷了宋榆的話。「到後院說吧。」

到了後院，宋榆關上了後院和鋪子的門，才對李氏重重地嘆了口氣，說道：「就是招娣那事兒！前兒個月，冬寶不是逮著過招娣一回嘛……」

李氏瞬間倒抽了一口涼氣，直起身子，緊張地問道：「招娣又跑了？跑青州去了？」

宋榆趕忙說：「招娣在家，嘿嘿，就是那啥……」宋榆支支吾吾了半天，最後才說道：「招娣有身子了，就是王公子的！眼看就要顯懷，這不得我這個當爹的給她作主嘛！」

李氏覺得眼前暈乎乎的，金星直冒，比聽到宋招娣私奔還要震撼，對冬寶說道：「妳進灶房幫忙去，這事不該妳聽的。」

冬寶目瞪口呆了好一會兒，跟李氏說道：「娘，妳一個人在這兒不行。」

李氏握住了冬寶的手，示意宋榆繼續說下去。

冬寶覺得有些奇怪，一個做父親的發現女兒被不知道的誰弄大了肚子，頭一個反應不該是暴跳如雷嗎？還會覺得羞愧、丟人。可宋榆的態度顯然不夠生氣啊！或許在宋家的時候已經發過脾氣了，可羞愧、丟人的情緒冬寶可沒見著。

相反地，她覺得宋榆很興奮，有種勝券在握的感覺。

「那王公子是青州人，家在哪兒、家裡有誰，都跟招娣說得一清二楚，我得找他去。」宋榆理直氣壯地說道。

李氏皺眉道：「招娣咋樣了？還有小王莊那家，你咋跟人家交代？」

宋榆嘿嘿一笑。「啥交代不交代啊？招娣在家裡，好好養著呢！」

「你們還打算讓招娣把孩子生下來啊？」李氏顯然是震驚了。

「嫂子，妳知道那王公子是誰嗎？」宋榆抱著胸，得意洋洋。「人家可是青州王家的獨孫，家裡有數不清的金山銀山啊！妳知不知道，咱們安州也有個王家，連知府大人都得看王家人的臉色。那青州的王家和安州的王家原本是一家人，後來有一支到青州當官去了，才有的青州王家，連青州知府都得給面子，招娣懷的可是那王家獨苗的獨苗啊！」

李氏自然知道安州王家，她見過王聰和王五少爺，但她實在沒辦法想像那樣高貴的人會看上並引誘了農家姑娘宋招娣。然而高門大戶裡多子多孫，指不定王家還真有這種人。

「招娣都定給人家王小寶了，你這不能一女許二家啊！」李氏搖頭道。她算是明白了，宋榆是看上王公子這塊肥肉了，想來個母憑子貴。

宋榆不屑地哼了一聲。「王小寶能跟人家王公子比嗎？他敢跟王公子搶招娣嗎？」

冬寶忍不住抽嘴角，王小寶得多不正常才會去搶一個未婚先孕的姑娘啊？

「嫂子，我這兒可有信物。」宋榆從肩膀上的褡褳裡取出了一個紅繩串著的玉，在李氏面前得意地晃了晃。「這是王公子的傳家寶，聽說值幾千兩銀子，夠買下半個沅水鎮呢！」

宋榆顯擺完玉後，小心翼翼地把玉放進了褡褳裡，生怕出一點差錯。

李氏皺眉，在她眼裡，宋招娣這種事丟人至極，像宋榆這樣想借孩子上位的，更是不像話。

然而宋榆熱情高昂地要去青州找「女婿」，李氏也不知道該說什麼，宋家人是從來不聽別人勸的，然而她還是不死心，說道：「招娣她爹，你也說了王家是大戶人家，那王公子的家裡人，會願意王公子娶招娣當太太嗎？」

宋榆古怪地笑了笑，含含糊糊地說道：「王家咋想，咱也左右不了，招娣給他們生了兒子，就算當不了太太，咋也給個小太太當當吧！」

小太太就是指姨娘、妾。

李氏聽到「小太太」時，已經麻木了。宋榆既然想靠宋招娣和孩子發財，哪在乎女兒當的是正房太太還是姨娘啊！

「二叔要去就去吧，這邊有家鋪子是從青州進貨的，我問問他們哪天出發，你過來搭他們的車就行了。」

最後，冬寶發話了。她倒是覺得找王公子是對的，畢竟壞事是王公子做下的，至於找到後，是找王公子算帳還是找王公子認親，那都是宋家人的決定了，與他們無關。

宋榆心滿意足地走了，李氏扶著冬寶的手，複雜地看著冬寶，半天沒吭聲。

「娘是覺得我不該開口幫二叔去青州嗎？」冬寶問道。

李氏搖搖頭，遲疑地說道：「倒也不是……唉，我看咋樣辦都不好。」

「事已經出了，是她自己不自重，咱也沒辦法。」冬寶厭惡地說道。最好王公子大發慈悲，把宋家人都接到青州去，這樣她就不用再見到宋家人了。

晚上，李氏有些睡不著，最後還是跟嚴大人把這事給說了。

嚴大人聽了後，愣了下才說道：「不是我說話難聽，這有錢人家的公子哥兒，他就是想玩個新鮮，未必是真心的。還有，那王公子一、二十歲了，家裡能沒妻小？要是有了兒子……」嚴大人搖了搖頭。「只怕不會稀罕宋家大姑娘的孩子。」

李氏嚇了一跳，仔細想想，還真有這種可能。「唉，我都沒想到還有這樣的事，光想著這事丟人，說不出口了。」

嚴大人拍了拍李氏的肩膀，勸道：「別操心別人了，趕快睡吧。要真是這樣，我看宋家老二也能早點收起那不切實際的心思，趁別人都不知道，利索地把事情處理妥當了。」

嚴大人暗指的意思，是把宋招娣懷的孩子打了。

「我就是可憐招娣肚子裡那孩子。」李氏嘆道。「當初要不是冬寶碰到了把她攔下來，現在都不知道在哪兒呢，就這也落不到好，指不定那一家子咋怨冬寶壞了他們的前程。」

這話，李氏倒是冤枉宋二叔和宋二嬸了。

「說起來，多虧了冬寶那丫頭還有林家那兩小子呢！」宋二叔坐在床沿上，得意洋洋地揮手說道。一旁的宋二嬸正在給他收拾行裝，原來一家人都以為宋二叔要吃點苦頭，一路走著去青州，沒想到宋二叔找了李氏，搭上了順風車。

宋招娣現在肚子裡懷著「王家獨苗的獨苗」，身分自然金貴了起來。懷了王大少爺的骨肉後，宋家上下都對她精心伺候起來，宋二嬸怕她夜裡要喝水起夜，還把她的床鋪移到了她和宋二叔的屋子裡，方便就近照顧。

宋招娣正躺在床上養胎，對宋二叔的話很不屑，不由得撇嘴道：「你還謝他們？若非他們，我早讓王公子接回青州了，哪用得著爹你去找啊？」要是當初沒有冬寶那臭丫頭壞事，她現在肯定是住在青州王家的大宅子裡養胎，天天吃香喝辣，有數不清的下人伺候著。

宋二嬸恨鐵不成鋼，用手指頂了下宋招娣的腦袋。「妳自己犯賤跑去的，跟人家明媒正娶來接的，能一樣嗎？妳爹這回說的沒錯，還多虧了冬寶把妳攔下了，總算是做了件好事，不枉在咱們家白吃白喝了恁些年。」

「等咱們去了青州，天天吃好的、喝好的，也使喚下人。」宋二叔激動地說著。宋招娣肚子裡的孩子就是塊寶貝疙瘩，是一家人的全部希望。

宋二嬸被宋二叔描繪的美好未來閃花了眼，忽然拍了下巴掌問道：「咱們去青州了，那咱爹娘咋辦啊？跟咱一起去不？」

「這個……」宋二叔的舌頭有點打結。「還是不帶了。不是我不願意養兩個老的，主要是兩個老的不樂意跟著咱，兩老就疼老三，就願意跟著老三。我是當哥的，得讓著弟弟，就不跟他爭了。」

「欸！」宋二嬸樂開了花，心裡美滋滋的。

宋招娣聽不下去，真是噁心壞她了！一家人沒一個好東西，都想從她身上得好處。她可一點兒都不想讓父母、弟弟們跟著過去，她為啥要偷偷跟王郎走？還不是想擺脫這家人。

早在宋榆頭一次去找李氏之前，黃氏就破天荒地給了宋榆五百個錢當路費。

在宋家上下的鼓勵和期盼下，宋榆信心滿滿地出發了，臨走前還去寶記鋪子好好地吃了一頓。

快到中秋的時候，鋪子裡的荷花跑了過來，跟冬寶說道：「姑娘快回去看看，鋪子裡來了兩個公子哥兒，說是安州來的，姓王，給妳和嬸子送中秋禮來了。」

「估計是王聰和王五少爺。」冬寶對李氏說道。

李氏挺著大肚子，不便見客，冬寶也是訂過親的姑娘了，李氏便讓賀嬤嬤去鎮所叫嚴大人回來，又讓荷花去叫林實和張謙。

冬寶出門的時候，李氏又把冬寶喊住了，嘆了口氣說道：「寶兒啊，等會兒見了兩位王公子，妳看能不能跟他們打聽一下青州那個王公子？」不等冬寶開口，李氏連忙說道：「娘知道妳不待見招娣，她那樣也是自找的，可到底是妳姊……」

冬寶心中也憋了不少火氣，自從李氏懷了身子後，誰都想幫，看誰都覺得可憐，還老覺得不幫人家就是做壞事，老天爺一生氣，就要帶走她現在的好日子，把她打回原形。

「娘，妳讓我跟他們打聽那個王公子，我怎麼開這個口？」冬寶問道，宋招娣不要臉，她還要臉哩！

李氏沒想到冬寶會生氣，連忙笑道：「算了，咱不打聽了。我就是想著那王公子要不是個好的，妳姊過去也是受罪。」

「他好不好關妳我什麼事？」冬寶想著李氏是孕婦，莫要惹她生氣，因此竭力壓抑著語氣裡的火氣。「她親娘都不怕那王公子不好了，妳怕什麼？旁人都覺得這事髒，提起來都嫌髒自己的嘴，妳倒好，滿腦子想的都是宋招娣。宋家窮，妳要不要再發一回善心，把她接咱家安胎啊？沒準兒人家發達後，會記得妳的好。」

李氏愣住了，覺察冬寶這回是真氣上了，連忙解釋道：「娘不是心疼招娣，就是管不住自己。招娣那孩子是在我跟前長大的，妳二叔、二嬸眼裡就只有錢……你們這些小輩們，我都盼著你們好……」

冬寶看了眼李氏的肚子，擺了擺手。「娘，別說了。剛剛是我態度不好。時候不早了，我先去鋪子那邊了。」

嚴大人被賀嬤嬤從鎮所裡叫出來，路過家門口時，拐進門看看李氏，結果就看到李氏坐在那兒唉聲嘆氣的。

「這是咋啦？」嚴大人問道。

李氏尷尬地笑了笑，在丈夫面前沒忍住，掉起了眼淚。「剛說了幾句不該說的，讓閨女生氣了……我知道她心疼我懷著孩子，沒跟我咋說，可我看她就是氣得不輕……」

李氏雖然善良單純，但她不是腦子進水的傻子，她心裡清楚誰才是她的親生孩子，就是一萬個宋招娣加起來，都比不過冬寶的一根手指頭。

今天的事是她頭腦一熱就說出來了，沒想到冬寶會那麼生氣，她內心充滿了要失去女兒的惶恐和悔恨。

李氏後悔地抹著眼淚。「也是我嘴賤，好好的日子不過，非得找點事，讓自己閨女生氣……」

嚴大人嘆了口氣，看李氏悔得腸子都要青了的模樣，也不好說她什麼，便勸道：「估計冬寶這會兒上也正後悔著哩！等下午冬寶回來，妳們娘兒倆說說話，這事肯定就過去了。妳呀，以後就好好養胎，旁的就別操心了啊！」

見李氏的情緒平復了不少，嚴大人便說道：「我先走了，鋪子裡還在等著我，等吃完飯我就回來。」

等賀嬤嬤關上了大門後，嚴大人站在外面嘆氣。

他覺得李氏自懷孕後，膽子就更小了，不幹點啥好事她心裡就不踏實，這點實在不好。

第一百章 小十弟

冬寶是在離鋪子有段路的地方碰到林實的，看只有林實一個人，便問道：「小謙哥呢？怎麼就你一個？」

林實笑道：「張謙去陳夫子那裡聽他講課了。妳怎麼了？剛我喊妳幾聲都沒聽到，誰給妳氣受了？」

真不愧是青梅竹馬……冬寶悻悻地想到，自己生氣，他一眼就看出來了，偏偏有氣還不能衝李氏發，她便竹筒倒豆子，一股腦兒地全跟林實抱怨了。

「不管跟誰都想過一把好人的癮，她怎麼不在馮翠菊面前充好人啊？她怎麼不成全人家一家子團圓啊？」冬寶撒氣似地抱怨道。

林實簡直哭笑不得，李氏要是聽見女兒這麼說，準得氣昏過去。他忍不住捏了捏她的手，說道：「李大娘懷著身子，妳別跟她計較。」

「我怎麼不計較？」冬寶氣咻咻地反駁。「她心疼完這個心疼那個，什麼人都當成個心肝疙瘩。」

「妳吃醋了？」林實拉住了冬寶，笑著問道。

冬寶不可置信地看著他，心裡越發不高興了，掙開了林實的手，邊走邊撇著嘴說道：「你當我是三歲小孩啊？我娘關心關心別人我就吃醋？」

「還說自己不是吃醋。」林實笑著追了上去。「不就是吃醋李大娘關心了招娣，沒顧忌到妳嗎？」

冬寶低頭不吭聲。其實李氏肚子裡的那一個，才是引發這件事的真正導火線。

她就是覺得有了這個孩子後，李氏的重心就不會再是她了。儘管她一直在人前裝得很高興，但實際上她一點兒也不歡迎這個新成員。有了這個孩子，母親便不再是她一個人的母親了，李氏現在有丈夫、有孩子，對錢財物質又沒什麼追求，還會需要她嗎？

冬寶嘆了口氣，小聲嘟囔道：「真想早點嫁到你家去，這個家沒我啥事了……」

林實笑咪咪地刮了下冬寶的鼻子。「不害羞！妳想早點嫁，妳爹娘還捨不得呢！」隨即又說道：「我娘懷著全子的時候，我也可生氣了，那時候雖然小，可也知道，等弟弟生下來後，爹娘就不再是我一個人的了。」

「後來呢？你有沒有做點什麼？」冬寶笑咪咪地問道。

「想什麼呢？」林實笑出了聲，用力握了握冬寶的手。「我才那麼點大，能幹什麼事？我就只記得我很不高興，不過等全子出生了，我那些不高興就都沒了。看著那麼小的一團小孩兒，我就稀罕得不行，現在想想，有個弟弟真好。」

冬寶不滿地說道：「那是因為你是男孩，你是長子，不管後面的弟弟還是妹妹都是錦上添花，林叔和嬸子怎麼都是最看重你的。我就不一樣了，親爹不疼，等有了新弟弟妹妹後，後爹也不愛了。」

「那麼可憐啊……」林實笑了起來，拉著她往前走。「別哀怨了，再不濟，還有我們全家都疼妳愛妳啊！」

兩個人到門口的時候，嚴大人正焦急地站在門口四下張望，看到冬寶和林實一起出現了，才鬆了口氣。他知道冬寶和李氏才吵過，自然是找小情人抱怨去了，也不好說冬寶什麼，轉身說道：「走吧，兩位王公子該等急了。」

「飯菜做好了嗎？」冬寶問道。

「好了，酒也準備了。」嚴大人笑道。

王聰和王五在後院樹蔭下坐著，一旁有張謙和柳夫子作陪聊著天，等冬寶三個人進來，王聰先站了起來，笑著拱了拱手，冬寶幾個連忙還了禮。

「對不住啊，讓你們久等了。」冬寶這個歉道得真心實意。

王五坐在那裡不動，笑了起來，慢悠悠地說道：「真是大忙人啊！」

冬寶選擇性地忽略掉了他語氣裡的譏諷，笑著跟兩個人說道：「你們二位怎麼有空來我們鄉下？是不是想住兩天玩玩？」

「這倒不是。」王聰怕王五再說什麼難聽的，放在石桌下面的手推了下王五，示意他莫要搗亂。「臨近中秋了，我們來給宋姑娘送節禮。」

吃完飯，直到送王聰和王五出門之時，王聰也沒說什麼，冬寶暗自驚訝了好一會兒，原來兩位貴公子還真只是來送節禮的。節禮中還有給李氏安胎的藥材，她這面子掙大發了！

等到王聰臨上馬車的時候，對冬寶笑道：「妳莫要多想，上回的事實在對不住，後來我才得知……」王聰笑著搖搖頭。「今天妳就當我們是來給妳賠禮道歉的。」

王聰指的是上次讓冬寶見那一群千金小姐的事。冬寶忍不住說道：「我是不是不方便去安州？那樣的話，不如把廚子帶過來，我在鋪子裡教他做菜也行。」

「不用。」王聰連忙擺手。「早知道妳會多想，我就不跟妳說這麼多了。還是跟以前一樣吧，咱們的生意最重要。」

冬寶笑了起來，點頭道：「那成。」

王聰見她欲言又止，便笑道：「宋姑娘有話就說，不需要避諱什麼。」

冬寶想了想，還是問了一句。「雖然很冒昧，不過我還是想跟王公子打聽一個人——」

冬寶話還沒說完，就聽到已經進到馬車裡的王五嗤笑道——

「既然知道冒昧，還問什麼？」

這討厭的有錢小屁孩！冬寶氣急。

「我就是想跟王公子打聽一個人，不知道王公子方不方便？」冬寶賭氣，直接就問了。

王聰無可奈何地回頭看了眼馬車，對冬寶笑道：「妳是不是想問宋柏？上回我好像聽人說，他不在那間糧鋪做夥計了，後來去哪兒了不清楚，妳想知道的話，我再託人打聽。」

「不是他。」冬寶搖搖頭。「你們家在青州是不是有親戚？他們家有個獨苗孫子，那人如何？」

「妳打聽他幹什麼？」說話的是馬車裡的王五，十分不解的語氣。

冬寶硬著頭皮解釋道：「前一段時間收麥的時候，我們碰見他了，他說他祖父年紀大了，想回安州老家……」

「這怎麼可能？」王五在馬車裡懶洋洋地說道：「聽說七叔祖對他的學問很是上心，一心要培養個狀元出來，拘著他唸書，怎麼可能讓他到安州來？再說了，我們從沒聽說過七叔祖想要回安州。」

「也不是不可能啊！」冬寶皺眉說道。「我就想知道他為人如何？」

王聰笑著搖了搖頭。「這我可真不知道，雖然是同宗，可他們在青州，隔的遠，小十弟麼，我只見過他一次，還是在他很小的時候，現在他長成什麼樣，我就不知道了。要不，回頭我幫妳問問好了。」

「小十弟今年才八、九歲，妳打聽他做什麼？」王五在馬車裡問道。

冬寶連忙問道：「那你們在青州的親戚還有沒有別人？大約不到二十歲，長得高高的，有點黑。」

王聰也很詫異，搖頭道：「沒有了，七叔祖只有一個兒子，早些年就去了，只給七叔祖留了一個孫子。青州的王家除了女眷，就只有這兩個主子了。」

冬寶驚詫得嘴都合不攏了。

宋榆是在出發後的第二天早上到達青州的。

進了巍峨壯觀的青州城門後，宋榆躊躇滿志地看著熱熱鬧鬧的青州街市。等他成為青州「土豪」的岳父後，這些……都是他的！

但宋榆沒想到的是，他到王家門口，朝門房大搖大擺地說明了他的來意後，非但沒有得到熱情的款待，還被幾個小廝痛打了一頓。

宋榆只能護住了臉，殺豬般地嚎叫了起來。「老子就去衙門告你家少爺強X民女！想白睡我閨女？作夢！」

王家的小廝們此時看向宋榆的表情已經像是在看一個神志不正常的瘋子了。

因為宋榆橫了心，在王家大門口又是叫、又是哭，一個勁兒地說王家少爺搞大了他閨女的肚子，招來了裡三層、外三層的人圍觀。

小廝們一看這事要鬧大，連忙去通報了主子。

又過了一會兒，大門後便響起了腳步聲，一個穿著富貴的老頭拉著一個小男孩的手出了大門。「就是你要找我孫子？」老頭背著手，居高臨下地看著宋榆。

小廝上前一步道：「這是我們老太爺。」

「是。」宋榆立刻恭敬地說道，手裡還攥著那塊玉，遞到了王老太爺的面前。「這是王公子留給我閨女的定情信物，您肯定認得的。」

王老太爺低頭掃了一眼玉後，沈聲問道：「你口口聲聲說我孫子騙了你閨女……你可見過我那孫子？」

宋榆遲疑了下，說道：「我沒見過，我要是見過，我閨女也不至於叫他騙了，還懷了你們王家的骨肉！」

「那你怎麼就肯定他是我們王家的少爺？」王老太爺問道。

「他自己說的，還有這塊玉，你們家的傳家寶他也留給我閨女了，還許了我閨女進你家門！」宋榆大聲說道。

王老太爺憐憫地看了他一眼，拍了拍旁邊的小男孩，對宋榆說道：「我就這麼一個孫子，今年九歲整。青州王家就我和我孫子兩個男丁了，我不知道你要找的那個王公子是誰，不過，他一定不是我孫子。」

宋榆彷彿被雷劈到了一般，驚得他兩眼發直。「這不可能……我閨女肚子裡還懷著你們王家的種呢！」

「還在胡說八道！」小廝怒了，上來推了宋榆一把。「今天老太爺是看你跟你閨女可憐，才特意帶著我們少爺出來給你解釋的，再胡亂說話，就真對你不客氣了！」

宋榆話都結巴了，抖著手裡的那塊玉叫道：「我有證據，這是你們王家的傳家寶……」

「什麼傳家寶？」小廝皺眉說道。「這種破青玉到處賣的都是，我們王家的下人都不會戴這麼差的玉。」

「算了。」王老太爺擺了擺手。「鄉下人沒見識，不知道玉的好賴也是情理之中的事。你要找的那個王公子確實不是我孫子，你還是去別處再找找吧！」說罷，王老太爺就領著小孫子，和一大群人浩浩蕩蕩地從正門又進去了。

宋榆還是不死心，路過一家首飾店的時候，他進去掏出了那塊玉，掌櫃見他臉上青一塊、紫一塊的，還以為他是小偷，偷東西被人抓住打的。

「掌櫃的，你看我這玉，值多少錢？」宋榆問道。

掌櫃本以為他偷的是多值錢的玉，連忙過來一瞧，立刻嗤了一聲。「這青籽玉能值什麼錢？」

「不值錢？」宋榆再一次被打擊到了，急忙說道：「掌櫃的你再仔細瞧瞧，這是別人的傳家寶啊！」

「誰家的傳家寶啊？也太寒酸了吧！」掌櫃哈哈大笑了起來，把玉又丟給了宋榆。「這料子不值錢也就罷了，雕工也很粗糙，喲，刻的是觀音像，海音寺門口那條街上盡是賣這個的，五十個錢就能買兩個。」

送走王聰和王五後，冬寶有預感宋招娣這回栽跟頭了，而且栽大發了。冬寶想了半天，決定瞞著李氏。李氏正挺著大肚子，最近又重新拾起了爛好人的行當，還幹得不亦樂乎，還是等她生完孩子再說吧。

然而，她想起中午和李氏鬧的那場氣，便有些彆扭，在鋪子裡四下幫忙。夕陽西下的時候，小旭和嚴大人過來了，喊她回家吃飯。

冬寶拉著小旭的手，跟著嚴大人彆彆扭扭地回了家，她還沒想好怎麼面對李氏呢！

李氏看到嚴大人他們回來，目光越過了嚴大人，落到了後面的冬寶身上，賠著笑，對閨女柔聲說道：「回來啦？在鋪子忙了一下午，累不累啊？我給妳倒口水喝。」

面對這麼小心翼翼、只差沒賠禮道歉的李氏，冬寶心中再多的彆扭和不爽都沒了，連忙扶了李氏坐下，說道：「娘，妳坐下歇著就行了，讓小旭給我倒水喝吧。」

小旭歡快地跑到屋裡倒水去了，十分狗腿地給冬寶端到了跟前，笑得一臉諂媚。「姊，我加了白糖的。」

冬寶接過了水杯，順便在小旭白白嫩嫩的臉上揩了一把油，覺得這小屁孩肯定被李氏和嚴大人叮囑過了，知道姊姊今兒心情不好，所以巴結得格外賣力。

然而揭開茶蓋，冬寶那顆感動的心就更「感動」了。好傢伙，杯子就那麼點容積，底下沒化開的白糖就有半杯子厚！冬寶小心翼翼地喝了一口……喔，甜死人了！

宋榆走後第四天，嚴大人就接到了縣裡的通知，讓他帶人去縣裡一趟。

嚴大人回來時，已經是出發後的第二天了，回家後臉色也不大好看，每每看向李氏都欲言又止。

冬寶發現了嚴大人的異常，私下裡問道：「爹，發生了啥事不好跟娘說的？」

嚴大人想了想，覺得冬寶雖然是個女孩子，但該知道的還是得知道，免得日後出門吃虧，便跟冬寶說道：「這回縣裡這麼急著讓我們過去，是出了個大案子。犯人在安州作案好幾起了，州府發了懸賞的告示，上午我叫人都貼上了。」

冬寶試探地問道：「是人命案？」

嚴大人搖搖頭。「有人冒充名門公子到處行騙，騙的對象就是十幾歲的姑娘，得手後以私奔的名義把人從家裡帶出來，再賣到……那些髒地方去。」

「爹的意思是說，宋招娣的那個王公子……」冬寶驚得話都沒說完。她原來只以為有人冒充王公子獵色，沒想到人家還有更狠的後手！那天要不是她和林實、全子攔住了宋招娣，只怕宋招娣現在……

嚴大人點點頭。「應該就是他，畫像和懸賞告示都貼出來了。聽說這事兒，青州的王老太爺出了大力的，懸賞的那一百兩銀子，就是他出的。」

冬寶覺得要是她是王老太爺，也會出這個錢，畢竟那賊子用他寶貝獨孫的名義幹這麼下作的事，把這賊子捉住了砍頭示眾一百遍都解不了王老太爺心裡的憤怒。

「其實王聰和王五少爺來的那天，我就跟他們打聽了青州王少爺的事……」冬寶說道。「當時就覺得不對勁，但沒跟你和娘說。」

嚴大人看著冬寶，笑了起來，拍了拍冬寶的肩膀說道：「妳不是挺生氣妳娘叫妳打聽這事嗎？怎麼還問了？」

冬寶也不好意思地笑了起來，說道：「當時確實挺生氣的，後來想想，我娘是心善，而且她咋說也是我堂姊。」

冬寶只跟林實說了這事，兩人都有種不好的預感。

「這事怨不得別人。」林實搖頭說道。「蒼蠅不叮無縫的蛋。」

冬寶嘆了口氣。「唉，她一直都瞧不上王小寶……」

第一百零一章　宋榆的憤怒

宋二嬸幾天後還沒等到來迎接他們去青州享福的人馬，有些著急了，便去了鎮上，想找李氏打聽一下消息。

她剛一到鎮門口，就看到門口圍了不少人，很是熱鬧。宋二嬸擠到最前面一看，是個告示，還配的有畫像，畫像畫得不咋樣，但還是能看出來是一個年輕漢子，眉目清秀。

「這上頭寫的啥啊？」宋二嬸連忙問旁邊的人。

那人指著告示唸道：「今有一賊子在安州境內流竄作案，冒名門公子，行詐欺拐賣良家女子之事，已犯案數起，受害者眾。賊子年紀十七至二十二之間，面色微黑，身高七尺，著白色錦袍，如有線索，上報官府，必有重賞。」

「文謅謅的，聽不懂！」宋二嬸不滿地說道，又仔細看了看畫像，很希望自己能認得畫像上的人，報給官府得些賞錢。

旁邊一個漢子便笑道：「就是說，有人騙那些黃花大閨女，占了人家的身子後就把人家姑娘賣嘍！妳要知道啥就去官府告密，有賞錢拿。不過，我看妳是不用擔心，人家賊子只拐黃花大閨女，不會要妳的。」

人群一下子便爆發出了哄笑聲。

宋二嬸呸了那人一臉，沒好氣地說道：「誰這麼傻，叫人騙啊！」

宋二嬸走到鋪子的時候，只有冬寶在裡頭。

「冬寶！」宋二嬸底氣十足地在門口喊了一聲，因為她即將是王公子的「岳母」了，看冬寶也不過就是個做小買賣的，不放眼裡了。

冬寶出來後，看是宋二嬸，頓了頓腳步，問道：「二嬸，什麼事啊？」

「妳二叔都去恁些天了，咋還沒回來啊？」宋二嬸問道，走進了店裡。

冬寶攤攤手。「我怎麼知道。」

宋二嬸撇撇嘴。「當初不是妳們找的跟他搭夥去青州的人嗎？」

「咋？妳又想訛人？」李紅琴沈著臉說道。

「啥訛不訛的？說恁難聽幹啥！」宋二嬸嘟囔道，對李紅琴笑了笑。「大姊，妳看，我一大早就過來了，還沒來得及吃早飯哩！」

李紅琴沒好氣地斜了她一眼，盛了碗豆花，讓富發媳婦給她端了過去。

冬寶則是讓荷花跑腿，去當初託的那家鋪子問了去青州的商隊的事。

宋二嬸翹著蘭花指，舀了勺豆花，不滿地咕噥著。「麻油擱這麼少……」

過不一會兒，荷花就回來了，對冬寶和宋二嬸說道：「人家說了，商隊今兒回來有一會兒了，宋老二也跟著回來了，現在估計正往家裡去哩！」

宋二嬸一聽，抹了把嘴就往外衝，生怕宋榆帶著孩子去青州過好日子，把她扔下了。

冬寶並不知道宋家怎麼樣了，不過她能肯定的是，宋招娣的日子不會好過。宋榆和宋二嬸要是得知宋招娣懷的是通緝犯的孩子，如何暴怒可想而知。

同樣是孕婦，李氏在家有丈夫關愛著、兒女圍繞著、老媽子伺候著，而宋招娣就過得比較淒慘了。自從宋榆從青州回來後，一天三頓打是免不了的，宋招娣鼻青臉腫，加上肚子漸漸大了起來，她也不敢出門了。

宋二嬸見實在不是個事，去問黃氏要了幾十文錢，偷摸著去鎮上找大夫包了藥回來。

宋招娣這些天怕宋榆怕得發抖，一聽到腳步聲就下意識地往角落裡躲，生怕宋榆看見了她又是一頓打。

「我給妳買了藥。」宋二嬸看著女兒，嘆了口氣。「吃了藥就好了。」

宋招娣抱著宋二嬸的胳膊，哇的一聲哭了起來，也不敢哭得太大聲，抽抽噎噎地哀求道：「娘，我求妳了，妳再去找找王公子好不好？我不想嫁王小寶……」

「那王公子就是個騙人的，退了王小寶那門親，妳還能找到更好的？」宋二嬸沒好氣地說道。

宋招娣抱著肚子嗚嗚哭著，不說話，心裡越來越絕望。她怎麼能去嫁王小寶？嫁了王小寶，萬一王公子回來找她怎麼辦？她一輩子都比不過冬寶了！

臨近八月十五，冬寶和林實回了塔溝集給宋楊燒紙。自從兩人訂了親後，林實就陪著冬寶一起來給宋楊燒紙了，這是他第二次來，第一次是今年清明節的時候，還遭了黃氏幾個白眼。

冬寶和林實麻利地拔了草、燒了紙，在碑前放上了三個碗，分別裝著煮得半熟的白肉、一條魚、一碟月餅，白肉上還插著一雙筷子。

臨走前，冬寶把籃子裡的酒罈揭開，灑到了碑上。

回到村子裡時，兩人碰上了剛不知道從誰家出來的宋榆，看到這兩個人，宋榆愣了下，臉上的神情有些尷尬，笑著上前對兩人小聲說道：「大實、冬寶，上回你們看到招娣那事——」

林實打斷了他的話。「二叔放心，我們誰都不會往外說的。」

「那就好！」宋二叔搓著手笑道。

瞧見了冬寶胳膊上挎的空籃子，宋二叔笑道：「你們這是給妳爹上墳去了？」

「嗯。」冬寶淡淡地應了一聲。

等冬寶和林實轉身走了，宋二叔連忙往墳地那邊跑去，跑到地方一看，頓時樂開了花，有肉、有魚、有月餅，加上冬寶那丫頭的中秋節禮，他們可以過個肥節了。

宋榆也沒低劣到端了供品就走的地步，先是對著宋楊的墓碑裝模作樣地說道：「大哥，家裡困難，這東西你也聞過味了，我就端走給咱爹娘吃了。」說著，宋榆從白肉上掐下來幾個肉丁，扔到了宋楊的墳上，算是給宋楊吃過了。

實際上，農家上墳都是這樣的，掐點肉末下來就算讓先人吃過了。冬寶只是存了補貼宋家的意思，才把魚、肉、月餅放在那裡不要的。

宋榆得意洋洋地把三個盤子拿回家，給了堂屋裡的黃氏，黃氏看到肉上插著的兩根筷子，頓時就明白這些東西是從哪裡弄來的了，不鹹不淡地對宋榆說道：「放那兒吧。」

等宋榆從堂屋出來，就看到宋二嬸端了一碗黑乎乎的東西從灶房出來了，散發著一股難聞的藥味。

然而宋榆和宋二嬸裡裡外外地把宋家找了個遍，這才意識到，宋招娣又跑了！

這回沒有接應她的人，宋招娣就只能抱著肚子往村外頭跑，總之她是不想喝那碗藥的，也不想嫁到王小寶家裡去。只要她跑出去，就有希望找到王公子，擺脫宋家。

宋二嬸和宋榆分頭找，宋二嬸沒費多大力氣就看到了往外跑的宋招娣，一把抓住了宋招娣的胳膊，拖著她就往回走。

宋招娣不笨，知道回家就有一碗藥等著她，立刻張嘴大聲嚎哭了起來，不少人都捧著飯碗從家裡出來看熱鬧了。

宋招娣倔強地站在那裡，大聲嚷了一句。「妳讓我嫁王小寶，我就去死給妳看！」

「這閨女瘋了，腦子不正常了！」宋二嬸白著一張臉罵道，使勁在宋招娣身上掐了幾下，拖著她往家裡走。

宋招娣嚷的那一聲用石破天驚來形容也不為過，看熱鬧的眾人先是沈默了一會兒，而後就爆發了。許多人上了年紀都沒見過這麼勁爆的事情，已經訂親的姑娘居然在外頭嚷嚷著她不願意嫁。

宋二嬸揪著宋招娣回家的時候，先噼哩啪啦地給了宋招娣幾個耳光，接著就喊黃氏過來，往她嘴裡灌那碗已經涼掉的藥。

宋招娣死命地掙扎，一碗藥只喝進去了兩口，剩餘的都灑到了身上、地上，藥碗也在掙扎中砸碎了。

「這不行，喝的藥恐怕不夠。」黃氏說道。

宋二嬸氣急了。「那咋辦啊？」

「不是還有藥渣子嗎？妳再加水熬上一次，給她灌下去，估計就差不多了。」黃氏冷冷地瞪了宋招娣一眼，說道。

宋二嬸去灶房熬藥的時候，宋二叔回來了，回來朝宋招娣就是一個窩心腳踢去，把宋招娣從床上踹了下來。「敢跑？老子打死妳！」

看宋二叔暴怒成那個樣子，宋二嬸沒敢去跟宋二叔說，宋招娣剛在外頭嚷嚷了些什麼。

很快地，藥又熬好了，這回怕宋招娣再掙扎壞事，宋二叔找繩子把宋招娣捆了個結結實實，捏著鼻子、扳著嘴，把藥都灌了進去。

然而到了下午，宋招娣抱著肚子坐在地上哭，卻沒有見紅。

「我看是藥不夠。」黃氏給出了主意。「得再抓服藥，別耽誤事。」

然而，宋二嬸沒能再去鎮上買藥，因為下午時王小寶家來人了。

這年頭，沒電影、沒電視、沒小說，人民群眾除了勞作，唯一的娛樂活動就是八卦了，宋招娣在村口嚎的那一嗓子，很快地整個塔溝集都知道了，然後A傳B、B傳C地傳到了王小寶父母的耳朵裡。冬寶是下午時作坊裡幫工的幾個媳婦來跟秋霞嬸子八卦時聽到的。

作為當事人的堂妹，冬寶真是覺得心中有一萬頭草泥馬呼嘯而過，她很想衝去隔壁搖晃著宋招娣問：王小寶有田、有房、有錢，妳還是個失足少女，人家哪裡配不上妳了?!

秋霞嬸子當機立斷地讓林實帶著冬寶回鎮上去。冬寶到底姓宋，人家議論宋招娣的時候難免會捎帶上冬寶，能不聽到最好。

王小寶的父母喊了不少壯漢，拿了鋤頭、鐵鍬以及木棍等一切能用的武器，氣勢洶洶地到了宋家門口，要討個說法。

宋二叔嚇破了膽，躲在屋裡死活不肯出來。宋二嬸知道今天這事鬧大了，她也不敢去面對王小寶家人的怒火。

一群人在門口叫罵，偏偏當事人都躲在西廂房裡當縮頭烏龜，黃氏和宋老頭沒辦法，只得兩個老人家出面。

宋老頭賠著笑臉說道：「大姪子啊，這事是我們老宋家對不住你們。招娣那丫頭……最近不知道吃錯了啥東西，瘋得厲害啊！」

「對，瘋得可厲害了！」黃氏連忙膽戰心驚地附和道：「她嘴裡說出來的話，那是作不得數的。」

王小寶的爹瞪著眼、梗著脖子問道：「訂親的時候好好的，咋臨到成親就瘋了？你們家咋看管的？」

「真瘋了！」宋老頭斬釘截鐵地說道。「瘋得難看，她一個小閨女不好出來見人。我們家保證把她治好了，絕不會把瘋閨女嫁到你們家去的。」
這話的意思是——如果宋招娣的瘋病不好，兩家的婚約就算了。
王小寶的娘不依了，扯著嗓門叫道：「小閨女不好出來見人也就罷了，咋還不讓我一個婦道人家進去看看啊？」
宋老頭和黃氏頓時就啞口無言了。不讓公公看媳婦是避嫌，但你不能攔著婆婆進來看啊！
就這樣，王小寶家裡人堅持要見見宋招娣，而宋老頭夫妻攔著不讓，眼看就要鬧起事來了。

第一百零二章　宋招娣退親

就在這時，村長在鄉親們的擁簇下趕了過來。

「小王莊的各位，你們先等等，我先跟宋家人商量商量，一定給你們個滿意的答覆。」村長拍著胸脯保證。

進了宋家的堂屋，村長的臉就拉了下來。「到底咋回事？」

宋榆見瞞不住了，便貼著村長的耳朵說了幾句話，村長臉色一瞬間就變了，不敢置信地看著宋榆，顫抖著聲音問道：「真的？」

「我能拿這種事兒來咒自己親閨女嗎？」宋榆低聲叫道。

村長頓時氣得跺腳。「那你們還不趕緊退親！」

宋榆頗有些不以為然。「他家的那小子是個傻的，只要招娣嫁過去就沒事，就是眼下還得請大哥您多多幫忙。」

「我幫不了！除非你們退親。」村長擺手，這都叫什麼爛事啊！

「聘禮很多都用掉了……」宋榆支支吾吾地說道。「哪湊得齊呀……」

「湊不齊就用別的東西頂！」村長瞪眼。「冬寶丫頭逢年過節的都給你們家送節禮，送得還厚，大家都知道，我不信你們家啥都拿不出來。」

宋榆的根本問題在於他只想拿東西進來，不想拿東西出去，只能進，不能出。

村長最後發話了。「你們要不這麼辦，我就不管了。不過我醜話說前頭，咱們村現在靠著作坊，你們要是幹出啥難聽的事來，別怪我不講情面！」

說到作坊，原本畏縮著的宋二嬸立刻氣勢足了起來。「村長，不是我說，那作坊可是我們宋家人的。」

「我呸！」村長直接呸了一口。

宋二嬸鬧了個沒臉，心裡老大地不服氣。冬寶咋說也是宋家人，要是這邊真出了事，她還能不管？

一直沈默不語的宋老頭這會兒上開口了。「退了吧。」

村長聽宋老頭發話了，嘆道：「宋大叔是明白人。」可惜這輩子一直糊塗中，清醒的時候太少。

「爹說得輕巧！」宋楡氣哼哼地嘟囔。「當年他們送來的聘禮，我可拿不出來了。」

黃氏氣得伸手往宋楡頭上就是幾巴掌。「王小寶家送來的聘禮不都給了你們？我跟你爹一個子兒都沒見著，現在倒問我們要起聘禮了？呸！」

宋楡慌忙用手擋著往後躲，嘴裡還不停地叫著。「娘，妳就是打死我，我也拿不出那些東西來！」

「娘，招娣她爹說的是實話，俺們真的是沒錢。」宋二嬸拖著長音叫道。「娘，妳見天地說老三在安州當大掌櫃掙大錢了，他從手指頭縫裡漏漏，就夠我們一家子吃喝不盡的了！」

宋柏的錢是黃氏吹出來的，黃氏手裡沒錢，又不願意承認自己說謊，只能抄著手靠門上，別過頭不吭聲。

宋老頭嘆了口氣，低聲跟村長說道：「這樣吧，我去借，讓王家人先等會兒。」

村長陪著宋老頭一塊兒出去了。

黃氏一聽要借錢，還是以宋老頭的名義，當即氣得就坐凳子上了，恨得不行。

宋招娣坐在西廂房的床上，耳朵豎得老高去聽堂屋的動靜，當看到村長和宋老頭出去時，她整個心都鬆快了。

村長去安撫王家人了，宋老頭則肩負著借錢的重任，他下意識地就要去鎮上，找李氏要錢，等他走了幾步後才突然想到，李氏已經不是他家的大兒媳婦了。

他在劉樓的妹妹只怕也不會借錢給他，因為他和黃氏之前把妹子當槍使，妹子現在還記恨著他。

宋老頭實在是沒辦法了，只有轉身，厚著臉皮進了隔壁林家的大門。

其實他是不想來林家的，林家人做事太不給人留面子了，一個勁兒地向著李氏母女倆，最令他惱火的是林實中了秀才後，老二一家就不肯供養宋柏了，宋柏受刺激，也不願意再唸書了，這都是林實那小子的錯啊！

可事到如今，宋老頭找不到願意借錢給他的人了。

林老頭正坐在院子裡修補簸箕，耳朵豎得老高，聽著隔壁宋家的動靜。

看到宋老頭進了他家的大門，林老頭愣了半天才反應過來。

「稀客啊！」林老頭笑著把手上的簸箕放到一邊，站起來說道：「進屋坐坐？」

宋老頭尷尬地擺擺手。人家林家的院子乾淨整齊，房子雖然不是新的，可都是重新粉刷過的，哪點都比破敗的宋家好。

「老兄弟你來，為了啥事啊？」林老頭試探地問道。

宋老頭脹紅了臉，說道：「招娣瘋了，跟小王莊那家人的親事怕是不成了……得退人家聘禮，老二那敗家子把聘禮折騰得差不多了。我這些天手頭緊，你……能不能借我點兒？等收了包穀，我就賣糧食還你。」最後一句話，宋老頭說得最暢快，他是有骨氣的！

林老頭看著宋老頭那模樣，心裡嘆了口氣。宋老頭要面子，來借個錢搞得像是要殺他頭一樣難受。

林老頭問道：「招娣怎麼說瘋就瘋了？趕緊給找個大夫瞧瞧，能治好就早點治。」

「就是前幾天作夢嚇著了，瘋得厲害。」宋老頭含含糊糊地說道。外人並不知道宋招娣幹了什麼讓人瞠目結舌的事。「王家人不依不饒的，不退親沒辦法。」

「準備要多少？」林老頭問道。

宋老頭在心裡合計了個數。「二兩銀子吧！」他記得宋招娣手腕上還有兩個王小寶家給的銀鐲子，那個總能還給王家人。

「等兩天賣了包穀，我就還給你。」宋老頭又強調了一遍。

林老頭擺擺手，進屋拿出一個匣子來，從裡頭數了二十串錢遞給了宋老頭。

「我這兒沒整錢，都是大福和秋霞每個月給我的零花兒，我一個老頭子吃穿都在家裡，用不了啥錢。」林老頭解釋道。

這些錢，林老頭本是想留到大實和冬寶成親的時候，他這個當爺爺的給孩子們添置點什麼東西的，冬寶當然不缺他添置的這點東西，但不管多少，總歸是他這個當爺爺的一點心意。他這錢借出去，就沒指望宋家人會還，但又不能不借，誰讓宋老頭是冬寶的親爺爺。

聽林老頭這麼說，宋老頭心裡頗有些不是滋味。他有三個兒子，沒有一個給過他零花兒。

「還錢的事不急，你把包穀都賣了，一家老小喝西北風啊？」林老頭說道。他不指望宋家人能還錢，說這話也是看宋老頭可憐，寬他的心。同樣都是老人了，他兒子、媳婦能幹，孫子又爭氣，而宋老頭卻還要腆著老臉為不肖子孫奔波。

宋老頭的臉燒得通紅，胡亂「哎、哎」了兩聲，抱著錢，轉身就離開了林家。他真是一秒鐘都待不下去了，林老頭過得有多好，就對比著他有多失敗。

宋榆也多少拿出了點當初訂親時王小寶家送來的聘禮，包括宋招娣手腕上的銀鐲子。

宋二嬸去問宋招娣要銀鐲子的時候，幾乎是一開口，宋招娣就嫌惡地把鐲子褪了下來扔給了宋二嬸。以前是她沒見識，覺得一個銀鐲子就了不得了，以後她跟了王郎，什麼樣的好東西沒有？

王小寶家收了鐲子和折合成聘禮的二千個錢後，在村長和眾人的見證下，這親事就這麼作罷了。

稍晚的時候，林福和秋霞嬸子回來了，聽林老頭說了宋家退親和宋老頭借錢的事。

「早該退親了。」林福搖頭道。

秋霞嬸子笑道：「爹身上沒錢了吧？我這兒還有些零錢，給爹當零花吧。」說著硬塞給了林老頭二十串錢。

同林老頭想的一樣，秋霞嬸子壓根兒就沒指望宋家人會還錢，只是宋老頭是冬寶的爺爺，這錢他們不能不借。

退了親之後，宋招娣是鬆了一口氣，覺得天也藍了，水也清了，心情也好了，再看到宋榆的時候，也不像之前那樣嚇得哆嗦發抖了。

只是宋榆的心情就沒那麼好了，他想趕緊把宋招娣處理乾淨了，盡快找到下一家。關鍵時刻，宋二嬸勸阻了宋榆，說畢竟閨女懷的是那個人的孩子，那個人這些年「生意」做下來，能沒有攢錢？念在孩子的分上，也得多少給點吧？所以這孩子還得留著。

因此，宋榆決定等秋收之後再提這事，倘若秋收之後那人還不來，他就是賣，也得把宋招娣賣個好價錢出來。

秋收的時候，嚴大人接到了縣裡的通知，說是那個冒充青州王公子的歹人被抓到了。

嚴大人搖頭道：「公審他的時候，不少人都在外頭看熱鬧，他知道自己難逃一死，竟然當著眾人的面，把他騙過的姑娘的姓名及家庭都說了出來……」

冬寶吃了一驚。「那宋招娣……」

嚴大人點點頭。

「這下可麻煩大了……」冬寶喃喃道。

宋家這些天烏雲蓋頂，只要一出門，就會有人嬉笑著指著他們說宋招娣的事。然而現在是秋收的要緊時候，一家勞力又不能不出門，宋家人過得實在狼狽不堪。

林家老小也在地裡掰包穀，秋霞嬸子一邊掰，一邊跟林福小聲說道：「這些天，招娣那丫頭可算是遭罪了。外頭傳成這樣，宋老二那熊貨能讓她好過了？」

都是一個村的，又是鄰居，哪能聽不見宋招娣挨打的哭叫聲？而且宋榆打老婆、打閨女不是什麼秘密了，一個村都知道宋家老二只敢在女人面前逞威風。

「那有啥辦法？」林福嘆道。「人家教訓閨女，咱不好管。」

秋霞嬸子說道：「昨兒我從宋家門口過時，看見招娣在洗衣裳，髒衣裳堆了滿滿一盆子……唉，肚子都起來了……宋老二光打孩子撒氣有什麼用？也不想想以後咋辦。」

「我看他是不想要招娣這個閨女了。」林福小聲地說道。「前幾天聽人講，他跟人說招娣若早點死了，也就早點沒人惦記宋家的這樁醜事了。」

秋霞嬸子嚇得手裡掰下來的包穀棒子都掉地上了，慌忙撿了起來，搖頭嘆息。「虎毒不食子啊！」

宋招娣每天都在忙著洗衣裳，一家老小的衣裳都歸她洗。她也不敢在西廂房住了，自覺主動地搬到了以前冬寶一家住的東屋，能少挨宋榆的毒打。

這天天剛矇矇亮的時候，宋招娣就被宋二嬸叫醒了。

「娘，天還沒亮，讓我再睡會兒吧？」宋招娣可憐巴巴地對宋二嬸說道。「誤不了早飯的。」

宋二嬸嘆了口氣，提了一大桶水進來，從桶裡舀了一碗水遞給了宋招娣。「喝吧。」

宋招娣搖頭道：「這水太涼，我不能喝。」

「喝吧！」宋二嬸態度強硬。「這一桶水，妳能喝多少就喝多少。」

宋招娣不敢置信地看著宋二嬸，哭了起來。「娘，妳這是要害死我啊！」秋天裡的井水冰涼入骨，她這一桶水喝下去，不死也得去掉半條命！

宋二嬸抹著眼淚說道：「招娣啊，妳別怨娘狠心，還是趕緊把水喝了吧。要是喝了水，孩子還沒落下來，妳爹就得把妳套車上，讓妳從地裡拉包穀、拉桿子了，那樣遭的罪更大啊！」

宋招娣聽了嚇得泣不成聲，哭道：「娘，我錯了，妳別讓我喝涼水了，給我買包藥吧，我保證老老實實地喝藥……」

「妳爹不給錢買藥！誰讓妳那時候有藥不喝啊？現在後悔也晚了。趕緊把涼水喝了吧，要不然妳得遭大罪了。」說著，宋二嬸就端起了碗，強行往宋招娣嘴裡灌。

宋招娣掙扎之下，涼水都灑到了臉上、身上，冰冷得讓她忍不住哆嗦了幾下，哭著求宋二嬸。「娘，我自己喝、我自己喝！」

宋二嬸也不忍心，把碗遞給了宋招娣，站起來說道：「行，妳自己喝吧，我也下不去那個手灌妳。」

宋招娣試探地喝了一口，冰得她牙齒都在打哆嗦，涼水滑進肚子裡，就好像一條冰冷的蛇順著喉嚨爬了下去，一口口地吞吃她的五臟六腑般……

「娘，妳回屋去吧。」宋招娣抬頭對宋二嬸哆哆嗦嗦地說道：「喝完我、我喊妳……」

等宋二嬸出去後，宋招娣聽到了宋二嬸脫鞋上床的聲音，她連鞋都不敢穿，拎著鞋、光著腳，立即抱著肚子就跑了出去。

黎明時分的塔溝集人還處在酣睡當中，宋招娣在空無一人的路上走得飛快。她也不想離家出走，可她也知道，光是那桶冰涼的水就能要她的命了。要是涼水還沒用，等著她的，不知道會是什麼！

她到鎮上的時候，東方剛有一絲魚肚白，因為正是秋收時節，鎮上大部分店鋪都關門了。宋招娣找到了寶記鋪子，拚命地砸門。

李紅琴和張秀玉回張家莊了，鋪子裡只剩下荷花一個人看守著。

荷花開門，一看是狼狽不堪的宋招娣，頓時就傻眼了。

「嫂子，我找我大娘。」宋招娣擠出了一個笑臉。「妳帶我去我大娘家吧。」

荷花可不是傻子，即便宋招娣沒做出什麼醜事，都不可能帶宋招娣去嚴大人家。然而宋招娣畢竟是冬寶姑娘的堂姊，就這麼把人轟走也不合適，便讓宋招娣進了鋪子，她鎖了門，去了嚴大人家。
冬寶剛起床，聽了荷花的話，驚訝得手中的梳子都掉到了地上。「她來幹什麼？」
「問她也不說，只說是來找嬸子的。」荷花無奈地說道。
李氏快臨盆了，冬寶當然不會告訴她，便跟著荷花去了鋪子。
宋招娣一個人坐在鋪子裡，忐忑不安地等著。她原本是想跟著荷花一起去冬寶家的，可荷花精得很，把她推進鋪子後就鎖了門，不帶她去。
當鋪子門再打開的時候，就見冬寶穿著白底藍花的小衫，藍色的高腰襦裙，戴了一支蝴蝶金釵，站在門口，整個人說不出的好看。
宋招娣看了眼自己，糙黑得起皮的手，補滿補丁的外褂和褲子是宋榆穿剩下的，頭髮也沒梳，伸手一抓就能摸到不少沾在頭上的草屑。比起冬寶，她就像是街邊要飯的乞丐！
「妳有什麼事？」見她不吭聲，冬寶便問了一句。幾個月不見，宋招娣黑瘦得厲害。
宋招娣恨死這種感覺了，她怎麼也想不到，她也有要低聲下氣求冬寶這臭丫頭的一天。
「我大娘呢？我找她有事。」宋招娣說道。李氏一向心善，肯定不會不管她的。
冬寶笑了笑，背著手看著她，慢條斯理地說道：「這裡沒有妳大娘。」李氏已經再婚，宋招娣有什麼事也應該先知會她才對。
宋招娣脹紅了臉，有些難堪又有些憤怒，從牙縫裡擠出來了幾個字。「我找妳娘！行了吧？」
冬寶樂了。「妳找我娘幹什麼？」

「我當然是有事。」宋招娣低頭說道。「這事我得給她說。」

冬寶似笑非笑地看著宋招娣。「妳先告訴我，妳以什麼樣的身分來找我娘的？還有，如果我沒記錯的話，妳還衝我嚷過『妳是誰啊妳管我』，那我就問問妳，我是誰啊？值得妳大老遠地跑過來找我們？」

宋招娣的臉脹得通紅，心裡惱得咬牙切齒，眼淚在眼眶裡打轉。她簡直是恨死冬寶了！不就是她如今失勢了嗎？冬寶那臭丫頭就這麼作踐她！

「妳要是不說，那就回去吧。」冬寶神色輕鬆。「這世上可不光你們一家子有骨氣。」

「妳是我堂妹……」宋招娣的眼淚掉了下來。「妳當然能管我……」

荷花站在冬寶後面，沒好氣地罵道：「像什麼樣子，好像我們欺負妳似的。」

「那好，妳明白這個道理就行。」冬寶笑道。「說吧，來這裡什麼事？」反正不會是好事。冬寶在心裡默默加了一句話。

見冬寶願意管她，宋招娣一顆緊張的心便落了下來。她不擔心李氏，李氏向來是個好說話的人，她最擔心的就是冬寶，這丫頭一向看不慣她。

「這事我還是跟妳娘說吧。」宋招娣說道。

冬寶淡淡地說道：「不說是吧？那妳走吧。」

宋招娣不敢再唧歪什麼了，抽抽噎噎地把家裡的事說了，說宋楡狠心打她，不把她當人看，不但不給錢買藥打胎，還要她喝涼水，甚至要她去地裡拉車，這是要弄死她！

其實事情很簡單，但在宋招娣看來，那是苦大仇深的血淚史，哭得鼻涕、眼淚糊了一臉。

「那妳自己是咋想的？」冬寶問道。

「我？」宋招娣茫然地抬起頭。她沒想過咋辦，反正李氏和冬寶有錢，肯定有安置她的法子。

冬寶把荷包拿了出來，把裡面的錢都倒到了手裡，除了一個約莫一兩重的銀角子外，還有十幾個零散的銅錢。

「這些錢給妳，妳拿上回家去吧，好好養身子。」冬寶說道。

宋招娣剛想起身去接銀子，而後想了想，還是搖了搖頭，哭著說道：「我爹是啥樣的人妳又不是不知道，我拿著這些錢回去，他肯定把錢都拿走，一個銅板都不會花在我身上的。」

冬寶便收回了手。這事宋楡還真是能做得出來，畢竟喝涼水、下地幹活，就能把事情解決了，不用花錢。

「那妳想怎麼辦？」冬寶問道。

「我不能回家了，我爹肯定會打死我的。」宋招娣嗚嗚地哭道：「冬寶，妳家那麼大，就可憐可憐我，收留我吧！我啥都能幹的！」

冬寶斷然拒絕了。「不行！」宋招娣大著肚子，叫人看到了怎麼想嚴大人？

宋招娣聽到冬寶的拒絕，哭得更淒慘了。「冬寶，咱倆是嫡親的堂姊妹，妳能眼睜睜地看著我去死嗎？」

事。

「小聲點兒！」冬寶皺眉。雖然鎮上人少，可不代表沒人，萬一叫人聽到了，算什麼

荷花撇了撇嘴。「當初你們把冬寶姑娘和她娘趕出家的時候，可一個個都是眼睜睜

的。」

宋招娣辯解道：「那是我爺、奶決定的，我能怎麼辦？」

冬寶懶得再跟宋招娣掰扯這些陳芝麻爛穀子的事，請荷花回塔溝集叫了林實過來商量。

林實來了之後，搖頭說道：「自己造的孽，怨不了別人，但她要是回去了，二叔那人可

什麼事都能幹得出來。」

冬寶點點頭。她雖然厭惡宋招娣，但這不代表她能眼睜睜地看著宋招娣被宋榆折磨。不

管怎麼說，血緣上，宋招娣是她的堂姊，而且冬寶也不是那麼冷血的人。

「她住哪裡先不說，這個不重要，總能給她找張睡覺的床。」冬寶低聲說道。「現在最

重要的問題，是她肚子裡的孩子……到底是條人命。」

從理智上來說，宋招娣的孩子不能留下，可冬寶不願意讓這條人命出在自己手上。

她寧願給宋招娣錢，讓她回家自行解決，但，顯然這條路行不通。

第一百零三章 安置

眼見要中午了，嚴大人和小旭都回來了，還不見冬寶回來，李氏便讓賀嬤嬤去鋪子喊冬寶回家吃飯。

冬寶見瞞不過，便對賀嬤嬤說了這事，並叮囑她莫要跟李氏說。

賀嬤嬤想了想，冬寶一個姑娘家，不好處理這事，便笑道：「冬寶姑娘，老婆子托大，給您出個主意，要是那個宋姑娘願意把孩子生下來，這事就不難辦，光我知道的，咱們鎮上就有三、四家夫婦想抱養孩子的，要是宋姑娘生的是男孩，肯定是搶著要的，便是女孩也有人願意收養。」她年紀大了，想多給兒孫積德，當然不願意造殺孽。

「這倒是個好出路。」冬寶笑道。如果能找到收養的人家，對孩子也好，至少比跟著宋招娣強。

冬寶便去問宋招娣，是打算把孩子生下來？還是喝一碗藥，完事後回家？

「妹妹，妳給我作主就行。」宋招娣揣摩不透冬寶的意思，乾脆就選了最保險的說法。她直覺上認為冬寶是想讓她把孩子生下來的，但她又覺得冬寶肯定嫌她麻煩，巴不得趕緊讓她收拾妥當了走人。

冬寶被宋招娣的那聲「妹妹」喊出了一身雞皮疙瘩，最後說道：「我這邊給妳兩條路走，一是把孩子生下來，孩子送到好人家去，只是妳得答應我，以後一輩子都不得再見這個孩子。如果妳不想生孩子，就走第二條路，我們給妳買藥，等妳身子養好了，就回家去吧。」

宋招娣的眼珠轉得極快。要是不生孩子，只怕最多一個月，她就得回宋家了，到頭來還是免不了被宋榆折磨；要是選擇生孩子，有冬寶的供養，至少能好吃好喝地過上幾個月的安穩日子，而且她的孩子被人抱養了，能不給她點好處？

「我生！」宋招娣堅定地看著冬寶說道。「我走第一條路！」

冬寶笑了笑，她就知道，宋招娣是個聰明人。

宋招娣在鎮上認「妹妹」認得熱烈真摯，塔溝集的宋家可是鬧翻了天。

宋二嬸去東屋看看女兒如何的時候，發現人去屋空。

宋榆不屑地說道：「一個丫頭片子，丟了就丟了吧！她一個單身女孩在路上，沒準兒天沒亮就叫人拉走藏起來了……找到了更丟咱們家人，不找了！」

「丫頭片子也是老宋家的孩子。」宋老頭氣得咳嗽了起來。

宋榆陰陽怪氣地說道：「爹，你別在你兒子跟前充什麼慈祥老人了，咱們爺兒倆是半斤八兩。我那大姊你是咋安排她嫁人的，我可還記得一清二楚。」

宋老頭的臉猛然脹紅了起來，劇烈地咳嗽了幾聲，像落荒而逃似的，起身掀開簾子進了他和黃氏的臥房，再沒出來。

黃氏不滿地瞪了宋榆一眼，陰沈著臉罵道：「你嘴裡糊糞了啊？提你大姊幹啥！」

宋榆知道這是戳到了宋老頭和黃氏的軟肋，賠笑道：「剛才是我話趕話說到那兒了，不是成心的，娘妳別跟我一般見識，回頭也勸勸爹。」

黃氏哼了一聲，突然抬頭說道：「老二，你說招娣會不會到鎮上找冬寶去了？」

「這也有可能。」宋榆點頭。「不過她找了也沒啥用吧？冬寶那丫頭可是六親不認的。」

黃氏罵道：「你趕緊去鎮上，把招娣給領回來！」她並不是良心發現，要失足的孫女回家，她能心安理得地接受李氏的錢和李氏的節禮，但她不能接受李氏插手宋家的事。

冬寶不打算讓宋招娣住鋪子裡，更不打算讓宋招娣住自己家，她下午便去鎮所找了嚴大人和梁子。

嚴大人也不好說什麼，只點頭讓冬寶看著辦就行。

不到半天工夫，梁子就找好了房子，院子裡三間瓦房，有灶房和井臺，院牆修得高，院門也厚實，給宋招娣住很合適。

冬寶滿意地點頭，跟房東簽了契約，繳了一年的租金。

等房東走了，鑰匙交到了冬寶手裡，梁子就跟冬寶笑道：「是冬寶妹子妳心善，換了別人，肯定不會管她。」

冬寶嘆了口氣，搖頭道：「這不是沒辦法嘛……」

宋招娣沒想到冬寶還給她租了房子，聽到的時候，她正躺在西屋的床上，吃著荷花給她煮的熱騰騰的紅糖雞蛋。

「我不住妳家？」宋招娣吃驚地問道。「妳家房子不是挺大的嗎？不用為了我多花錢。」嚴大人家裡有賀嬤嬤伺候著，多舒坦啊，比自己一個人過強多了。

冬寶無語地看著她。

「妹妹，妳是不是嫌我丟人？」宋招娣哭了起來。「咱倆是嫡親的姊妹啊！我活著還有啥意思啊……」

冬寶聽不下去了，冷著臉喝道：「閉嘴！再哭一聲我就送妳回塔溝集！」蹬鼻子上臉啊這是！

宋招娣立刻閉嘴了。她唯一能依靠的就是眼前這個冷著臉的小堂妹，要是得罪了冬寶，那後果會很慘。

等到了地方，宋招娣環顧了一圈，悄悄鬆了口氣。這地方還是不錯的，比起塔溝集的宋家真是強太多了。

在賀嬤嬤和宋招娣收拾東西的時候，冬寶對宋招娣囑咐道：「早中晚都會有人來給妳送飯，妳把院門閂好，就不要出門了。要是有什麼事情，隔著院牆往西邊喊一聲劉嬸子，讓她去寶記鋪子喊人。」

宋招娣點點頭，看冬寶吩咐她的樣子，心中微微有些不爽快，便故意問道：「那我要是買個針頭線腦啥的，得出門吧？」
冬寶盯著宋招娣看，半晌才冷笑道：「那妳出去後就可以不用回來了。」寶記鋪子的人見天來送飯，鎮上的有心人肯定能看得出來，要是宋招娣挺著扎眼的大肚子出來了，鎮上的風言風語得傳成什麼樣子。
等冬寶走後，宋招娣氣惱得一屁股坐到了床上，咬著牙生悶氣。她可是聽塔溝集中去過嚴家吃酒席的人說了，冬寶丫頭一個人就占了三間房子，多住一個她怎麼了？
第二天，冬寶剛到鋪子沒多久，春雷媳婦就進屋跟她說道：「外頭宋老二來了，說來找他閨女招娣。」
宋榆進來後就大剌剌地揀了張桌子坐了下來，朝春雷媳婦嚷嚷道：「趕快的，給我盛碗豆花端過來，多放點香油，再拿幾個包子！」
春雷媳婦看了冬寶一眼。
冬寶笑了笑，說道：「給他盛碗豆花。」
「二叔，你怎麼過來了？」冬寶問道。
宋榆嘿嘿笑了笑。「我正想問妳呢，招娣是不是來找妳們了？」
「她來找我們幹什麼？」冬寶皺了皺眉頭。
「真沒來？」宋榆不大相信。
冬寶突然拍手叫了一聲，緊張地看向了宋榆。「二叔，是不是招娣姊又不見了？」

宋榆瞪了眼冬寶。「小孩子胡說啥?」

「二叔，你就別瞞著我了。」冬寶一臉的擔心。「二叔你別慌，我去找嚴大人，貼個找招娣姊的告示。」

宋榆腦抽了才會求著嚴大人把宋招娣的告示貼得滿大街都是，連豆花都顧不上喝了，趕緊撒腿回家去了。

九月初十那天，李氏陣痛了一天，在傍晚時分生了個六斤重的男孩。

嚴大人歡喜不已，給新生兒取了名字叫嚴承棟，意思是希望他將來長大後能為棟梁之材。

沅水這邊不興辦滿月酒，而是在女孩出生八天、男孩出生十天的時候，請親朋好友吃喜酒，叫「吃麵條」。

吃麵條那天，作坊裡的幫工每個人也發了二十個錢和兩個紅雞蛋。二十個錢相當於兩天的工錢，一時間，塔溝集都沈浸在喜氣洋洋的氛圍中。

黃氏則是一肚子的委屈怨恨。「老天不長眼啊!可憐我大兒啊!」

老大一家沒的沒、走的走，老三也走了，老二一家越來越不聽話，現在招娣也走了，還不知道是死是活。一大家子就這麼散了啊!宋老頭心中也悲戚不已。

九月中旬的時候，從省城裡傳來了消息，整個沅水都很是轟動，原來兩年前中了秀才的周平山考上了舉人。

九月底的時候，鋪子裡來了個五十上下的婦人，張口就說要訂寶記的豆腐。

「您要多少？」冬寶問道。

婦人滿臉的喜色，說道：「我家要辦酒席，我知道豆腐、腐竹什麼的都是妳家產的，還有那稀罕的黃豆腐、嫩豆腐，各樣都來二十斤，明天下午送到我們家，這是定錢。」說著，婦人把五串大錢放到了冬寶面前的桌子上。

「您府上是？」冬寶笑著問道。

婦人的腰桿似乎都挺了起來，臉上也散發著驕傲的光芒。「我們家少爺就是周舉人！」

直到中午林實和張謙來吃飯時，李紅琴還在激動地絮絮叨叨著周平山中舉的事情。

「看不出來啊，不過兩年工夫，人家又中了舉人。」李紅琴止不住地讚嘆。舉人老爺在她們店裡吃了這麼長時間的飯，李紅琴也深感榮幸。

林實想了想，道：「明天我跟柳夫子請半天假，陪妳去周家送豆腐吧。」他又不傻，怎麼看不出來周平山的心思？

「請什麼假啊？幹麼為了他耽誤你唸書？」冬寶微微一笑。「明天讓大姨趕著車送豆腐過去吧，我也不去。」

上回她為了林實，把周平山嗆了個沒臉，再見面也沒什麼意思，還是讓李紅琴跑一趟吧。

李紅琴也想見識見識舉人老爺的風采，當即就答應了下來。

誰知道，計劃趕不上變化。

翌日中午的時候，大偉把貨拉了過來，剛走沒一會兒，張家莊就來人了，說張秀玉的三太爺爺沒了，要李紅琴帶著秀才老爺趕緊回家奔喪去。

送豆腐和這件事比起來，顯然是回張家莊更重要。李紅琴先去書院叫了張謙回來，帶著張秀玉和張謙趕緊換了素淨衣裳，便要回張家莊去了。

「冬寶，要不我回去叫妳秋霞嬸子來送豆腐？」李紅琴很是歉意。

「不用了，我去送就行。」冬寶笑道。反正去了就是在門口把豆腐卸下，也不一定就碰到周平山了。

等張秀玉一家走後，冬寶便駕著大灰拉的車，按昨天那婦人說的地方走了過去，走沒多久，便到了周平山家。

周平山的家地方幽靜，門口還散落著放鞭炮的紅色碎紙屑，顯然是歡迎舉人老爺回家時燃放的。

「有人在嗎？我是來送豆腐的！」冬寶跳下馬車，在門口敲了敲門。

門裡頭有婆子應了一聲，很快地就來開了門，正是昨天來訂豆腐的婦人。

冬寶把板車上的東西一樣樣地卸到了地上，幫著婦人抬進了門裡頭。

「冬寶！」剛從堂屋出來的周平山一眼就看到了站在門口的冬寶，驚喜地招呼了一聲。

將近一年不見，冬寶好像長高了不少，比以前更好看了，亭亭玉立地站在那裡，像朵含苞待放的蘭花一樣。

「周……舉人老爺。」冬寶想了半天，想出來了個對周平山的稱呼。

周平山快步朝門口走了過來，熱情地笑道：「叫什麼舉人老爺，太見外了！進來坐坐吧！」

冬寶心中暗自腹誹：我要不跟你見外，林實就得跟我見外了。

「不了，我們家還有事。」冬寶笑道。看周平山這麼熱情，不計較之前給他難堪的事，對他的印象也好了不少。

周平山笑著對旁邊的婦人說道：「周嬸嬸還不知道吧？這位宋姑娘和我很早之前就認識的，我還在書院唸書的時候，常去她們家的鋪子吃中飯。」

「山兒，跟誰說話呢？」一個約莫三十來歲的婦人掀開堂屋的簾子，出來了。

周平山回頭笑道：「娘，這位是宋姑娘，我和您提起過的。」

「喔……」周母打量了冬寶幾眼，客氣地說道：「宋姑娘是吧？進屋喝杯茶再走吧。」

「多謝您的好意。」冬寶笑道。「我家裡有事，改日再來向周太太道喜。」

周母笑了笑，點點頭，並未再說話，轉身進了屋子。

拿了周嬸嬸給的剩下的貨款後，冬寶便出了門。準備上驢車的時候，一直站在門口的周平山突然問道——

「冬寶，我們家明天擺酒席，妳……妳明天來不來？」

「我？」冬寶詫異地看了周平山一眼，搖頭笑道：「我來不合適吧？」明天來的肯定是周平山的師長同窗以及鎮上有頭有臉的人物，她一個姑娘家怎麼能來？

周平山也覺得自己剛才問得唐突了，不好意思地搓著手問道：「那……過兩天呢？算了，我還是去找妳吧！」

「你找我也不合適。」冬寶搖了搖頭。

「怎麼不合適？」周平山的神色有些失望，強笑道：「以前妳不是天天在鋪子裡的嗎？」

冬寶看了他一眼，突然說道：「周少爺，我已經訂親了。」又補充了一句。「跟林實。」

周平山驚訝了半晌，脹紅了的臉慢慢變得蒼白，問道：「什麼時候的事？」

「今年過完年後我們就訂親了。」冬寶笑道：「喔，我還沒恭喜你中了舉人呢！加油啊，早點中個進士，我們臉上也有光。」

周平山聽不懂「加油」是什麼意思，看著遠去的驢車背影，他心中說不上來到底是個什麼滋味？他自認什麼都不比林實差，包括出身、功名……怎麼偏偏就是晚了一步呢？他要是去年就能考上舉人就好了。他是舉人，林實只是個秀才，冬寶會選誰不言而喻！

冬寶從周家出來後，暗暗吐了好幾口氣。周母看她的眼神跟針扎似的，讓她不舒服了很長時間，她打定主意，以後說什麼都不會來周家了。

十月底的時候，宋招娣在宅子裡也住了一個多月了，冬寶帶了些糕點去看望她。

「冬寶，那個冒充王郎的人最後咋樣了？」宋招娣試探地問道。

又是王郎……冬寶要被宋招娣噁心得絕倒了。

「不知道，不是被砍頭就是被流放了。」冬寶搖搖頭。「我還有事，先走了。」

「欸，妳等等！」眼看冬寶就要走了，宋招娣叫住了冬寶。

冬寶停下來問她。「妳還有什麼事？」

宋招娣看著冬寶，因為今天的冬寶態度很和善，她鼓起了勇氣，說道：「我想出去。」

冬寶看著宋招娣隆起的肚子，耐著性子問道：「妳出去幹什麼？」

宋招娣不敢跟冬寶大聲嚷嚷，只低頭小聲說道：「不能總這麼關著我吧？跟坐牢似的……我就是想去街上走走看看。冬寶妳不知道，我真的要悶死了！」

「這事之前不是和妳說過了嗎？」冬寶儘量讓自己的語氣和氣一點。「妳要是嫌這裡不好，那我讓二叔接妳回塔溝集吧！」

宋招娣委屈氣憤，抽抽噎噎地哭道：「大家都是姓宋的，一樣的爺奶，妳就這麼對我？我還不是想嫁個好的，幫襯這一大家子？你們一個個把我當爛泥踩……」

「妳想幫襯這一大家子？」冬寶忍不住笑了，冷眼看著宋招娣無理取鬧。「妳想過幫襯我和我娘？」

宋招娣急急地開口了。「當然了！」

「省省吧！這話誰都不信。」冬寶涼涼地說。「我照顧妳是出於堂姊妹的情分，就算不管妳也絕沒人說我二話的，妳有什麼資格抱怨我對妳不好？」

宋招娣面紅耳赤，爭辯道：「我那時候小，不懂事……冬寶妳別生氣……」宋招娣有些慌神了，想要彌補這會兒的錯，卻不知道說些什麼好。

「妳還是好生住著吧，莫要再生出不該有的念頭了。」冬寶搖頭說道，憐憫地看著她散亂著頭髮，大著肚子歪在床上，滿臉淚痕的樣子。「這是我最後一次跟妳好聲好氣地說了。要是再有下次，我就喊了二叔過來，讓他把妳領走，以後妳會怎麼樣，我是不會管的。妳說不能出去，好像妳受了天大的委屈一般，妳要是把我當妳堂妹，妳怎麼就不為我想想，妳出去若叫人看到了，我的名聲還要不要了？」

冬寶走後，宋招娣抱著肚子，哭得唏哩嘩啦。她是想出去，可她更捨不得現在的日子。一旦寂寞起來，她腦子裡那些念頭就像野草一樣瘋長，就想挑戰一下冬寶的忍受力，不弄點事出來，她就寂寞得要瘋掉了，就算和冬寶吵一架，都能緩解她心中的焦躁。

不過，看冬寶這架勢，估計以後是不會再過來看她了……

第一百零四章　宋招娣生子

十一月十二是林老頭五十五歲的生日，林福和秋霞嬸子決定好好給林老頭辦一場壽宴，除了孝敬老人的原因，還有一個原因是當初林實中秀才、還有和冬寶訂親時，都沒有在村裡大辦，林福想趁這次壽宴一併補了。

十二日那天，寶記鋪子提前了一個時辰關門，一群人跟著秋霞嬸子回了塔溝集的林家，除了在寶記幫工的春雷媳婦她們，村裡也有不少婦人自發性地來幫忙。

林福請來的屈老師兒早就在院子裡搭好了灶臺，高大蒸籠往外冒著熱氣，蒸肉和炸丸子的香味瀰漫在院子裡。

林老頭穿著新棉襖和新棉鞋，坐在堂屋裡和村裡幾個上了年紀的老頭、老太說著話。如今誰不羨慕他有個好兒子和好孫子？林老頭現在可是連作夢都要笑醒了。

等到快開席的時候，嚴大人和梁子騎著高頭大馬來了，場面一下子就沸騰了起來。林老頭激動得滿臉通紅，哪個種了一輩子地的鄉下老頭子過生辰能請來所官啊？這面子賺大發了！

嚴大人當然是看在冬寶的面子上過來的，林家將來就是冬寶的婆家，他這個當爹的給林家的面子越多，將來林家給冬寶這小媳婦的面子也就越多，對冬寶也會越客氣尊敬。

大毛、二毛和幾個孩子擠在一處玩鬧，等到開席的時候就找了個偏僻的地方坐著，心安理得地等著吃席。

秋霞還生氣冬寶訂親的時候，宋家人連個面都不露，所以林老頭壽宴並沒有請宋家人。

負責上菜的大榮抽了空去跟林福說了一聲，林福擺擺手，讓大榮別管了，他們一群大人犯不著跟兩個貪嘴的孩子過不去。

吃完壽麵後，男子們繼續猜拳喝酒，婦人們則是坐在一起曬著太陽拉家常。林實趁沒他什麼事，就偷偷帶著冬寶出了門，兩個人專門揀沒人的小路走，拉著手去了塔溝集後面的山上。

山並不高，兩個人走沒一會兒就到了半山腰的小溪處。初冬時節，小溪很清，配著山上紅的黃的樹葉，景色美得讓人心醉。

林實撿了塊乾淨的石頭，鋪上了帕子，和冬寶一起坐在石頭上曬太陽。

暖暖的陽光下，聽著山上鳥兒的鳴叫，冬寶眯著眼睛慢慢悠悠地跟林實說著話。

「過兩年我就要去考舉人了，我已經想好了，不管考沒考上，我都不會再唸書了，回來幫妳、幫爹打理作坊和生意。」林實笑道，目光平靜而堅定，注視著身旁緩緩流過的小溪水。他一個有手有腳的成年男子漢，怎麼能一直讓父母和未婚妻供養著？「要是生意上的事用不到我，我就在鎮上尋個館教書。」

林實盤算很久了，再過兩年，他和冬寶就要成親了，作為丈夫，他即便沒有冬寶能掙錢，但也不能讓冬寶養著他。大丈夫若是沒個營生，拿什麼頂天立地？

冬寶知道林實是個努力上進的人，不管他選擇哪條路，冬寶都支持他。

燦爛的冬陽下，冬寶白皙的臉上似乎還有細細的茸毛，讓林實忍不住想伸手摸一摸，等他伸出手去，又若無其事地收了回來，悠哉地說道：「前些日子，我在書院碰到周平山了，他問我是不是和妳訂親了？」

「那你說了什麼？」冬寶笑咪咪地問道。喲，還吃醋了呢！

林實笑了笑。「我說訂了，兩家從小就訂了娃娃親。」他想起那天周平山陰陽怪氣的，還一口一個冬寶。啊呸，冬寶也是他能叫的？

冬寶仰頭看看湛藍悠遠的天空，覺得這日子順心舒暢得叫人睡覺都忍不住要笑。她決定跟林實坦白，說道：「其實那天，大姨她們臨時有事，回張家莊了，是我去周平山家裡送豆腐的，跟他說了咱們倆訂親的事。」

林實心裡是很享受「咱們倆」這個說法的，他怎麼可能懷疑冬寶和別的男孩有什麼呢？兩個人隔得這麼近，林實清楚地看到冬寶黑葡萄一樣的眼眸裡倒映著他的身影，心愛的女孩滿心滿眼裡都是他，讓他一顆心彷彿浸到了蜜裡，甜得他暈乎乎的，臉也跟著紅了起來。

「你離我這麼近幹什麼？」冬寶的臉也紅了，兩個人雖然一塊兒長大，手也拉了，但離這麼近還是頭一回，近得冬寶以為他要吻她了。

林實小心翼翼地貼了過去，冬寶下意識地就閉上了眼睛，然而林實吻的地方卻不是冬寶的嘴唇，而是她的額頭。濕濕熱熱的氣息灑在了冬寶的額頭上，等冬寶有些驚訝地睜開眼睛時，就看到林實的臉龐紅得要滴血似的，連脖子根都是通紅通紅的，都不敢看她了。

這也太純情了……冬寶無語地低頭裝羞澀。

然而，看到林實臉紅到脖子根了，卻不忘緊緊地拉著她的手，冬寶的心就柔軟了下來。林實給她的感覺從來都是溫暖的、可靠的，就像一座沈穩的山一樣，不管她何時回頭，那座山都會在她背後支援著她。

易得無價寶，難得有情郎。

兩人在山上一直待到太陽西斜才回去，李氏看著和林實一塊兒回來的冬寶，忍不住往冬寶頭上戳了一記，笑罵道：「真是女大不中留！」

臘月的時候，冬寶和林實趕著驢車，帶著年禮回塔溝集，先去宋楊的墳前燒了紙，擺上了祭品，接著去宋家門口卸下了將近兩百斤的年禮，有包子、饅頭，有豬肉和雞，有炸好的丸子和點心，還有兩罈酒。

先跑出來迎接冬寶和林實的是在院子裡抽陀螺玩的二毛，二毛都十歲了，還跟小時候一樣，鼻涕拖了老長。

二毛跑過來後，先是看了眼地上的東西，臉上就露出了喜孜孜的表情，也不喊冬寶和林實，直接抱了豬肉和雞就往堂屋走，因為東西重，他走得歪歪斜斜的，邊走邊喊道：「奶，過來拿肉！」

沒一會兒，黃氏和宋老頭就出了堂屋的門。西廂房的門也開了，宋二嬸看了眼門口堆著的東西，立刻笑得合不攏嘴。

宋二嬸的小女兒沒了命，大女兒走失了，可宋二嬸還是那副沒心沒肺的模樣，這點上冬寶也很佩服她。

黃氏依舊不搭理冬寶，冷著臉叫宋二嬸幫忙，把年禮抬到堂屋裡去了。

宋老頭有些尷尬地看了冬寶一眼，半晌才憋出了一句話。「中午在家吃飯吧？」

冬寶意外地看了宋老頭一眼，這樣的眼神讓宋老頭更加地尷尬了。

林實便笑道：「宋爺爺，我家已經做好飯了，等改天冬寶再回來吃飯吧？」

「好、好！」宋老頭連忙說道。

冬寶覺得宋老頭好像老了很多，並不是宋老頭的頭髮白了、背彎了，而是他的精神氣不如以前好了。

「爺，今年過年我三叔回來不？」冬寶問道。

宋老頭剛想搖頭，又止住了，說道：「應該回來。」

宋二嬸忍不住撇嘴。「天天說是掙了大錢了，莫不是怕我們這窮哥嫂問他要錢才不回來的？」

黃氏陰著臉，衝宋二嬸喝道：「回不回來關妳什麼事？吃飽了撐著啊？輪得到妳說嗎？狗拿耗子！」

冬寶扶額，她不過是沒話跟宋老頭說，所以找了個能聊得起來的話題罷了，看黃氏這指桑罵槐的……算了，她就不該和宋家人搭話。

林實皺眉看了眼黃氏，拉著冬寶低聲說道：「咱們走吧！」他很生氣，冬寶好心好意來孝敬，逢年過節沒有一次落下的，但凡是頭腦正常的，都不會在剛收了人家的厚禮就來罵人。

「我奶就那樣。」冬寶搖頭道，勸林實不要生氣。「她不講理，誰也沒辦法。」

林實笑著說道：「咱不跟她一般見識。」

「這回看我奶還是挺硬朗的。」冬寶笑道。罵人的聲音中氣十足，隔一里地都能聽見。

「我爺好像老了，沒之前那麼硬朗了。」

「這人一上年紀，就老得快。」林實說道。

冬寶笑了笑，其實她覺得宋老頭的精神不如以前，並不是因為上了年紀的緣故，而是連番遭受打擊。

過了年，二月分冰雪消融的時候，宋招娣生了個兒子。大約是因為年輕身體好，相比起李氏疼了一天，宋招娣只用了一個時辰就順順利利地生下了寶寶。

孩子剛生下來、洗乾淨了身上的血水後，就被接生的賀嬤嬤包進了小被子裡。

彼時宋招娣的意識還很清醒，李氏和李紅琴幫忙給她清理身體，賀嬤嬤抱著孩子走到她跟前，小聲問道：「妳要不要看一眼孩子？」

宋招娣生完孩子沒力氣，懶洋洋地說道：「不看了。」這個孩子對她來說意味著麻煩，早點送走她早安心。

賀嬤嬤悄聲嘆了口氣，又給孩子包上了一層小棉被，裹得嚴嚴實實的，這才抱出了房門，給了院子裡等得喜極而泣的一對夫婦。

「孩子挺好的，哭得有勁。」賀嬤嬤笑道。

婦人喜得哭出了聲。「相公，咱們有兒子了！」

男子也挺高興的，往賀嬤嬤手裡塞了一個布袋子。

賀嬤嬤一摸便知道裡面裝的是碎銀子和銅板，連忙要還給男子。「這不成，我哪能收錢？不成了賣孩子嗎？」

「賀嬸子，這錢妳要不收，就給屋裡頭那個小娘子吧。」男子懇切地說道。「以後莫要來認孩子，收了這錢，就算兩清了，我們也安心。」

賀嬤嬤覺得也是這個理，這錢是人家給宋招娣的「辛苦費」。

說罷，男子便護著婦人走了，婦人把孩子緊緊地抱在懷裡，生怕被人搶了去似的。

在宋招娣坐月子的時候，冬寶帶了糕點和紅糖去看望過宋招娣，臉圓得她幾乎認不出來了。從某方面來說，宋招娣和宋二嬸很像，都是有吃有喝就能過得沒心沒肺的主兒。

「妳以後咋打算的？」冬寶問道。她是不可能把宋招娣關一輩子的，就算宋招娣願意，她還不樂意白養宋招娣呢！

宋招娣正撚著冬寶送來的糕點吃，神色便有些不自然。「我就這樣了，還能咋打算？」

「等妳出了月子，妳是打算回塔溝集，還是去別的地方？」冬寶見宋招娣裝傻，直接把話給問明白了。

宋招娣雖然不願意走，但她也明白，月子做完了，冬寶就不會再白養著她了。好在她身上還有那對夫婦給她的「謝錢」，就算是被冬寶趕出去了，一年半載也餓不死她。

「不回塔溝集。」宋招娣悶聲說道。如今她身上有錢了，宋榆肯定會把她的錢搜光，再把她賣了的。

「那妳想去哪兒？」冬寶問道。

宋招娣半晌才低頭說道：「冬寶，如今我啥情況妳也知道，我以後就跟著妳過不行嗎？」

「妳怎麼跟著我過？」冬寶皺眉。「我現在住在嚴大人家，妳過去不方便，以後我可能回塔溝集住，妳跟著我更不方便了。」就是她願意，林實也不願意啊！他可討厭宋招娣了。

宋招娣趕緊說道：「妳們那鋪子不是要人幫工嗎？我去！我去給妳幹活，工錢隨便妳給就行。」

「這不行！」冬寶斷然拒絕。「要是讓妳爹娘知道妳在我們那兒幹活，還不定怎麼鬧呢！」

宋招娣急急地說道：「我不在前頭幫工，我在後頭。就是我爹看見我了，我也不說妳們收留過我。」

等到宋招娣出了月子，冬寶就安排她去了寶記鋪子的灶房幫忙，鋪子後面的西屋還空著，宋招娣就暫時住進了西屋。對此，張秀玉頗有些忐忑，因為明擺著宋招娣是來接替她的班的。

「冬寶，我跟梁子哥說好了，等成親了我還來幫工的……」張秀玉期期艾艾地跟冬寶開口了。

在這個時代的人看來，堂姊是要比表姊親上一層關係的，因此冬寶也能理解為什麼張秀玉那麼不好意思。

「沒事，妳別放心上。」冬寶笑道。「梁子哥要是同意妳來幫工，我求之不得呢！多個人正好能分擔一下妳和秋霞嬸子的活兒，以後有什麼活兒，妳就安排招娣姊去幹。要是她不老實、不規矩，妳就跟我說。」比起宋招娣，冬寶當然更信任張秀玉。

春雷媳婦她們自然也見到了宋招娣，因為事先得了冬寶的通知，幾個人都一致地保持了沈默，彷彿就沒見過宋招娣這個人物似的。

過了幾天之後，張秀玉私下裡和冬寶咬耳朵。「讓幹啥就幹啥，還挺老實的，就是嘴碎，喜歡跟我們打聽東家長、西家短的，秋霞嬸子不咋搭理她，我也不好跟她說什麼。昨天下午她想出去，我娘攔著沒讓，說得妳點頭了才行，她就沒再吵著要出去了。」

看來自己對宋招娣還是很有威懾力的，冬寶笑著想到，隨後便跟張秀玉說道：「以後她要再想出去，就別攔著了。」宋招娣已經被關了好幾個月，她要是還能憋得住，那就是奇蹟了。

到了清明節，冬寶和林實冒著濛濛細雨，一起去給宋楊上了墳。

冬寶對生父還是很厚道的，每次上墳都準備的有點心、大肉和魚，拿回去夠宋家人吃上兩頓。

「這連著幾次，該去上墳時他們都沒去。」林老頭小聲地跟林福說道。「剛我看大毛、二毛又拿東西回來了，那肉上還插著兩根筷子，不是從那兒拿的是從哪兒拿的？」

林福無奈地嘆氣。「肯定是想著有冬寶去上墳，他們就不管了，正好樂得清閒。可憐宋秀才一輩子都為了他爹娘兄弟……」

中午冬寶在林家吃了飯，下午冬寶要出門的時候，看到宋老頭站在林家門口，大概是沒想到林家的門會突然開了，宋老頭嚇了一跳，老臉一紅，下意識地轉身就要走。

「爺，有啥事啊？」冬寶叫住了宋老頭。

宋老頭侷促得不行，趕忙擺手道：「沒事，我就是剛走到這兒。」

「老宋啊，冬寶是你孫女，你有啥不能說的？」林老頭直搖頭嘆氣。

冬寶點頭道：「爺，有啥事你開口，能辦的我一定辦。」

宋老頭遲疑了很久，艱難地開了口。「冬寶，妳能不能託人問問妳三叔，端午回不回家？」

冬寶有些意外，不過又覺得在情理之中。如今宋家有田，又有她一年四季地孝敬，衣食無憂，唯一能讓宋老頭掛心的事應該就是宋柏了。

「老三多長時間沒往家裡捎過信了？」林老頭問道。

宋老頭的臉色就有些難看，最後還是說道：「去年麥收的時候接到了他的信兒，到現在……」

秋霞嬸子是知道的，冬寶去找人的話還得拜託王家的公子，太麻煩人家了，便笑道：「宋大叔，咱村裡天天都有安州來的客商，你找他們打聽過沒？不是說冬寶她三叔當大掌櫃的嗎？他們肯定得認識吧！」

「問過一、兩個，安州恁大的地方，哪就一定認得……他幹活的那個東家鋪子多，指不定讓他去管別的鋪子了。」宋老頭含含糊糊地說道。

冬寶看宋老頭死撐著面子的可憐模樣，說道：「我想辦法打聽，要是有信兒了就跟爺你說一聲。」

宋老頭得了冬寶的保證，臉上也有了笑容，如釋重負般地回了宋家。

冬寶再去安州的時候，就託了豆腐坊的劉掌櫃幫忙打聽宋柏的事。宋柏真不是個東西，兩個老人最寵愛的就是他了，他卻能冷心冷肺的一年不往家裡捎一句話。

過沒兩天，早上來拉豆腐的王家小廝就跟冬寶傳來了消息，說找到宋柏了，在一個綢緞鋪子裡做事，幹些雜活。

冬寶點點頭，雖然不是什麼大掌櫃，但好歹也算是一份正當營生。

然而小廝的臉色卻有些古怪，跟冬寶說道：「那個鋪子名義上是一位李員外的，實際上是李員外給他的外室置辦的產業。我們打聽到姑娘的三叔認識了給那個外室夫人看門的漢子，那漢子薦他去綢緞鋪子了。我們找到他時，說他爹娘託人打聽他的消息，他有點不耐煩，說他忙，端午不回家。」

冬寶的頭皮有點發麻，她已經不指望宋柏能幹出什麼光宗耀祖的事了。外室就外室吧，只要宋柏能安安分分地幹活掙錢，做著一份正經營生就行。

「真是麻煩你們了。」冬寶真誠地道謝。她是知道宋柏脾氣的，恐怕當時態度十分不好，倒是為難這些幫忙帶話的小廝了。

只是，小廝面上為難的表情依舊持續著，最後還是說道：「我一個哥哥打聽到，那個外室……不是正經出身，李員外家裡不同意抬她進門，就養在外頭了。那看門的漢子還有伺候的丫鬟啥的，也都是她從不正經的地方帶出來的……」

言外之意：宋柏既認識那個地方出來的人，只怕在安州也不是那麼的安分啊！

真是丟人啊！這是冬寶心中唯一的想法。

第一百零五章　新目標

冬寶計劃等五月初送端午節禮的時候再回去，然而宋老頭卻等不及了，主動來鎮上的寶記鋪子，找冬寶打聽消息來了。

宋老頭過來的時候已經快中午了，他戴了頂破草帽，背著手站在鋪子門口，敞開的衣襟中露出的胸膛格外的消瘦。

「爺，你咋來了？」冬寶驚訝地問道。「春雷嫂子，給我爺盛碗豆花！」

宋老頭連忙擺手。「不吃了。冬寶，妳三叔那事打聽得咋樣了？」

冬寶笑道：「挺好的，現在他在一家綢緞鋪子裡幹活，具體幹什麼不清楚。」

宋老頭立即笑得合不攏嘴，說道：「妳三叔肯定是給人當帳房先生了，他有這個本事，他讀了恁些年書啊！」

「欸……」冬寶含含糊糊地附和了一句，覺得自己真是個善良的人，宋柏那樣對待過她，為了讓宋老頭老倆口寬心，她還是替宋柏說了好話。

宋老頭高興完後，又接著問道：「那妳三叔端午回家不？這孩子不能光顧著在外頭打拚啊！妳這當姪女的都要出嫁了，他還沒個屋裡人呢！」

冬寶強忍住內心吐槽的衝動，搖頭道：「三叔說他忙，沒空回，過年……有可能回。」

其實宋柏沒提過年的事，但看宋老頭那失望的眼神，她便主動加了一句。

「過年回來也行！」宋老頭便又笑道。

看宋老頭起身要走，冬寶連忙說道：「爺，中午在這兒吃飯吧？」

「不了，妳奶在家做好飯了。」宋老頭擺手。他自認還是有骨氣的，做不出「蹭飯」這樣的事。

正當冬寶送宋老頭出門的時候，鋪子通往後院的門砰的一聲被人重重推開了，冬寶回頭一看，表哥張謙一臉怒氣，背著手從後院出來了。

「謙哥，你這是怎麼了？」冬寶擔心地問道。在她印象中，張謙一向都是溫和好說話的性子，根本沒見過他發這麼大火氣。

張謙這才發現面前是冬寶，緩和了臉色，朝冬寶點了點頭，就一言不發地往書院的方向走了。

緊隨著張謙追出來的是宋招娣，看著他遠去的方向喊道：「謙哥，你還沒吃中飯咋就走了？」

宋老頭就看到了在門口叫喚的宋招娣。

「招娣?!」宋老頭驚詫不已。「妳咋在這兒？」

宋招娣發現宋老頭也站在門口，當即嚇得面如土色，舌頭都打結了。「我……我……」

「前些天招娣姊找過來了，說餓得沒飯吃，我就擅自作主收留了她幾天。」冬寶連忙說道。「還沒來得及跟二叔說。」

宋老頭看了眼宋招娣的肚子，顯然孩子早就沒了或者是已經生出來了。他神色有些複雜，問道：「妳恁長時候都去哪兒了？」
宋招娣嚇得手都抖了，上下牙齒碰在一起直打顫。宋榆肯定要來把她領回家了！等待她的還不知道會是什麼……
冬寶實在看不得她那個慫樣子，便對宋老頭說道：「我們也沒見過她呢！爺，要不是二叔打招娣姊打得太狠，招娣姊也不想從家裡走啊！前些日子剛見到她時，瘦得都不成人形了。」
宋招娣懷著孩子來求助的時候，瘦得脫了形，身上青一塊、紫一塊的，宋榆得多沒人性才會把懷孕的女兒打成這個樣子。
「妳們放心。」宋老頭心裡頭也清楚。「我不跟妳二叔說這事，招娣就放心在這兒住著吧。」不回去也好，還能過上舒坦的日子。
送走了宋老頭後，冬寶便看向了宋招娣。
宋招娣正一副劫後餘生的輕鬆模樣，冷不防瞧見冬寶板著臉看著她，就有些尷尬，說道：「妳看我幹啥？」
「剛我謙哥是怎麼回事？」冬寶盯著她問道。秋霞嬸子已經回塔溝集了，後院裡就只有李紅琴一家和宋招娣。張謙性子溫和又孝順，不會跟母親和妹妹紅臉的，唯一可能惹到張謙的就是宋招娣了。
宋招娣撇著嘴說道：「我咋知道他咋回事？考上了秀才，瞧不起我這樣的人唄！給他端個飯他都嫌！」

冬寶沒搭理她，直接轉身去了後院。

張秀玉和李紅琴母女一人扯了一大塊布料的一頭，準備剪開，兩個人都是有說有笑的，怎麼看都不像是和張謙剛鬧過不愉快。

冬寶笑著問道：「謙哥咋沒吃飯就走了？」

張秀玉停下了手中的動作，驚訝地問道：「我哥沒吃飯就走了？」

「是啊，我還以為你們吵嘴了呢！」冬寶說道。

張秀玉搖搖頭，茫然道：「他進屋和我們說了一會兒話，就出去了，說吃完飯得趕緊回書院溫書，下午夫子要檢查……」

「許是擔心下午夫子的檢查，就顧不上吃飯了吧？」李紅琴笑道。「等他下午過來的時候問問他就知道了。」

然而到了下午，只有林實一個人過來，還捎來了消息——張謙說他以後不在鋪子裡吃飯了，自己在書院生火做飯吃。

冬寶問道：「怎麼突然就不來吃飯了？」怎麼鬧到這麼嚴重的程度了？

林實面有難色，張謙雖然是個脾氣溫和的人，但他有點死腦筋，尤其是生氣的時候。

李紅琴驚訝得不行，也有些生氣，說道：「我去找他！說不來就不來了，盡叫一家人給他操心，還不知道咋得罪了他。」

李紅琴託書院的人叫了兒子出來，沒好氣地問道：「咋不去鋪子吃飯了？叫你小姨知道了，還不得以為她跟冬寶哪兒得罪你這個大秀才了。」

張謙低著頭說道：「我回去不方便。」

「咋不方便了？」李紅琴知道兒子不是無理取鬧的人，便放柔了聲音說道：「有啥事不能跟娘說的？」

「真不方便。」張謙輕聲說道。

李紅琴看著兒子，心平氣和地跟張謙講道理。「你一句不方便，就不回鋪子了，不知道的就得說你小姨和你冬寶妹子小氣，容不得你在鋪子裡白吃飯。鋪子裡幫工的都是鄉里鄉親的，秀玉是你親妹子，冬寶和招娣算你表妹，咋不方便了？」

張謙脹紅了臉，小聲說道：「冬寶是我表妹，那宋招娣可不是！」

李紅琴看兒子臉上滿是嫌惡和羞恥，霎時間像是明白了什麼。「是不是宋招娣……」李紅琴氣得話都說不囫圇了，沒想到宋招娣竟敢妄想她兒子！

張謙慌忙勸道：「娘，妳別氣，氣壞了身子不值當。」

李紅琴看著兒子問道：「到底咋回事？」

張謙皺眉說道：「我跟妳和妹妹說過話後，就準備去前頭鋪子裡吃飯，那宋招娣卻叫住了我，說等會兒來吃飯的人就多了，她幫我把飯端到後院的石桌上，讓我在那兒吃，清靜。我說不用了，她就扯著我的袖子不放，叫我謙哥叫得噁心，還一個勁兒地往我身上蹭……」

「她好大的膽子！」李紅琴惱得厲害，即便兒子只是個沒功名的農家少年，她李紅琴也看不上她！

張謙勸道：「宋招娣是上不得檯面，可咱們也得顧忌冬寶妹子的面子。」

「這你放心，你冬寶妹子不是那糊塗人。」李紅琴說道。

冬寶聽李紅琴含蓄地把事情說了一遍後，當即就恨不得把宋招娣一腳踢飛出鋪子！她的臉早被這些不安分的宋家人給丟盡了。

「大姨，我知道了，這事我會處理。妳好好勸謙哥，叫他別想太多，以後繼續來這兒吃飯。」冬寶說道。

李紅琴看冬寶一個小姑娘氣得滿臉通紅，心裡就有些過意不去，勸道：「妳也別生氣了，叫她以後見著小謙、大實都迴避著點兒。」

「我來跟她說。」冬寶正準備去找宋招娣算帳的時候，突然又折了回來，問李紅琴道：「大姨，妳今天晚上還去看我娘和小棟不？」

「去。」李紅琴說道。

冬寶笑了笑。「那妳就跟我娘把今天的事說清楚了。」冬寶算是怕了李氏的這種爛好人病了。東郭先生（注）說起來容易，做起來苦的可是自己。

「好！」李紅琴痛快地答應了。

冬寶找到宋招娣的時候，宋招娣正在灶房刷碗。

「妳先別洗了，我有話問妳。」冬寶語氣平平地說道。

然而宋招娣卻聽出了危險的意味，故意磨蹭了一會兒，才去了西屋。「妳喊我來幹啥啊？我碗還沒刷完呢！」

「妳清楚得很，別裝糊塗了。」冬寶盯著她說道。

「我不知道妳啥意思。」宋招娣低著頭，硬著頭皮說道。今天宋老頭過來，冬寶幫忙維護了她，她心裡除了一點點的感激外，更多的是認識到了，要是離開了這間鋪子，她只有回宋家一條路了。

冬寶沒空跟宋招娣閒扯。「明天我在外頭給妳找間房子住，租金就從妳的工錢裡扣，要是妳工錢不夠租金，我就自認倒楣地掏錢給妳補上。妳每天在大實哥他們吃了早飯後再過來幫忙，等中午之前就走，記住了嗎？」

宋招娣急了。「冬寶，咱倆才是嫡親的姊妹，是張謙他不懷好意——」

冬寶怒了。「妳天天嘴上說跟我是嫡親的姊妹，我從去年照顧妳到今年，妳是怎麼回報我的？瞧瞧妳幹的那事，臉都被妳丟盡了！妳要不願意也行，我明天就去找二叔來接妳回

注：東郭先生，為明朝作家馬中錫《中山狼傳》中的人物，大意是說中山國的一隻狼求救於東郭先生，東郭先生把狼裝到自己的書袋裡，救牠免於獵人的獵殺，但狼過後卻要吃掉東郭先生。東郭先生說要先問三個老者，問了老樹、老牛後，都認為人類不顧念自己的恩德，所以狼也不用顧念人的恩德。最後問了老人，老人假裝不信狼真能鑽進東郭先生的書袋，狼於是又鑽了進去，老人便立刻用鋤頭將狼打死，救了東郭先生一命。東郭先生因此被比喻為養虎為患的爛好人、對壞人講仁慈的糊塗人。

家！」她居然想去勾搭張謙？冬寶覺得幾十萬頭草泥馬已經不足以形容自己的心情了。

宋招娣氣得哭了起來。「你們就是看不起我！我不就是喊了張謙吃飯嘛……沒人管我，我再不為自己打算打算，還咋辦啊？我都十五了……」

「妳要是想嫁人，我可以託賀嬸嬸給妳說個媒。」冬寶搖頭說道。「但妳不該妄想謙哥！他怎麼會看得上妳？」

「我不試試哪能知道？」宋招娣抹了眼淚，固執地說道。「我有自知之明，沒想過當他大太太，跟著他能當個小，我就滿足了。」

冬寶覺得她很難跟宋招娣講道理，自從宋招娣和那個「偽豪門」在一起後，滿腦子想的都是當小老婆，就是不肯走正道。

「妳別想了，沒可能的事。」冬寶搖搖頭，決定晚上回去就跟賀嬸嬸說一說，託賀嬸嬸給宋招娣保媒，趕緊把這個禍害給嫁出去。

她怎麼就看上張謙了呢？冬寶百思不得其解。張謙該多想不開才會看上她啊！宋招娣哪來的自信啊？

然而冬寶不知道的是，比起張謙，宋招娣更中意的是林實，畢竟是初次喜歡的對象，可她中意林實的同時也明白林實早就是冬寶的了，她要是敢對林實勾勾搭搭的，冬寶絕對會暴打她一頓，再毫不留情地攆她滾蛋，她這點自知之明還是有的。所以她就退而求其次，把對象換成了張謙，反正張謙也還不錯。

當然，打死宋招娣她都會把這件事埋在心底的，冬寶那丫頭的脾氣可不是好惹的。

第二天，趁著林實休沐，冬寶和他一起去鎮上給宋招娣找了屋子。

冬寶給宋招娣找的這間屋子，主人家是一對五十來歲的曾姓夫妻，是鎮上的老住戶了，宋招娣只要安分守己，應該就不會出什麼問題。

宋招娣當天下午就被冬寶催著收拾了東西搬過去，雖然她很委屈、很不情願，但最終不敢違逆冷著臉的冬寶，委委屈屈地搬走了。

宋招娣心情很是鬱悶，然而好在隔天麥收就開始了，鋪子也關了門。

「這幾天妳就在曾大爺家住著，沒事別出門。」冬寶囑咐宋招娣。

宋招娣自然是滿口答應了。

叮囑完宋招娣後，冬寶就帶著小旭回塔溝集玩了幾天。然而等冬寶剛回鎮上，那對房東夫妻就找來了，說宋招娣已經兩天沒回去住了！

「……頭一天晚上沒回來，我還以為她住妳們鋪子裡了。」曾夫人絮絮叨叨地說道：「可昨晚上她還是沒回來，我今天早上在窗戶紙上戳了個洞，看裡頭東西都空了，像是搬走了。」

冬寶覺得宋招娣不大可能是被人擄走的，宋招娣失蹤的同時行李也消失了，肯定是她自己收拾的。

最後還是嚴大人幫忙打聽出了線索，找來了曾家旁邊茶樓的老闆娘，據說她和宋招娣兩人很能說上話。

「是自己走的。」老闆娘急急地說道，生怕冬寶他們以為是她拐騙了宋招娣。「真的是她自己走的！五、六天前，她來我這兒跟我聊天，認識了來我們這兒喝茶歇腳的一個麥販子，兩人就好上了。宋姑娘跟我說的意思，是那麥販子要帶她走，娶她進門……」

別不是又被騙了吧？冬寶忍不住想到。

「那麥販子……」林實皺著眉頭。「妳認得嗎？」

老闆娘連忙說道：「不認得！他也就是來我這裡喝過兩次茶，年紀得有五十出頭。宋姑娘還跟我炫耀過那人給她買的金戒指，我一眼就看出來了，那戒指是金包銅的，沒跟她說，怕她臉上難看。」

冬寶輕輕吐了口氣，說道：「好了，我知道了。要是那個麥販子再來，妳使人去寶記鋪子說一聲。」

「好，這個一定照辦！」老闆娘連忙說道。

回去的路上，林實勸道：「別生氣了，她自己選的路，旁人也沒辦法。」

「她走了也好，我們不費神她的事了，隨她去吧。」冬寶笑道。

回到家裡，冬寶和李氏還有嚴大人說了宋招娣的事。

李氏嘆了很久的氣。「擱她身上花了恁多心血，她咋就是不走正道啊！」

「別氣了。」嚴大人勸道。「為她生氣不值當。」

宋招娣失蹤後，冬寶預想中宋榆來鬧的場景並沒有出現，可能是宋老頭真沒有跟宋榆提起宋招娣的事，也有可能是宋榆壓根兒就不想要宋招娣這個閨女了，覺得多一事不如少一事。

冬寶此後再沒見過宋招娣。

第五年的時候，茶樓老闆娘捎來了信，雖然當年帶走宋招娣的麥販子沒來，可那一年跟他一起販麥子的一個人來了。

林實找到了那人，問道：「五年前和您一起販麥子的那個老漢，從我們鎮上帶走了一個姑娘，你知道他們去哪兒了嗎？」

那人搖了搖頭。「這不知道，我跟他不怎麼熟。他那個人有點毛病……」那人壓低了聲音，說：「打老婆，還喜歡在床上折騰女人，聽說都死了三個老婆了……」

林實回去後，並沒有跟冬寶說這事，怕髒了妻子的耳朵。

第一百零六章 牛哄哄的金子

進入臘月，張秀玉的婚事就提上了日程。

早在出了伏的時候，梁子就翻蓋了家裡的三間大瓦房和東西兩間廂房，準備做新房，迎娶張秀玉。

冬寶和李氏請工匠到蓋好的新房裡量了尺寸後，她們出錢給張秀玉打家具，在臘月十五，張秀玉出嫁的前一天，在喜樂班子的吹吹打打下，家具風風光光地裹上了大紅的綢布，抬進了他們的新家。

李氏跟賀嬤嬤咬耳朵。「秀玉只比冬寶大不到三歲，她嫁了，冬寶也就快了，我這心裡一想到她要走了，就跟叫人剜走一塊肉似的疼啊……」

小棟早就會滿地跑了，皮得跟隻猴子似的，然而此刻聽到了李氏的話，立即嚇得抓著李氏的裙角叫道：「不讓姊走！」

賀嬤嬤笑了起來，蹲下來逗小棟。「你現在不讓你姊嫁出去，等將來你長大了，娶了媳婦後，就該嫌棄你姊了。」

李氏笑著一把抱起了兒子，說道：「我這輩子最虧的就是我閨女了，不讓她嫁人吧是坑了她，讓她嫁人吧又捨不得。」

「那姑娘嫁了林家後，是住鎮上還是住塔溝集啊？」賀嬤嬤小聲問道。「要是妳實在捨不得，就在鎮上給姑娘買間宅子當嫁妝，想見閨女了，走幾步路就到了。妳看秀玉姑娘嫁得多好，新家離鋪子不遠，天天都能見著親娘。」

李氏搖搖頭，也小聲說道：「我看林家那意思，是要他們小倆口住塔溝集的，連宅基地都買好了。我在鎮上給他們買房子，算啥啊？要是讓大實他們對冬寶有啥想法，那不就壞了我閨女的事？」

「可憐天下父母心啊！」賀嬤嬤嘆道。

張秀玉的婚事辦得很熱鬧，李紅琴在送閨女上轎子的時候哭得站都站不住，在鑼鼓喧天的喜樂中，拉著張秀玉死活不撒手。其實張秀玉去年這個時候就能嫁人了，只是李紅琴藉口女兒年紀小，不顧女婿梁子發青的臉色，硬是多留了一年。

張秀玉的眼淚也在眼眶裡打轉，今天出了這個門，她就不再是躲在母親和哥哥背後的小姑娘了，她要成為別人的妻子，和梁子一起肩負起一家的生計。

全子偷偷跟冬寶咬耳朵。「以後妳嫁我哥的時候，李大娘不會也哭成這樣吧？」

林實的臉頰微紅，訓斥道：「胡說些什麼！嫁閨女的哪有不哭的？」當眼珠子似地養大的姑娘以後就是別人家的人了，當娘的能不難受嗎？

「我哥害羞了啊！」全子嘆道。

冬寶紅著臉，擰了下全子的耳朵。「知道你哥臉皮薄，你還瞎說一氣！」

正在招待賓客的梁子一眼瞧見了人群中的全子，一把拉了他過來，喜孜孜地說道：「快去床上坐坐！」
沅水流行讓小男孩壓新房的床，圖個以後多子多孫的好兆頭。
「我都十三了……」全子鬱悶得不行。
梁子才不管，他孤單一人太久了，要多生幾個孩子才好，本著有一個算一個的想法，梁子咧著嘴，笑嘻嘻地推著全子進了屋。
秋霞嬸子幾個婦人正陪著張秀玉坐在新房裡說話，瞥見全子進來了，笑著作勢要打他，訓道：「你都多大了還往人家新房裡跑！」小兒子已經是個大男孩了，往人家新媳婦屋裡跑不合適。
全子更鬱悶了。「梁子哥非要我過來……壓床。」
一屋子婦女當即笑得前仰後合，新房的床上已經放了好幾個小男孩了。
已經九歲的小旭坐在床上抱著小棟，幸災樂禍地看著全子。
幾個人紛紛打趣起張秀玉。「看看，新郎官都等不及要抱兒子了！」
又招呼全子。「趕快脫了鞋上床，不能辜負了你梁子哥的期望！」
坐在床邊上的張秀玉羞得滿臉通紅，臉都要埋到脖子裡去了。
讓冬寶沒想到的是，她原以為張秀玉怎麼也要過了新婚的甜蜜期才來上工的，李氏都打算帶著小棟去鋪子裡幫忙，頂張秀玉的缺了，沒想到第三天，張秀玉一大早就過來了。
「咋來這麼早？」冬寶十分詫異。

張秀玉笑得靦覥。「我跟妳姊夫說了，臘月裡鋪子忙……」

冬寶伸手戳著張秀玉的肩膀。「喲～～喲！還姊夫呢……」

「妳個死妮子！」張秀玉被冬寶幾句話擠兌得又羞又惱，當即恢復了潑辣少女的本色，作勢要撓冬寶，兩個人笑成一團。

李紅琴過來扯開了兩人，笑道：「來了就趕緊洗手幹活去！忙得腳不沾地了妳們還打打鬧鬧的，妳是我親閨女我也扣妳工錢。」

「看看吧，嫁出去的閨女成潑出去的水了。」冬寶哈哈大笑了起來。

等到鞭炮聲響起，年也越來越近了。

黃氏和宋老頭盼了大半年，也沒盼回來心愛的小兒子宋柏。

過了年後，林實要領著全子去鎮上唸書的時候，全子不幹了，說他不想唸書了，想跟著林福做生意。

這下可把林福和秋霞嬸子都氣壞了。

「老子當年想唸書都想瘋了，家裡沒錢唸！你小子倒好，好吃好喝地供著你，送你去唸書你還不願意！」林福氣得髒話都要罵上了。

全子倔強地站著。「我不是讀書那塊料，反正我也考不上功名，字兒也認得差不多了，再讓我唸書，不是浪費錢嗎？」

「老子不怕浪費錢，只要你好好唸書！」林福吼道。

「你才學了幾天就說自己考不上？」林實也生氣了。「你就是沒把心思花在讀書上！」

最終，全子在林福和秋霞的罵聲中，跟著林實去了鎮上，繼續他的讀書之路。

「得空了妳好好勸勸全子。」秋霞嬸子跟冬寶說道。「不指望他能考出個啥名堂，可就這麼廢了，我跟他爹心裡都不痛快，至少唸到他長大了再說。」

冬寶應了，等中午全子來吃飯時，便拉著他問：「你為啥不想唸書了？」

全子含糊地說道：「我不是唸書那塊料，再說了，我字兒都認得差不多了。」

「說實話！」冬寶忍不住扯了下全子的耳朵。

全子哼了一聲，不大自然地說道：「反正我知道我考不上秀才的，要是一直考不上秀才，還賴家裡唸書，那不跟宋三叔一樣了？」

冬寶愣了一下，說道：「胡說什麼？你跟我三叔不一樣！」

「如果我年年都考不上，不就是宋三叔那樣的人？」全子倔強地說道，放下了手裡的筷子。「我哥為啥等明年舉人考試後就不再考了，想去掙錢？他就是怕成了……宋大伯那樣。」大概是怕冬寶聽了心裡難受，到最後，全子說話也小心翼翼的了。

宋楊自從考上秀才後便大受鼓舞，一直堅持考舉人，一年年考不上，一年年失望，到最後傷心失意，喝酒發瘋，直到落得醉酒凍死在河裡的下場，坑苦了老婆和孩子。

冬寶撫額，原來宋楊和宋柏的反面教材例子是如此的深入人心啊！

「你還小，你不唸書了，想幹什麼？」過了一會兒，冬寶問道。「下地幹活，你又頂不了多大用處。」

全子笑嘻嘻地說道：「這個先不告訴妳，省得妳說我瞎胡想。」說罷，任憑冬寶怎麼問他都不說，低頭把飯扒完，就一溜煙地跑了。

自從冬寶和全子談過後，全子頗為老實，每天按部就班地唸書吃飯，秋霞嬸子還以為冬寶把他勸回來了。

到了三月初，林福去鎮上給林實和全子送了春衣，順道和秋霞嬸子一起買了禮物去嚴大人家坐坐，因為嚴大人和林福很久沒見了，中午便留林福一道喝酒。

等到下午太陽西垂的時候，林福和秋霞嬸子才到家。

「你們怎麼才回來？孩子休沐都不在家。」林老頭有些不高興。

林福有點摸不著頭腦。「誰休沐？不都剛休沐過嗎？」

「是全子。」林老頭說道。「他回來見你們都不在家，吃了中飯就回去了，臨走時給了我一張字條，說是留給你們的。」

林福慌忙拿過紙條看了起來。他認字不多，但寫紙條的人也沒扯什麼之乎者也，開頭就是兩個大字：借條。

看完了紙條，林福趕緊進屋，發現作坊的鑰匙換了地方，明顯被人動過。再聯繫紙條上的內容，林福氣得一拍大腿，罵道：「這兔崽子！」

秋霞嬸子和林老頭跟著林福跑去了作坊，發現作坊裡的腐竹和豆乾少了不少，而洪老頭一家也過來了，說栓子推著家裡的板車跟全子出去玩，到現在天都快黑了還沒回來。

「跑了！」林福又急又氣。「兩個孩子推了一車腐竹、豆乾跑了！還留了個借條，說要賣到遠地方去，掙錢了回來還給我們！」

栓子娘當即尖叫了一聲，暈了過去，醒來後就嚎啕大哭，說全子拐了她兒子，要秋霞還她兒子，被洪豁子給拉回了家。

「這個兔崽子到底去哪兒了啊？」秋霞孀子顧不上跟栓子娘生氣，急得也想哭，小兒子也是她的心頭肉啊！

林福當機立斷。「我去把管事們都叫上，大家在周圍找。妳去鎮上找嚴大人，他們有馬，跑得快。我估摸著，他們肯定是往安州去了。」

嚴大人帶著幾個衙役，騎著快馬，一直跑到了安州，路上也沒看到兩個孩子。

等他們一行人回來時，已經夜深了。

「沒見到。」嚴大人眉頭緊皺。按說兩個孩子推著一輛板車，目標顯眼，而且不可能走得很快的，他們騎著馬，來回搜了幾遍，卻都沒找到人。

梁子看秋霞孀子要哭了，連忙安慰她道：「沒準兒全子弟弟不是去安州了，也說不定林叔已經找到全子了。」

「對、對！」李氏也急得不行。「說不準全子他爹已經找到全子了，正在家裡教訓他哩！」

秋霞嬸子抹了眼淚，說道：「我這就回去看看！」

然而事實讓她很失望，林福這邊也沒找到全子。

到第二天，依然沒有找到全子和栓子，兩個孩子就跟人間蒸發了一般。秋霞嬸子都哭成了淚人，養這麼大的兒子丟了，任誰都受不了。

晚上的時候，還是有不少人自發地點著火把去找全子，雖然知道找到的可能性微乎其微，但大家都蒙受了林家和冬寶的恩惠，都想再去找找。

在宋家，宋老頭正要點著火把去找，被黃氏死活拉住了。

「你多大年紀了？用得著你顯擺？」黃氏板著臉說道。

宋老頭遲疑了下，說道：「那老二出去找找吧，咱都是鄉里鄉親的，幾十年鄰居了，不找不好看。」

「要找你去找！」宋榆才不想大冷天的在外頭晃悠，理直氣壯地說道：「給他那面子幹啥？他發財的時候想到咱是他鄉里鄉親的鄰居了嗎？呸！丟了好，報應！」

宋老頭嘆口氣，低著頭坐下了。

第三天早上，王聰的小廝來冬寶鋪子裡拿豆腐時，對冬寶說道：「林全是姑娘您弟弟吧？昨天他來我們豆腐坊，託我們轉告姑娘個信兒，說他和栓子從安州坐船走啦！他挺好的，讓你們都別擔心他。」

冬寶驚訝得嘴巴都合不攏了，回過神來後就去書院找了林實，告訴了林實這個消息。林實兩個晚上都沒睡著，頂著兩個大大的黑眼圈，聽到這個消息後不知道該高興還是該著急。

很快地，兩個人趕著驢車回了塔溝集，告訴了林福和秋霞嬸子這個消息。

「這小兔崽子！」秋霞嬸子高興得眼淚直流。雖然人沒找著，可有了這個信兒，說明兒子還平安地活蹦亂跳著。「等他回來，我非揭了他的皮不可！」

林福氣急敗壞地問道：「那小孽障坐船去哪兒了？」

林實抽了抽嘴角，搖了搖頭。「他沒說。」肯定不會說的嘛，全子那小子多鬼精靈兒的人啊……

冬寶則是想知道，這兩個孩子是怎麼躲過嚴大人一行人地毯式的搜索，到達安州的？

知道全子和栓子平安無事後，秋霞嬸子開始來鋪子上工，閒的時候就罵全子幾句，念叨著他什麼時候回來。

洪家雖然擔心兒子，但也不是不講理的人家。栓子在鎮上唸書，都是在鋪子裡吃的飯，人家冬寶她們從來沒收過錢，而且洪豁子也挑豆腐賣，一家子都欠人家人情。因此，洪老頭發了話，讓栓子娘什麼時候「瘋病」好了，不亂罵人了，再出去。栓子這麼大的人了，能是全子一句話就騙走了的？

第一百零七章　宋柏凱旋

四月初的時候。

這天下午，冬寶在鋪子裡低頭算帳，準備第二天發工錢。

突然間，一個明晃晃的東西啪地被人拍到了她面前的桌子上，讓她嚇了一大跳。

她還沒來得及發火，就看到站在她面前的是兩個髒得不成樣子的男孩子，衣衫破爛，同時咧嘴朝她笑著叫道——

「冬寶姊！」

「……你們這兩個……小兔崽子！」冬寶又喜又氣，眼淚都要掉出來了，一手一個擰住了耳朵。「你們去哪裡了？知不知道家裡人都快擔心死了！」

「疼！疼！」全子嗷嗷叫道，指著桌子上的金鐲子，對冬寶討好地笑道：「冬寶姊，我們都給妳捎包兒了，妳手下留情啊！」

冬寶這才注意到桌子上的金鐲子，回頭往後院大喊了一聲。「大姨，趕快去找我爹我娘還有大實哥！全子、栓子這兩個兔崽子回來了！」託林福和秋霞夫妻倆的福，現在大家叫全子兔崽子叫得十分順口。

「鐲子哪來的？」冬寶十分懷疑，鐲子應該是純金的，入手沈甸甸的。要是這兩個兔崽子敢弄來路不明的東西，她先替林福和洪老頭收拾了他們。

栓子一挺小胸脯，十分驕傲自豪。「我們賺的！」又指了指身後的包袱。「我們給你們都捎了包兒！」

「拿什麼賺的？」冬寶冷笑，別說是那一板車的腐竹、豆乾吧？

「就是那一車腐竹、豆乾。」全子得意地說道。「我們去京城了！一斤腐竹我賣了一兩銀子！京城裡錢多人傻，他們沒見過這東西，稀罕得不行。」還拿眼神鄙夷地看了眼冬寶，意思是冬寶賣得太便宜了，虧得很。

冬寶強忍住要掐死未來小叔子的衝動。她當然也想賣貴一點，可也得看看沅水的經濟實力啊！賣一兩銀子一斤……冬寶很想給全子按一百個讚。你小子夠狠！

很快地，鋪子裡嘩啦啦來了一群人，梁子見了全子和栓子後，趕快騎馬飛奔回塔溝集，叫來了林家人和洪家人。

兩家人一看到兩個孩子，也顧不上打孩子了，當即摟著孩子，哭得唏哩嘩啦的，哭過之後才記得要揍幾下教訓孩子。

全子慌忙拉著栓子躲開了父母的巴掌，把身後揹著的包袱解開了，裡頭除了金銀首飾和新鮮玩意兒外，還有整整十個大銀錠子，估摸著得有一百兩那麼多。「這是我們給你們捎的包兒，大家都有份兒！」全子喜孜孜地說道。

「哪來這麼多錢？」秋霞嬸子的眼都直了，就怕兒子走了歪路。

栓子笑嘻嘻地說道：「我們掙錢了，到京城賣了腐竹、豆乾。」

冬寶則是不敢置信地問道：「你們一路揹這些東西，就不怕賊子惦記嗎？」兩個半大孩子，帶著鉅款從京城一路回來，居然還安然無恙，簡直叫人難以置信。

全子嘿嘿笑道：「我們穿恁破爛，誰相信我們身上帶錢了啊？到安州後，找豆腐坊的劉掌櫃送我們回來的——」

全子話沒說完，林實就啪地一巴掌重重拍到了全子頭上，難掩怒氣，說道：「你還得意？你知不知道你跑了，家裡多少人找你？還有栓子，你要是出了什麼事，你讓我們怎麼跟你爹娘、爺奶交代？你們要是有什麼三長兩短，掙再多錢有什麼用？」

「我們知道錯了。」全子揉著腦袋說道。「你們不願意讓我出去做生意，非得讓我唸書，我沒辦法嘛……」

「那也不能偷跑出去。」冬寶在一旁說道。「嬸子為了你都哭成淚人了，你忍心嗎？」

眾人七嘴八舌地接續著訓斥起了兩個半大孩子，全子和栓子剛回來時的自豪和得意勁兒被打擊光了，耷拉著腦袋，把給眾人的禮物分完了。

剩下的十個大銀錠子，全子分給了栓子一半，栓子不肯拿，說道：「還有本錢哩！不是說好了咱們一人出一半嗎？」

「那點本錢才多少！」全子不在意地說道。「借據是我寫的，你也是我拐出來的，你多拿點應該的。」

林福笑著拍了下兒子的腦袋，說道：「你小子倒是講義氣啊！算啦，都別罵他了，我像他這麼大的時候，可沒這麼大的膽子跑這麼遠，也沒這麼大的魄力去做買賣。兒子，你比老子強！」

秋霞嬸子暗中使勁地擰了林福一把，疼得林福齜牙咧嘴的。

「你誇他幹啥？」秋霞嬸子氣得罵道：「他下回再跑，就是叫你誇的！」

眾人哈哈大笑起來。全子沒回來之前，罵得最厲害，嚷著等全子回來要對他各種胖揍的是林福，等全子回來後，不捨得罵也不捨得揍的也是林福。

全子得了父親的表揚，興奮地看著林福，問道：「爹，以後我還能去京城賣咱們的貨嗎？京城人有錢，出手大方得很，只要東西好，不在乎東西貴。那裡還有不少綠眼睛、白面皮的胡人，他們也可稀罕咱們的貨了。」

「不能！」林福板著臉說道，然後在全子失望的目光中笑了起來，揉了揉全子的腦袋。「得有大人領著你去才行。」

全子又歡欣雀躍起來。

那邊的栓子問冬寶借了紙筆，認真地寫下了一張兩千六百文的欠條給全子，嚴肅地說道：「這回的本錢說好了一人一半就一人一半，我不占你便宜。我現在沒零錢，回去換了零錢就還你，親兄弟也要明算帳。」

「成！」全子收下了栓子的欠條。

冬寶笑咪咪地看著，她覺得栓子挺好的，正直又認真，隨了洪老頭的性子，只有這樣的朋友才值得交往。

等兩家人領孩子回了家後，冬寶問林實道：「你們還打算讓全子繼續唸書嗎？」

林實搖了搖頭。「我猜我爹娘是不打算讓全子唸了，他現在長大了，自己有主意了，而且……」林實笑了起來。「他的才智確實不在唸書上。」

「你們要是同意的話，我倒是有個主意。」冬寶笑道。「我們出兩個大人跟著全子和栓子，讓他們運貨到京城或者別的地方去，或是乾脆在京城開間豆腐坊，我們不能光靠著安州的王家。」冬寶搖了搖頭，畢竟不是自己人。

林實笑道：「全子巴不得這樣呢！」

「這事得林叔和嬸子同意才行。」冬寶說道。「只是有兩點得答應我，一是價錢不能定高了，二是依舊要用寶記的牌子。」

林實笑著點頭。「這算什麼條件？就是妳不說，我也不能再讓他賣一兩銀子一斤了，掙這麼多錢，誰不眼紅？他能平安地從京城回來是他運氣好。」

五月初，冬寶和林福從村裡招募了五個知根知底的壯漢，由全子和栓子帶隊，大偉從旁協助，一起運了兩千多斤的豆乾和腐竹去了京城。

「賺不賺得到錢不要緊，」臨走前，冬寶叮囑道。「安全第一，人都一定要回來。」

全子表面上很沈靜嚴肅，心裡早激動得樂開了花。這是他頭一次以成人的身分來參與買賣，他當然要努力做到最好，才能不辜負冬寶姊對他的信任。

「你們就放心吧！」全子鄭重地說道。「路我們都摸熟了，我上回去時認得了一個船老大，他人很好，我們就搭他的船去，再搭他的船回來。」

五月底，全子他們就回來了，帶回來了幾百兩銀子。

全子人曬黑了，也沈穩多了，本來他個頭就不矮，穿上長衫站在那裡，就像個穩重的生意人一樣。

「還是跑買賣掙錢啊！」跟著一起去的人都喜得不行，他們還是頭一次見識到這麼掙錢的生意。

大偉在一旁笑道：「那船老大看上全子了，說要把閨女許給全子哩！」

全子滿臉通紅，羞得恨不得鑽地縫裡頭。

作坊的訂單更多了，都排到今年十月了，冬寶把每斤腐竹提了三文錢，豆乾提了五文。儘管作坊外頭排隊等著拿貨的掌櫃們怨聲連天，可沒一個人取消訂單，反而有不少人傳言還要漲價，訂單量又大了。

而全子又有了新的想法，他找了村子裡的年輕人，正式組了一支運輸隊伍，這次他不打算去京城了。

「我想往西邊走！」全子說道。「我聽京城的胡人說了，他們那裡沒有菜吃，咱們的東西吃起來味好，還能放很長時間，他們肯定喜歡。」

秋霞嬸子這回是堅決不肯讓全子走了，聽說那些胡人蠻子吃生肉、喝人血的！

林福這回卻支持了全子。「妳拘著他，他就敢離家出走。再說了，全子也不是那種憨大膽的人，妳看村裡頭比他年紀大得多的人都服氣他。」

事實上，林福覺得小兒子屬於那種吃了虧會藏在心裡，日後想辦法報復回來的人，只是這話他可不敢跟媳婦說。

秋霞嬸子明白，小兒子她是管不住了，好在大兒子懂事，還算有個指望。

「唉，趕緊讓冬寶和大實成親吧！」秋霞嬸子愁眉苦臉地說道。

林福頓時有種絕倒的衝動。「冬寶還小，而且冬寶她爹娘擺明了是想多留閨女兩年……」妳是趕著娶，可人家不趕著嫁啊！

秋霞嬸子覺得整個世界都灰暗了。

全子走後，秋霞嬸子就跟催命似地催著林福趕快給大兒子和大兒媳婦蓋新房，每次秋霞嬸子見到李氏時，都用那種熱切的眼神看著她，只差沒直接挑明了說：趕快把妳閨女嫁過來吧！我們家房子都要蓋好了！

李氏每次都被秋霞嬸子熱切的眼神逼得低頭裝看不見。不要這樣嘛，相依為命這麼多年，我想多留閨女點日子啊！

全子這次在八月初從家裡出發，一直到臘八了都還沒回來。

「看來今年過年是回不來了……」秋霞嬸子嘆了口氣。

在林家隔壁，黃氏也在跟宋老頭說著同樣的話，只是她說的是宋柏。算起來，這都是宋柏離家的第三個年頭了，音訊全無。

臘月二十八這天，塔溝集村口的大路上，一輛馬車上下來了兩男一女，手裡都拎著包袱，像是從外地趕回家過年的。

「你們村裡還鋪了石板路啊！」女子驚訝地睜大了眼，原本不樂意的表情也鬆快了許多，覺得事情好像沒自己想的那麼差。

為首的瘦高個男子得意地說道：「我家雖然在鄉下，可這個村在安州都是數一數二的。」

幾個人經過村裡的人家時，明顯是外地人的模樣引起了村裡人的注意。

其中有人眼尖，指著走在最前頭、穿著灰布長袍的瘦高男子叫道：「那不是宋家的老三嗎？」

宋柏笑著回頭擺了下手，算是打了招呼；跟在他身後的女子含羞帶怯地接受著村裡人的打量；另外一個男孩十四、五歲的模樣，滿臉橫肉。

很快地，宋柏出去三年，帶回來一個漂亮小媳婦的消息傳遍了整個村子。

宋柏按記憶裡的路走到了自家門口，門口依舊是那扇爛得全是窟窿的柴禾門，他強按捺住心中的激動，大喊了一聲。「爹、娘！我回來了！」

黃氏和宋老頭從屋裡出來後，過了好一會兒都不敢相信自己的眼睛，直到宋柏跑過去扶住了兩個人，又喊了一聲。

「爹！娘！」

「三兒啊，真是你啊！」黃氏嚎啕大哭了起來，抱著宋柏不撒手。「你咋連個信兒都不往家裡捎啊！」

宋老頭也在一旁抹眼淚，看兒子瘦了不少，更心疼了。

「我這不是忙嘛！」宋柏皺著眉頭，有些不高興。他一直都覺得爹娘上不得檯面，現在回來看看還是這樣。「過來。」宋柏抬手招呼過了跟在他身後的一男一女。

「這是誰啊？」宋二叔和宋二嬸從西廂房出來看熱鬧，驚訝地問道。

宋柏的語氣帶了得意，扯著那女子對宋老頭和黃氏說道：「爹、娘，這是我給你們倆找的兒媳婦。巧仙，過來，喊爹娘！」

名叫巧仙的女子穿著大紅色的棉襖、棉褲，髮髻上還戴了一支明晃晃的銀釵子，鵝蛋臉尖下巴，看著就和鄉下女子不一樣。

「爹，娘！」巧仙羞怯地給宋老頭和黃氏行了禮，又拉過了男孩，說道：「這是我弟弟，銅鼓。」

黃氏喜得已經不知道自己姓什麼了，只會說：「好、好！」

宋老頭本來就是嘴笨的人，驚喜過後，就掀開簾子讓人進屋說話。

「真是稀奇！」宋二嬸叫了起來。「我活恁大，還是頭一次聽見這親沒訂、堂沒拜，就上桿子喊人家爹娘的。」

門口看熱鬧的人群轟地大笑了起來。宋二嬸雖然說得難聽，卻是實話。

「放妳娘的驢屁！」黃氏對上老二媳婦是戰鬥力十足。「再敢亂說，滾回妳娘家去！」

再面對巧仙時，黃氏立刻又恢復了慈愛的表情，拉著巧仙的手，說道：「好孩子，妳別搭理她。」

巧仙笑得靦覥羞澀，帶著撒嬌似的語氣說道：「娘，我都聽您的，您別置氣，對身子不好。」

黃氏這輩子都沒聽過這麼熨貼的話，三兒媳婦怎麼看怎麼順眼。最重要的是，巧仙是宋柏帶回來的，注定是她最喜歡的兒媳婦！

宋二嬸很鬱悶，當年家裡有兩個兒媳婦，她和李氏，黃氏和她是站在一邊的，李氏有幹不完的活、挨不完的罵。

現在巧仙來了，明顯很得黃氏歡心，她不想扮演李氏的角色……

巧仙剛踏入塔溝集時，看村裡鋪的都是石板路，不少人家的房子蓋得也不錯，她心裡才稍稍安定下來。

然而，當她看到宋家那扇用樹枝柴火拼成的柴禾門時，一顆心就沈下來了。院子裡也是破敗不堪，豬圈裡頭臭氣熏天。

事到如今，她只能認倒楣了。看著拉著她的手不放，笑得露出滿嘴黑黃牙齒，唧唧歪歪地說個沒完的黃氏，巧仙噁心得隔夜飯都要吐出來了，卻還得強裝出一副溫順羞澀的笑臉。

最後還是宋老頭發話了。「叫他們去歇歇，等會兒一家人吃個團圓飯。」

巧仙和銅鼓去宋柏的房間歇息了，宋柏則是被黃氏和宋老頭留下來問話。

最心愛的小兒子回來了，還帶回來一個漂亮媳婦，黃氏高興是高興，但還沒到忘乎所以的境界。

「她家是哪裡的啊？爹娘都在嗎？咋沒聽你提過這事啊？」黃氏問道。

宋柏不耐煩地擺手說道：「她家裡沒人了，她在我幹活的那家府裡當丫鬟，銅鼓當小廝，是夫人看我幹得好，器重我，發話把她許給我了。」要不是娶了媳婦，宋柏還不願意回塔溝集來呢！

黃氏的臉色就有些不大好看了，嘀咕道：「是個丫鬟啊……」在她眼裡，宋柏有本事、有學問，丫鬟哪配得上啊！

「這丫鬟跟那丫鬟能一樣嗎？」宋柏擰著眉頭說道。「大戶人家主母的丫鬟比一般人家的小姐都強，識文斷字不說，每天幹的活就是陪夫人說說話，一個月的工錢都有一兩銀子呢！冬寶當初做那丫鬟……呿！」宋柏一臉的不屑，好似冬寶當初做丫鬟，多上不得檯面、多丟人一般。

「那個銅鼓在咱們這兒住多長時間啊？」黃氏問道。

宋柏說道：「不是說了嗎？她家沒人了，銅鼓當然是跟咱們一起住，這我之前答應好她的。」

黃氏就不樂意了，養兒媳婦也就罷了，哪有連小舅子也養著的道理啊？

「這不行！」黃氏當即就反對了。「咱家就十五畝地，再加那兩個，咋活啊？」

宋柏瞪起了眼，不耐煩地叫道：「瞎吵啥？我都答應她了！以前有冬寶和她娘那兩人在，不也吃飽了飯嗎？咋現在就吃不飽了？」

黃氏氣得不行。那時候有宋楊掙錢，且冬寶一個小丫頭能吃多少？能跟銅鼓一個半大小子比嗎？再說了，銅鼓又不姓宋，憑啥養著他？

宋老頭看黃氏怒氣難忍，連忙轉換了話題，問道：「三兒，你在安州都幹了啥活啊？」

「就是給人當帳房先生。」宋柏說道。出於虛榮心，還是加了一句。「管一個大綢緞鋪子的帳，天天忙得腳不沾地，沒了我，他們幹啥都不行。」

宋老頭高興得瞇眼笑了起來，又問道：「這都三年了，得攢了不少錢吧？」

宋柏有些得意，打開揹到身上的包袱，從裡頭掏出了幾塊碎銀子，拍到了桌子上。

黃氏趕緊把碎銀子撚到手裡掂量了下，也就五、六兩的樣子。

「就這麼點兒？」黃氏不大相信。「爹娘不是問你要錢，就是想知道你辛苦恁些年，到底掙了多少？」

宋柏遲疑了下，臉色不大自然，搓著手說道：「你們別看我幹活風光，雖掙得多，可花銷也大，租房、吃飯都得自己掏錢，我手底下還管著好幾個人，過年了不得請他們好吃好喝，來年好再給我幹活？七七八八地去了，就不剩啥了。」

等宋柏出去了，黃氏和宋老頭給剛回來的三個人燒熱水，在灶房裡，黃氏嘆了口氣，絮叨著跟宋老頭說道：「就拿回來五、六兩銀子……他領個媳婦回來，就這麼著不行啊，咋也得辦場酒席吧？」

宋家要面子，這酒席不能不辦，還不能辦得差了，讓村裡人瞧不起。但是五、六兩銀子想辦場體面的酒席，有點困難。

「那豬不是賣了三兩多銀子嗎？」宋老頭低聲說道。「別叫老二他們知道。」

當初宋榆兩口子和他們商量好了，賣豬的銀子是拿來給大毛說媳婦的。

兩個人正在燒火時，巧仙站在灶房門口脆生生地喊著——

「爹、娘，我來燒火吧！」

「這哪是妳能來的地方？趕緊出去，出去！」黃氏看見巧仙就高興得合不攏嘴，趕緊把她往外推。「這兒油煙氣重，妳進屋歇著吧！」

宋二嬸聽見，嘴巴撇得能掛個油壺了。「誰家媳婦嬌貴得連灶房都不能進啊？」又對歪在床上的宋榆說道：「我可先跟你說好了，她要是不進灶房幹活，我也不幹！憑啥使喚我？」

「愛幹不幹，反正輪不到我幹。」看爹娘對宋柏的那股熱乎勁兒，他心裡能舒坦才怪。

「老三不是在外頭給人當大帳房、大掌櫃嗎？這三年了得掙多少錢啊？」宋二嬸悄聲說道：「別的不說，他得出大毛訂親的錢。」

宋榆很心動。「我去跟爹娘說說，這錢他該出！」

「打著燈籠都找不到的好媳婦啊！哪兒都挑不出個差來。」這是黃氏最常和別人炫耀的一句話。

聽她炫耀的人就笑著附和。「那是挺孝順的。」

「我前後娶了三個兒媳婦，就這個最好了。」黃氏繼續口沫橫飛，滿臉幸福的紅暈，還抬起手腕，給眾人瞧了瞧手腕上的銀鐲子。「我老婆子一個了，戴這玩意兒幹啥？可我那三兒媳婦非得給我，不戴還不行。這是媳婦的一片孝心，我還能說啥啊？戴唄！」

這炫耀的表情實在太過噁心，不少人都笑著搖頭走了，實在受不了黃氏那股做作勁兒。

第一百零八章 三嬸

過了正月十五，秋霞嬸子去鋪子上工，跟李氏說了宋柏領回家一個媳婦，另外附贈一個拖油瓶的事。

「人咋樣啊？」李氏說道。

秋霞嬸子笑了。「從進宋家門就沒幹過活，宋嬸子把她當寶貝疙瘩地誇，一村人都看笑話哩！」

李氏想起自己以前拿命幹活的往事，嘆了口氣，說道：「現在的年輕人都知道要愛惜自己。」

秋霞嬸子拍了拍李氏的肩膀。「過去的事還想它幹啥？冬寶她奶要給她三叔、三嬸辦酒席，妳看妳們咋弄？當初冬寶和大實訂親他們都不來，說話還難聽。」

「隨個禮算了，就隨塊料子吧，別的沒有。」女孩家訂親是多重要的事，宋家居然連句話都不吭，這事李氏也心裡不舒坦。

「還有個事，那宋老三媳婦有點不一樣。」秋霞嬸子小聲地跟李氏說道。

李氏頓時來了興趣，問道：「有啥不一樣的？」

「描眉抹胭脂的，看人的眼神都是斜的。」秋霞嬸子說道。「誰見天地在腰裡別個手絹啊？走起路來，腰跟屁股一扭一扭的，村裡的漢子盯著她看，她也不知道害臊。」

李氏捂嘴驚叫了一聲。「冬寶她奶就不管管？」

秋霞嬸子撇撇嘴。「那小媳婦擱她眼裡沒一樣不好的，哪會管啊？那小媳婦也是個人物，把那麼難纏的老太婆哄得服服貼貼的。」

「她娘家哪兒的啊？」李氏問道。

「冬寶她奶說是安州城裡的姑娘，看中宋柏的人品和本事了。我不信，人家城裡的姑娘願意嫁到咱這鄉下地方？宋老三啥樣的人誰不知道啊！」秋霞嬸子說道。「她帶的那個弟弟銅鼓還打過大毛、二毛，我看啊，早晚還得鬧一場事出來。」

經過秋霞嬸子的介紹，李氏對宋柏新娶的媳婦沒有任何好感了。

二月二那天，黃氏和宋老頭給宋柏和巧仙辦酒席。

黃氏不肯湊合著辦酒席，除去宋柏給她的五兩銀子，她還動了賣豬的銀子，把村裡的人家但凡是認識的都親自上門請了一遍。

林家當然也在被邀請之列，不過他們送了一籃子雞蛋當賀禮，沒有上門吃酒席。開玩笑，冬寶訂親他們都不來，送一籃子雞蛋夠給他們面子了。

巧仙在屋裡翻看著客人們送來的賀禮。

什麼爛布頭、臭雞蛋……巧仙越翻越惱怒的時候，突然看到了一塊綢緞布料，大紅的底色，摸著又軟又順滑，足夠做條被面了。

好不容易等到下午賓客散了，巧仙連忙拉著宋柏問道：「那塊綢布被面是誰送的？」

宋柏翻了翻禮單，立刻就生氣了，乘著酒性，瞪著喝紅了的眼罵道：「是冬寶那臭丫頭！媽的，恁有錢……看不起老子……親叔叔成親就送塊破布料！我非去找李紅珍問問，她們當老子是泥人啊？」

「你去啊！」巧仙早摸清了宋柏的脾性，當即就冷笑了起來。

「等得了空我就去，不能這樣欺負人啊！」宋柏嘴裡罵著，可氣勢卻弱得一瀉千里。

巧仙輕蔑地啐了一口，摸著那塊柔軟順滑的布料。「唉，也就這塊料子算是能用，正好做個被面……跟著你，連條新被子都蓋不起。」

宋柏心虛地看了眼巧仙，最後還是說道：「收的禮得送咱娘那裡，這是規矩，這不是還沒分家嗎？」

「啊呸！送我的東西為啥要給你娘？」巧仙惱得不行。

宋柏在一旁沒敢吭聲。以前大哥、二哥辦事收的禮都由黃氏拿著，可現在輪到他了，他心裡就有點不是個滋味了，憑啥啊？

「過兩天我就去鎮上，去看看你姪女兒。」巧仙當機立斷地下了決定，她早就把宋家人的歷史給打聽清楚了。

宋柏不樂意了。「妳去看她幹啥？」

巧仙斜了宋柏一眼，連番的打擊讓她沒了哄宋柏的興致，當即冷冷地甩了一句。「一家老小都是腦子進水的蠢貨！」

「妳！」宋柏惱得咬牙切齒。他自從回到家後，一向都是以「成功人士」的身分顯擺在眾人面前的，酒席上又被一群來吃酒的鄉親們左一句「宋兄弟發財了！」、右一句「宋兄弟在安州出人頭地了！」給誇得飄飄欲仙，現在猛地被巧仙一罵，頓時就有想打人的衝動。

巧仙瞪著他叫道：「你敢打老娘一下試試！看老娘不把你在安州的老底都抖出來！啊呸！就一個打雜的小夥計，當老娘稀罕啊！」

宋柏立刻就慫了。

巧仙和宋柏嘀嘀咕咕說了一下午，宋柏總算是明白了一個道理——在小丫頭沒被嚴家人幾兩銀子打發出門前，要哄得她把銀子心甘情願地掏出來。

巧仙的目標很明確，鋪子遠在鎮上，且是李紅珍的大姊在管，她難得手，但作坊就在村裡。

巧仙說道：「你總說你姪女兒多壞，眼裡沒你們啥的，要是眼裡沒你們，還年禮、節禮一樣不落地送？還一年幾次去給她那死鬼老爹燒紙？哎，你們就是把錢拱手送別人了，真氣死我了！」

那妮子才幾歲大啊？又是寄人籬下，稍加籠絡，還不得把他們當自己人。

成親第三天，巧仙帶著銅鼓去了鎮上，找到了寶記鋪子。

巧仙先站在鋪子外頭觀察了一陣，只見鋪子人來人往，客流不息，幾個幫工忙得團團轉，依舊是忙不開。

直到集市上人快散了，巧仙才領著銅鼓去了寶記鋪子。

「您二位吃點什麼？」春雷媳婦趕忙上前招待。

巧仙笑道：「我們是來找宋冬凝的，我是她三嬸。」

春雷媳婦了然地笑了起來，客氣地說道：「那妳先坐，我去後面看看我們姑娘還在不在？」

冬寶正在後面記帳，春雷媳婦過去了，說一個自稱是冬寶三嬸的女人來了，問冬寶想不想見？

「妳不想見她的話，我就跟她說妳走了，反正看著就不像啥好人。」基於鄉下婦人樸素的天性，她們對巧仙這種塗脂抹粉又十指不沾陽春水的行為極看不慣，集體認為她不是好人。

冬寶想了想，笑道：「算了，我去看看。」

看到冬寶時，銅鼓一雙眼睛瞪得老大。他原以為宋柏的姪女就跟宋二嬸差不多類型的，肯定人長得糙黑，可沒想到出現在他面前的是個漂亮白皙的苗條小姑娘。

銅鼓只顧盯著冬寶看，這哪裡是鄉下丫頭？他長這麼大，還沒見過這麼可他心意的姑娘！

「妳就是我三嬸？」冬寶笑盈盈地開口了。「春雷嫂子，給他們上碗豆漿。」

巧仙愣了下，她原以為冬寶這丫頭被宋家人欺負虐待的，咋也不可能對她有個好臉色，沒想到上來就是一副笑臉，倒叫她準備了一肚子的話說不出口了。

「本來妳三叔早就想來看妳了，」巧仙笑道。「只是這些日子忙著辦酒席，抽不出空。這不，今天剛得空，他就催著我過來了。」說著，巧仙把手裡的東西推到了冬寶跟前，笑道：「這是三嬸的一點心意，妳可別嫌棄。」

宋柏想來看她？冬寶有點好笑。「多謝三嬸了。」冬寶說道。

巧仙看著冬寶，就像在看一個會移動的人形金元寶，眼裡的疼愛越發的強烈。「妳三叔常跟我說，他最放心不下的就是妳。按說咱們才是一家血親，妳爹不在了，他這個當叔叔的就得盡責任……」

冬寶笑著點點頭，把頭偏過了一邊去。三嬸帶過來的這個滿臉橫肉的男孩一直盯著她看，那目光叫人厭惡得不行。

「那我謝謝三叔了。」冬寶說道。「以前的事過去就讓它過去吧，三叔和三嬸以後好好過自己的日子才是最重要的。」

這話是冬寶真心實意的，儘管宋家人幹了那麼多荒唐事，冬寶也沒想著天天詛咒宋家人倒楣，她是真希望宋家人腦子能轉過彎來，好好過自己的日子，別給任何人添麻煩。

「都是一家人，說謝不謝的生分了。」巧仙笑道。

「謝三嬸關心。我還有點事要回去辦。春雷嫂子，妳過來招待招待我三嬸。」

冬寶實在是受不了旁邊銅鼓看她的眼神，太叫人討厭了。

眼看冬寶頭也不回地走了，巧仙也笑不出來了，覺得宋柏討厭姪女是有道理的。

過沒一會兒，荷花從外頭回來了，給巧仙送來了幾包點心和幾塊花布，說道：「這是我們姑娘給妳的，說是給三嬸的見面禮。」

巧仙沒想到冬寶還給了她回禮，覺得這丫頭總算是知道好歹，應該能哄得住。

下午宋柏去上茅房，還沒出茅房門，就被一隻粗壯的手給抓住了胳膊，嚇了宋柏一跳，定睛一看是小舅子銅鼓，頓時不耐煩地罵道：「作死啊你！」

銅鼓討好地笑道：「這不是有事想跟姊夫打聽嗎？別的地兒又不方便。」

「有話快說，有屁快放！」宋柏一臉的不耐煩。

銅鼓問道：「姊夫，冬寶那丫頭多大了？我瞧著得有十二、三了吧？」

看銅鼓一臉橫肉上全是羞澀的紅暈，宋柏立刻明白了銅鼓心裡的小九九，頓時指著銅鼓，猥瑣地笑了起來。「你小子啊……開竅了啊？」

銅鼓朝宋柏露出了一個「你我都是男人才懂」的笑容。「那丫頭也就長得還成，鄉下地方也沒啥好挑的……要不是她家裡有點閒錢，我還看不上呢！」

啊呸！宋柏在心裡暗暗吐了一口吐沫。當自己是城裡少爺啊？長成這副熊樣子還瞧不起他們鄉下人？

「那丫頭屬虎的，命凶還硬，她爹就是被她剋死的。你不怕死嗎？」宋柏陰惻惻地笑道。

別說冬寶是屬虎的，就是屬黑熊的銅鼓都不介意。比起冬寶的錢來，這都不是個事兒。

「我命也硬得很，正好我們倆湊成一對。」銅鼓嘿嘿笑道。

宋柏被銅鼓纏得有點煩了，喝斥道：「趁早死了這條心吧！那丫頭早訂親了，就隔壁的林秀才，能看得上你？再說了，你是我小舅子，按輩分，她得喊你一聲叔，哪有叔叔娶姪女的道理！」

巧仙不傻，第二次來時，就沒有帶招人嫌的銅鼓了。臨走前，她向宋柏誇下了口，說這回一定馬到成功。

「妳三叔老念叨著妳，過幾天他也要來鎮上看看妳。」巧仙笑道，又嘆了口氣。「妳是宋家的閨女，理應住在自己家裡才對。要是妳願意回來住，我們就在東屋旁邊給妳蓋兩間瓦房，和爺奶、親叔叔一起住，總比住外人家裡強。」

冬寶有些不相信自己的耳朵。「我三叔願意？」

「當然願意了！」巧仙趕忙說道。「妳別擔心錢的事，妳回來不過是添雙筷子的事。妳爺奶那邊，妳三叔都說好了。妳奶那人吧，刀子嘴豆腐心，她嘴上罵得厲害，心裡還是記掛著妳的。現在她人老了，也看開了，前兩天還跟我念叨，說夢見妳爹了，想妳爹想得厲害。要是妳還在她跟前，看見妳跟看見妳爹也差不多了。」巧仙最後笑道：「妳看啥時候方便，我和妳三叔過來接妳？」

冬寶連忙擺手，笑道：「我在鎮上住得挺好的，要是搬回去還得蓋房子，不值當的。」打死她都不信黃氏會想念她，也不信宋柏會願意養著她。

「妳看妳，又見外了。」巧仙嘆了口氣。「事兒我都聽妳三叔說了，當初家裡窮，又有外債，妳奶被逼債得迷了心竅，就犯了糊塗要賣妳了。分家的時候妳三叔不在家，要不然咋也不能讓妳二叔作主，把好好的一家人給分散了。」

巧仙說得真心實意，要是不知情的人看來，只會覺得這個嬸嬸真是良善到家了，對不領情的姪女和善又耐心。

冬寶笑了起來，搖了搖頭。「三嬸，我很感謝妳這麼大度地要接我回去。妳回去好好問問我三叔，以前他到底幹過啥事，省得……」省得妳剃頭擔子一頭熱。

冬寶這麼一說，巧仙心裡也打起了鼓，莫不是宋柏還幹過啥對不住別人的事？趕忙說道：「以前的事是妳三叔做得不地道，那時候他年輕，不懂事，現在可後悔了，幾次都想過來看妳，就怕妳和妳娘還記恨著他，要不然早來了……」

「我知道，三叔是真心悔過了，不過路遙知馬力，事久見人心。時間長了，我們就知道三叔是啥樣的人了。三嬸，妳說我說的對不對？」冬寶連連笑著點頭，覺得這個突然冒出來的年輕三嬸挺可樂的，從頭到尾都是自說自話，是當別人傻瓜，還是覺得自己太聰明了？

眼看冬寶這是要攆人走，並且不打算再來往的語氣，巧仙有些急了。既然甲方案行不通，那就換乙方案。

「冬寶啊，」巧仙抓住了冬寶的胳膊，打算來個苦情記。「其實三嬸來，是想厚著臉皮求妳件事。說實話，我不願意給妳張這個嘴，可咱們家是啥情況妳也知道，三嬸實在是沒辦法了……妳三叔他在家都快三個月了，一直都沒找到合適的活兒幹，他在安州是給人當大掌櫃、大帳房的……他那麼大一個人了，整天在家挺難受的，養不了家，照顧不了姪女，唉！」

冬寶笑了起來，想起宋柏在安州的工作經歷，認真地說道：「三嬸妳別著急，也別太催著三叔了，慢慢找，總能找到合適的。」

「我是沒催……」巧仙臉上的笑容都要繃不住了。「還不是妳二叔二嬸他們……妳爺奶不捨得妳三叔，不願意讓他再去安州那麼遠的地方，妳三叔也不放心兩個老人的身體，這麼一來，妳三叔只能在家附近找，這哪是那麼好找的？我想來想去，也就只有妳那作坊合適了，正好，妳三叔給妳做個管事啥的。」沒等冬寶開口，巧仙又趕緊說道：「冬寶啊，三嬸是真心實意地求妳，男子漢大丈夫要立於世，他總得有個安身立命的營生才叫人瞧得起啊！妳就發發善心，幫幫三嬸吧！三嬸給妳跪下了！」說罷，巧仙作勢就要跪下去。

冬寶趕緊扶住了巧仙，眉宇間也攢起了怒氣。「三嬸妳這是幹什麼？人來人往的，叫人看見多不好。」

巧仙心裡暗自得意。就是看這裡人來人往的，她才要跪，否則要是沒人，她表演給誰看啊！

「趕緊起來！」冬寶瞪著眼睛說道：「妳要是跪下去，咱們就斷道！」

巧仙看冬寶是真生氣了，趕緊就著冬寶的手站了起來。她原先也沒打算真跪下去，真要她去跪一個小丫頭，她還不樂意呢！

「這樣吧，三叔在家閒著不是個事。」冬寶開口了。「三叔要是願意到作坊上工，我肯定歡迎，先從幫工幹起，幹的好能服眾了，我再提拔他當管事。」

巧仙立刻反對。「這怎麼行！妳三叔是讀書人，一肚子的學問，咋能跟一群泥腿子一樣幹粗活？」

巧仙一口一個泥腿子，讓冬寶很是反感。她當然能聽得出巧仙話裡高高在上的語氣，處處顯擺自己是安州城裡來的，瞧不上塔溝集這鄉下地方。

冬寶笑了起來。「三叔既然不能去幫工，那三嬸妳去吧。」

「我哪能去！」巧仙驚叫了起來，待看到鋪子裡的人都看向了她，趕忙描補道：「三嬸是婦道人家，哪能去幫工掙錢？這不是叫人看不起妳三叔嗎？」

春雷媳婦聽不下去了，衝巧仙嚷道：「妳這話是啥意思？婦道人家來幫工，家裡男人就叫人看不起了？」她一不賣笑，二不賣身，掙的都是乾乾淨淨的錢，她男人不比宋柏那窩囊廢強多了？巧仙這個路都走得歪歪扭扭的女人還敢瞧不起她？

「我不是這個意思！」巧仙連忙賠笑，這才發現她一句話就把屋裡的女幫工們給得罪了個徹底。「冬寶，妳三叔好面子，他是讀書人，身分在那裡擺著，他不讓……」

富發媳婦也忍不住了，慢悠悠地說道：「宋老三媳婦，妳說宋老三好面子，一般的活兒他不幹，也不讓妳幹活，那妳叫人家冬寶姑娘咋辦？養了爺奶不夠，還得連叔叔、嬸子一塊兒養了？我看妳跟宋老三就適合待家裡，等著天上掉錢給你們，才合你們的身分。」

巧仙氣得滿臉通紅，看向了冬寶。

冬寶卻是一句話都不吭，笑咪咪又無辜地看了回去。巧仙是她的長輩，有些話她不方便說出口，但富發嬸子和春雷媳婦卻可以，她們倆說的正是她想說的。

到最後，巧仙是被氣走的，氣得她一路走，一路破口大罵。

她發誓，再也不去冬寶那兒了。自從來了塔溝集，她原以為以自己的心計和見識，會讓所有人都對她服服貼貼的，沒想到，她除了花錢哄住了黃氏外，其餘一個都沒被她籠絡住。

第一百零九章　全子訂親

巧仙的到來除了給冬寶增加點笑料外，沒有任何影響。很快地，一件大喜事就降臨到了他們頭上——全子回來了！

全子一走這麼長時間，連個音訊都沒有，不少人私底下都揣測著是不是半道上遭胡匪，客死異鄉了？隨著全子去的人不少，村裡不少人家都望穿秋水地等，秋霞嬸子表面上雖然不說，每日裡和人依舊是有說有笑的，然而夜深人靜的時候就對著林福抹眼淚，說不知道全子現在在哪兒？咋樣了？

「這回怎麼去了那麼久？家裡人都擔心得不行。」林實嘆了口氣。看著已經長大，能獨當一面的小弟，心裡百般複雜。

「我帶著他們到處探路，把路線都摸熟了，找了條最好的路線，下回再去就方便多了。」全子笑道。「以後頂多兩個月就能來回一趟。」

一聽兒子還要出去，剛平靜下來的秋霞嬸子又哭了起來，一個勁兒地嚷嚷道：「咱不出去了！你再出去，娘的心都要擔心碎了！你以後就在家裡，趕緊討房媳婦，爹娘養得起你。」

「那怎麼行？」全子不願意了，他就喜歡到遠處去，順便大把地賺銀子，怎麼可能安心地在塔溝集做個農民？

李氏拍了下全子，笑道：「你這孩子，你娘好不容易把你盼回來，你還不能說兩句順她心意的？」

「我知道。」全子嘻嘻笑道，已經成熟許多的臉上這才有了符合他年紀的頑皮。「娘，我會在家裡多待一段時間的。」

秋霞嬸子抹了抹眼淚，點頭道：「你也該訂親了，娘多給你找幾家姑娘。」

一說到說親，全子就羞赧了起來，嗯嗯了半天，才紅著臉對秋霞嬸子說道：「娘，有個人想把他閨女說給我，他讓我回家問問你們，要是你們願意，就去他家裡提親，聘禮隨便給就行……」

「誰家閨女啊？」秋霞嬸子瞪大了眼睛問道。

全子嘿嘿笑了笑。「就是上回大偉哥說的，那個船老大的閨女，今年十二了，我這回回來見過她了。」

秋霞嬸子卻皺起了眉頭。「不成！咱們家是本分的莊戶人家，那跑船的拉幫結派……跟咱不是一路人。」

全子快快地點了點頭。「……我知道了。」過了一會兒，全子忍不住又說道：「那船老大不是妳想的那種人，他閨女也挺好的。」

「那也不行！」秋霞嬸子完全不認可，她就喜歡乖巧懂事的小村姑，要是能長得漂亮一點，像冬寶一樣就更好了。

第二天，秋霞嬸子過來上工的時候，偷偷跟冬寶說道：「這回妳猜全子拿回來多少銀子？」說著還伸手給冬寶比了個二的手勢。

「二百兩？」冬寶試探地問道。其實二百兩也不少了，他們在路上耽擱了這麼長時間，光路費都花得不少。

秋霞嬸子搖搖頭。「二千兩！」

冬寶倒抽了一口涼氣。「怎麼那麼多？他怎麼拿回來的？」

「這小子不笨，還知道去換成銀票帶在身上，一路上連澡都不敢洗，到家洗澡的時候才把銀票拿出來。」秋霞嬸子說道。「他用賣腐竹那些賺來的錢當本錢，從西北買了皮貨，一路走一路賣……虧得這小子鬼心眼多。」

冬寶笑著點點頭。「全子膽大心細，是個做買賣的好料子。」

「他還想在各處多開幾間鋪子，外頭賣咱們的豆腐，裡頭當中轉點，他和商隊來回走時有個歇腳的地方，也方便。」秋霞嬸子笑著說道。

「挺好的啊！他缺多少本錢？我參股。」冬寶笑道。

自從全子回來後，秋霞嬸子就忙著要給全子訂親，十里八鄉中願意和林家結親的人家太多了。然而過了幾天之後，林實卻對冬寶說，他們全家要去安州一趟，見見那個船老大。

「是為了全子訂親的事？」冬寶詫異地問道。「嬸子不是不樂意嗎？」

林實笑道：「我娘是不樂意，可全子嘴上不說，那不高興的勁兒卻是誰都看得出來的。」

我爹說成親是一輩子的事，得找個可自己心意的，所以就讓我們全家都去安州看看那個船老大還有他閨女，若他們是實誠人，就給全子定下來。」

「那可要看仔細了。」冬寶笑道。其實她覺得這事挺好的，要是一般女子，肯定不適應全子一年到頭不在家，也沒膽量跟他一起出去，但船老大的閨女應該有這個魄力吧？正好湊一對。

林家人去了安州，住了幾天後才回來，回來的時候一家人都是喜氣洋洋的。

「這是相中了？」李氏笑著問道。

秋霞嬸子點點頭。「那女娃不錯，就是她爹長得有點嚇人，不過對我們還挺客氣的，她娘也是個好說話的。」

「看中了就行。」李氏笑道。將來林實和冬寶會負責給秋霞和林福兩口子養老，只要小兒媳婦不是個攪屎棍，就不會對一家人產生太大的影響。

秋霞嬸子喜過之後，嘆了口氣。「關鍵是全子相中了，那女娃不但性子爽利，長得也挺漂亮的。她爹說跑船這麼多年，沒見過這麼有能耐的男娃，要是不收到自家當女婿，可惜了。」

雙方達成一致後，訂親的事情自然辦得很快，林家在塔溝集辦了場隆重的訂婚禮，女方在安州也辦了一場。

女方訂婚那天，冬寶也跟著林實去安州湊熱鬧，沒想到對方那麼大的陣仗，不但包了八角樓，還包了豆腐坊等三座酒樓，安州不少官吏都到場祝賀了。

冬寶也見到了自己未來的妯娌劉芳華，小姑娘年紀不大，個頭竄得和她一樣高了，眼睛很大，笑起來有兩個酒窩，看著就很機靈活潑，還拉著冬寶去她房間裡說了會兒話，一點也不難相處的樣子。

「我聽全子說起過妳，你們是從小一起長大的，他說妳可聰明、可厲害了。」芳華笑嘻嘻地說道，請冬寶吃桌上洗好的桃子。「他說要不是妳，他們家就不是現在這樣了，他也不可能有機會出來。」

「聽他吹吧！」冬寶笑道。作為大嫂，她在未來妯娌面前還是很謙虛的。「即便是沒有我，以全子的性子，他也能出去闖蕩一番事業的。」

冬寶覺得，全子以後不大可能住塔溝集了，即便是住，也住不了幾天。她有不少私房錢不說了，劉芳華也不是窮人家的姑娘，她和劉芳華應該會相處得很好，不會因為今天誰少挑了一擔柴、誰少做了一頓飯而爭吵置氣，更不會因為老人偷偷用私房錢補貼了哪家而鬧。

林福和秋霞嬸子那些錢，她倆估計都不看在眼裡。

因為林福管著寶記作坊，林家大兒子是秀才，小兒子能掙錢，全子訂親就成了整個村子都喜氣洋洋的大事，辦訂婚酒那天，幾乎一個村裡的人都來賀喜幫忙了。

雖然宋家就在林家隔壁，卻一個人都沒有過去，宋柏更是臉色陰沈地先開了口，這家誰要過去，誰就是和他過不去！

原因就在於全子定下的媳婦，是安州城裡的姑娘。

「這林家人沒一個好東西！」宋柏恨恨地跟黃氏嚷著。在宋柏看來，林家就是跟他過不去。他去唸書，林家也送林實去唸書，結果他沒考中，林實卻考中了秀才；他去安州討了個城裡媳婦，還沒風光幾天，全子也定了個安州城裡的媳婦，他這個媳婦是揹著一個小包袱、帶著一個拖油瓶到他家的，而人家全子的媳婦卻是有錢人家的千金。他被林家兩兄弟聯手踩到腳下，踩得鬱悶不已。

黃氏也惱恨得不行，她向來心氣高，全子訂親的事讓她看清楚了，她一直覺得高貴得不得了的城裡小姐巧仙，比起人家全子的未婚妻來，真是屁都不算。

隔壁熱鬧得人聲鼎沸，黃氏氣得站在門口要罵，被宋老頭強拉回屋去了。

「你拉我幹啥？」黃氏虎著臉叫道。

「咱還欠人家的錢……」宋老頭低聲說道。

黃氏梗著脖子，紅著臉嚷道：「咱跟他借錢是看得起他！他那錢哪來的？還不是冬寶那丫頭給的！我是冬寶她奶，你看林家人敢不敢叫我還錢！」

黃氏的話雖然說得理直氣壯，但卻沒有繼續站在門口叫罵的意思了，畢竟心裡是虛的。她敢在冬寶面前擺架子、耍無賴，可要是對上林家人，她沒把握人家會賣她面子，何況今天是全子的好日子。

巧仙躲在屋裡沒出來，心裡也很不平靜。原本她以為自己是城裡姑娘，屈尊到了這鄉下村子，肯定是頭一份了。可她沒想到還沒高傲幾天，隔壁的新媳婦就甩了她好幾十條街，不管是家世還是容貌，都把她比成了渣渣。

「放著安州城裡恁些人不嫁，非得嫁到這鄉下地方……」巧仙氣得踢著床腿，惡毒地嘀咕道：「別不是在安州城裡做了啥見不得人的事，才不得已嫁這麼遠的吧！」

宋柏推門進來了，看巧仙就有氣，拉著臉說道：「見天地坐家裡淨等著吃現成的、喝現成的，油瓶子倒了都不扶，連鞋都沒給我做過一雙，我娶妳有啥用？」別說做鞋了，此刻黃氏在灶房忙得團團轉，兩個兒媳婦卻一個都沒有過去幫忙的意思。「像啥樣子啊？」

巧仙當即就啐了出來。「你不就是看人家隔壁的娶了個城裡大小姐眼紅嗎？有本事你也娶一個有錢小姐去，老娘巴不得趕緊給人騰地方！憑老娘的模樣和手段，離了你不怕找不到更好的！」

宋柏氣得倒仰，面目猙獰地拂袖而去。

巧仙心裡也不大好過，她心裡清楚，離了宋柏，她除了重操舊業，別無他法。

等宋柏出了院子，銅鼓悄悄地溜進了巧仙的屋子，問道：「姊，快端午了，妳還去鎮上趕集嗎？」

「明天去吧。」巧仙不在意地說道。

「那妳還去豆花鋪子嗎？」銅鼓巴巴地問道。

巧仙不高興地擺手。「去她那裡幹什麼？油鹽不進的臭丫頭，早晚叫她後悔！」

「妳去看看又能咋啊？」銅鼓也不高興了。「見天地說自己能耐、手段好，好到哪兒去了啊？」

巧仙自認不管是才智還是手段都要遠高出銅鼓和這些鄉下人的，猛然被銅鼓搶白了幾句，當即就罵道：「我用得著你來教？別以為老娘不知道你心裡打什麼鬼主意！她也是你能妄想的——」說到這裡，巧仙就猛然噤住了聲，愣愣地看了銅鼓半晌。突然，腦海裡面一根弦彷彿接通了一般，她拉著銅鼓，上上下下喜孜孜地看了一遍，覺得自己以前真是笨得可以。

轉眼就到了端午這天，巧仙覺得十分奇怪，按說端午是個很重要的日子，可卻一點兒都不見宋家有動靜。

上午的時候，有和巧仙相熟的小媳婦經過宋家門口，跟巧仙打招呼道：「宋柏媳婦，剛我看到冬寶姑娘和林秀才拿著東西去給妳家老大燒紙了，肯定過不一會兒就會來給她爺奶送節禮了，妳跟妳爹娘說一聲吧！」

「欸！」巧仙笑著應了，接著順口問道：「妳家過節準備得咋樣了？」

小媳婦笑道：「有啥好準備的？買了江米回來包了粽子，雞蛋也煮好了，就等菜好了吃飯。」

巧仙往院子裡看了看後，壓低了聲音跟小媳婦抱怨道：「妳看你們都準備得妥妥當當的了，咋我爹娘一點動靜都沒有？連個雞蛋都不煮，這是不準備過節了啊？」

小媳婦看著巧仙，曖昧地捂嘴笑了起來。「妳放心吧，妳婆子那麼疼妳，今兒絕對不會委屈了妳的嘴，粽子、雞蛋、肉妳都能吃得上，吃得還比我們好多了。」

「啊？」巧仙有些不理解。
小媳婦指了指墳頭的方向，笑道：「妳公婆是個有福氣的，有個孝順孫女，這些東西可不用他們操心，就會好好地送到嘴邊了。」
巧仙震驚了，她以前是知道冬寶每年都會送年禮、節禮，可她沒想到會送到這分兒上。宋家根本什麼都沒有，只等著吃冬寶送來的！
新的發現讓巧仙更加堅定了自己心中的想法，就算不擇手段，也不能放跑冬寶這尊財神。
巧仙進了屋裡，取出來一串錢，打發銅鼓買了香燭、紙錢，她則是跟宋柏好一陣子嘀咕。
銅鼓回來的時候，就說看到林實帶著冬寶往這邊走了。
巧仙趕緊拉著黃氏，親親熱熱地說道：「今兒是端午，我進門時間短，聽說相公還有個故去的大哥，對他很是照顧，我買了香燭、紙錢，讓相公帶著您跟爹去跟大哥說說話，您說好不好？」
新媳婦自掏腰包去給大伯子燒紙，黃氏高興得不得了，當即就帶了宋柏和宋老頭，挎著籃子去了宋楊那裡，一是為了給兒子燒紙，二是去拿冬寶放在那裡的祭品，這些年來都是心照不宣的事情了。
黃氏倒是想帶著宋榆和大毛、二毛一起去，只是這父子三人從來不到飯點不沾家，這會兒上也不知道跑到哪裡去了。

等黃氏三人走了，家裡就只剩下宋二嬸一個外人了，巧仙咬了咬牙，摸出來五十個錢，到西廂房喊了宋二嬸出來，笑道：「二嫂，今兒是端午了，家裡啥也沒有不像回事，我這兒還有點錢，託妳去鎮上買隻燒雞回來，孝敬孝敬咱爹娘，妳看行不？」

買隻燒雞不過三十文錢，既能光明正大地去鎮上趕集，又能吃燒雞，宋二嬸要是不答應，她就不是宋二嬸了。

這下子，在宋家的人只剩下巧仙和銅鼓了。

宋二嬸出門後，冬寶和林實就抱著沈重的節禮到了宋家，把節禮放到了門口。見院子裡只有巧仙，冬寶便喊道：「三嬸。」

巧仙抬頭看到冬寶，眼裡閃過喜色，然而看到冬寶旁邊還站著林實，就有些皺眉，趕忙起身。「冬寶來啦！站門口幹啥啊？進屋來！」

「不了，我奶呢？」冬寶笑道。

巧仙一臉的難色，笑道：「妳奶去給妳爹燒紙了。冬寶，妳先進屋坐著，等妳奶回來說說話。」說著，就熱情地要拉冬寶進屋。

冬寶連忙躲開了，有些詫異黃氏居然會去給宋楊燒紙。這些年來，黃氏都沒去給宋楊燒紙了，只會在她拜祭過宋楊後，讓大毛、二毛去拿祭品。

林實在一旁笑道：「宋三嬸不用客氣，這些禮宋三嬸先代宋奶奶收著吧。」

巧仙急了，看著兩個人離去的背影犯愁。今天的事要是不成，上哪兒再找那麼好的機會去？「這可咋辦啊？」

銅鼓這會兒上也跑出來了，聽巧仙說了事情經過，咧嘴一笑，說道：「這有啥難的？妳按我說的辦，保准行！」

第一百一十章　驚心動魄的端午

冬寶和林實在林家院子裡陪著林老頭說話，本來冬寶是想去灶房幫忙的，可秋霞嬸子怎麼都不讓，推著兩人去外頭坐在竹椅上歇息納涼。

這會兒上，林家的大門突然被人敲響了，巧仙站在門口笑道：「冬寶，妳爺奶回來了，喊妳回家說說話。」

冬寶驚訝得很，和林實對看了一眼。

林實笑道：「那我陪著回去一趟吧。」

巧仙連忙歉意地笑道：「冬寶她爺奶說了，只讓冬寶回去……」

「我去一趟看看。」冬寶不高興地說道。要麼是黃氏和宋老頭沒錢花了，找她要錢；要麼是逼著她給宋柏安排工作。不管哪一樣都是宋家的醜事，她不想讓林實跟著煩心。

冬寶跟著巧仙進了宋家的院子後，覺得院子好像又破敗了不少，一家老小沒一個擔心自己未來的，還不是都想著有她，沒錢了就開口問她要？

「進去吧，妳爺奶在屋裡等著妳呢！」巧仙把冬寶送到了堂屋門口，笑道。

冬寶點點頭，進屋後卻發現堂屋空蕩蕩的，一個人影都沒有。

「三嬸，我爺奶呢？」冬寶問著，剛要扭頭就被人猛然從背後抱住了，粗壯的胳膊緊緊地箍著她的脖子。

冬寶又驚又怒，剛要張嘴叫，嘴裡就被塞進了一條帕子，兩隻手也被身後的人擰到背後捆了起來。身後的人力氣極大，一隻胳膊箍著她的脖子，一隻胳膊箍著她的胸，把她從背後抱得緊緊的，拖著她往屋子外頭走，身上的味道酸臭難聞。

就在冬寶驚駭地奮力掙扎下，她聽到巧仙在她身後小聲催促道——

「快點、快點！」

身後那個人一邊拖著冬寶往後走，一邊說道：「知道！」

直到冬寶被他拖進了以前住過的東屋，門就被巧仙啪地關上了。

冬寶沒想到這輩子會遇到這種齷齪的事，她父親是所官，她未婚夫和表哥都是秀才，她根本想不到有人會有這麼大的膽子來動她！

銅鼓把冬寶推上床後，就色迷迷地看著冬寶，呼哧呼哧地喘著粗氣，三兩下就把褲子給脫了。

冬寶憤怒驚駭難耐，被摔上床後立刻往床裡頭躲，然而那邊銅鼓脫了褲子就急不可耐地要撲到了床上，冬寶手被捆著，嘴巴也被堵著，被銅鼓拉著往他那邊拖。

就在銅鼓爬上床，跪直了身子往冬寶身上壓時，冬寶猛然一抬腳，用盡了全身的力氣朝銅鼓下身狠命地踢了一腳，銅鼓嗷的一聲慘叫，從床上栽到了地上，痛得幾乎要打滾了。

外頭守門的巧仙聽聲音不對，小聲問道：「你到底會不會弄？」

銅鼓疼得話都說不囫圇了，捂著胯下叫道：「那臭妮子踢我！」

門外頭的巧仙怕事情拖得太久會生變，張口就叫道：「你不會打她啊？搧她臉！等你把她辦了，看她還敢不敢張狂！」

事到如今，冬寶也猜到了這對噁心姊弟打的主意。倘若她失身給了銅鼓，就只能嫁銅鼓了，到時候她的產業、她的錢，就是這對噁心姊弟的了。

趁銅鼓還在地上躺著時，冬寶下了床，靠在床邊上狠命地往他下身踢，驚怒之下腦海裡只有一個想法：如今不是他死，就是我亡！

銅鼓護著自己的胯下，冬寶的腳都踢到了他的蒲扇大手上，痛得他嗷嗷地叫，好不容易把冬寶踹倒在了地上，跳起來就是一巴掌搧到了冬寶臉上。

巴掌落下去之後，冬寶只覺得耳朵轟鳴了一聲，頭暈眼花，繼而半張臉熱辣辣地疼了起來，嘴裡也嚐到了鐵鏽的腥味，看來是打出了血。

銅鼓被冬寶又踢又撞這麼幾下，也惱了，又是一巴掌搧了過去，然後直接拎了冬寶的領子就往床上拖。

這一巴掌下去，冬寶痛得眼前都模糊了，耳朵裡轟鳴響成一片。

這時，捆著冬寶雙手的布條終於裂開了。

銅鼓臉色一變，就要去捉冬寶的手，冬寶趕快一彎腰從他胳膊下鑽了出去，扯掉了嘴裡塞的布條，順手搬起了東屋裡的一把椅子，就要往銅鼓身上砸去。

銅鼓看冬寶砸的方向還是老地方，生怕冬寶下手狠，把他的命根子給砸壞了，下意識就伸手護住了胯下。

冬寶瞧見了銅鼓的手護住了她想砸的地方，硬生生地停住了手，椅子腿對準了銅鼓的頭，又狠狠地砸了過去。

銅鼓搖晃了幾下腦袋，暈倒在了地上。

外頭守門的巧仙還在著急地問：「銅鼓，你趕快弄了那妮子！別耽誤時間！」

銅鼓不動彈了，被砸的地方漸漸流出了血。

冬寶的眼淚流得滿臉都是，跳上床一腳踢開了窗戶，衝外頭扯著嗓子，用嚇得變了調的聲音喊道：「林實，救命啊！」

冬寶去了宋家之後，林實總覺得心神不寧，直到他聽到了隔壁的聲音，像是他的心肝寶貝在喊救命，當即臉色一變，轉身就往隔壁跑。

林福幾個人也都扔了手裡的活兒，跟著跑了過去。

林實急得恨不得腳下生風，他起初還以為是黃氏要錢不成，惱羞成怒要打冬寶，然而跑進宋家的院子後，就覺得不對勁，冬寶的呼救聲是從東屋傳過來的，而巧仙正守在東屋門口，看到他們跑過來後，臉都是慘白的。

「寶兒！」林實大聲喊著。

冬寶聽到了林實的聲音，心裡一喜，哇的一聲哭出來了，邊哭邊踢著窗戶喊道：「我在東屋！」

林實跑到東屋門口，更加驚愕地發現東屋的門是鎖著的！

林福臉色鐵青地瞪著巧仙。

秋霞嬸子更是毫不客氣，直接撲過去揪住了巧仙的衣領，咬牙切齒地問道：「咋回事？

妳對我兒媳婦做啥了？開門！」

巧仙本來就心虛，這會兒上見林家來了這麼多人，更是嚇得話都說不囫圇了，結結巴巴地說道：「沒啥，她進屋鎖了門，出不來了……」

林實根本沒空去搭理巧仙，那門是從外頭鎖上的，他直接伸腳去踹東屋的木板門，門外頭的鐵環鎖並不結實，三兩下就被他踹掉了，然而門裡頭被門上了，他一時半會兒踹不開，聽著門裡頭心肝寶貝在哭，林實眼都紅了，搬著院子裡的板凳狠命地往門上重重地砸，那瘋勁巧仙看著心驚膽戰的，總覺得林實下一個砸的對象就是她。

全子從灶房找了把斧子過來，幫著林實一塊兒砸門，最後門被砸開了，林實扔了手裡的板凳就衝了進去。

「寶兒！」林實叫道。

冬寶撲了過去，在林實懷裡放聲大哭了起來。前後活了兩輩子，她第一次遭遇這種事情，差點被人給強了，又驚又怕得要崩潰了。

林實看著懷裡的冬寶，剛離開他時還是個漂亮乾淨的姑娘，不過轉身不見，兩邊臉頰就紅腫得老高，嘴角都被打破了，頭髮蓬亂，手腕上磨的全是血，模樣淒慘得幾乎叫人認不出來。平時捧在手心裡的姑娘被人打成這樣，林實心疼得恨不得要殺人！

全子跟在林實身後跑了進來，看到冬寶的模樣後嚇得驚叫了一聲，當即就惱了，咬牙問道：「誰打的？」

冬寶指著暈在床邊、還光著下身的銅鼓，嗚咽著說不出話來。

秋霞嬸子和林福他們看到這情景，還有什麼不明白的？

秋霞嬸子惱得恨不得把巧仙生吞活剝了，伸手就揪住了巧仙的頭髮，厲聲罵道：「我打死妳個作死的小娼婦！扒了妳那身賤皮！」

巧仙躲著秋霞嬸子的手，嘴裡喊道：「我什麼都不知道！」扭頭看到了銅鼓光著屁股躺在地上，頭上還往外滲血，不知道是死是活，當即嚷嚷了起來。「你們殺了我弟弟，你們要賠命！」巧仙知道今天沒得手，這事肯定不能善了，便想鬧大了，把村裡的人都叫過來看熱鬧，叫人都知道冬寶被銅鼓占了便宜。

「把她嘴堵上！」林福當機立斷地脫了身上的短褂，塞到了巧仙嘴裡，又趕快吩咐林實。「帶冬寶回家去！」

林實點點頭，脫了長衫，把冬寶包了個嚴嚴實實後，抱著冬寶快跑回了家。這會兒上正是家家戶戶做飯的時候，儘管宋家這邊出了點動靜，然而林家人動作快，在村裡人出來看熱鬧之前，林實就抱著冬寶跑回了林家。

秋霞嬸子恨不得咬死這對不要臉的黑心姊弟，先解了巧仙的褲腰帶把她捆了起來。

全子到宋家各屋都轉了一圈，回來對林福幾個搖頭說道：「沒人。」

「怪不得這麼大的膽子。」林福臉色陰沈地說道。

全子厭惡地伸腳就是一踹，把巧仙踢得翻了個面，隨後進東屋扯了床上的破床單下來，隨便給銅鼓蓋了上去，順便又是一腳狠狠地踹了過去。

黃氏幾個人是在村口碰到從鎮上買燒雞回來的宋二嬸的。

一行人離家老遠的時候，就看到門口圍了不少人，一個個伸長脖子踮著腳往院子裡看，興奮地指指點點著什麼。

宋柏頓時加快了腳步，心中一半是激動、一半是忐忑。也不知道巧仙在家把事情辦成了沒有？

黃氏幾個也不敢耽擱，瞧這樣子就是家裡出了事。幾個人一路奔了過去，撥開人群進了院子。

眼前的情況頓時讓幾個人都驚呆住了，居然是林福和秋霞嬸子圍著巧仙拳打腳踢的！

「你們這是幹啥?!」黃氏氣得聲音都抖了，她著實想不到林家人敢上門揍人，一時間太過衝擊，她連罵人都忘了。

宋柏也趕緊叫道：「姓林的，你們好大的膽子，見我們家沒人，就跑來欺負手無縛雞之力的弱女子！」

全子在屋裡把銅鼓捆得結結實實的，在屋裡用力地踹，一路踢到了門口。

宋二嬸眼尖地注意到了，銅鼓下半身是光著的，只蓋了條床單遮羞，還能看到滿是黑毛的粗腿光溜溜地露在外頭。

當下，宋二嬸就唯恐天下不亂地叫了起來。「咋銅鼓的屁股是光的？哎喲，老三媳婦，妳跟銅鼓在家幹啥呢？老三不在家，妳也不能亂來啊！」

以宋二嬸的頭腦，她是絕對想不到冬寶身上的。加上黃氏喋喋不休，一路都是在誇巧仙、貶低她，宋二嬸連巧仙也惱恨上了，這會兒上見有落井下石的機會，哪能不趕緊叫出來？反正丟人的不是她。

「娘，我早就覺得這兩人不是親姊弟了！」宋二嬸生怕黃氏還不夠堵心。「那鼻子、眼兒，沒一個地方長得像的。我早說那半大小子就不能留家裡，你們都還不聽，這不，出事了吧？看那兩人，趁著家裡沒人就搞上了，咋就憋成這樣了？我說咋今天恁大方，又是出錢給老大燒紙，又是出錢買燒雞的，把我們都支出去，嘖嘖……我的天啊，我不能看了，真是髒了我的眼啊！」

「二嫂妳胡說八道什麼！」先惱起來的是宋柏。

黃氏冷冰冰地罵道：「閉上妳那臭嘴，滾回妳屋裡去！」她可沒宋二嬸那麼蠢！即便是老三媳婦和銅鼓幹出了什麼醜事，林家人犯得著比他們還著急著去痛打兩個人嗎？

先收拾了宋二嬸後，黃氏就迅速鼓起了戰力，插著腰指揮宋老頭和宋柏。「愣著幹什麼？看著外人揍咱們家媳婦啊？」

宋柏應了一聲，卻遲遲沒動手。他覺得要是銅鼓得手了，怎麼樣他都能分一杯羹；要是銅鼓沒得手，他幫著打架有什麼好處？而不管銅鼓得沒得手，他要是上前去，都免不了被暴怒的林家人一頓好打。

宋老頭嘆了口氣，上前去想要拉開林福，卻被林老頭冷笑著攔住了，一拳打了過去。

「他們是小輩不敢打你，我可敢打！」

黃氏指著林老頭，叫罵聲還沒出口，秋霞嬸子就猙獰著撲了上前。

秋霞嬸子咬牙切齒地嚷道：「我咋不敢打？今兒連妳這個老不死的臭婆娘一塊兒打

了！」伴隨著秋霞嬸子痛快的叫罵，落在黃氏臉上的是兩個響亮的耳光。
黃氏被秋霞嬸子的兩個耳光打茫了，回過神來後惱羞成怒，不顧一切地就朝秋霞嬸子撲過去，伸手就要撓。
林福上前去，一腳把黃氏踹了個跟頭，咬牙指著地上的黃氏罵道：「少拿長輩身分壓我們！妳也配當個長輩？」
如今宋榆和大毛、二毛都不在家，即便在家也指望不上；宋柏就更不必說了，親娘在眼前被打，也只是縮著頭站得遠遠的；至於被黃氏趕進西廂房的宋二嬸，則是一邊啃著燒雞，一邊看好戲，巴不得黃氏再多挨幾下。
黃氏怎麼也不是秋霞和林福兩個壯年人的對手，最後委屈憤恨之下，一屁股坐到地上嚎啕大哭了起來。
林家人不管她，全子回家推了家裡的平板車過來，幾個人合力把堵了嘴的巧仙和銅鼓抬上了車，準備拉到鎮上去。
宋柏急了，眼看板車就要拉著巧仙和銅鼓走了，便豁出去了一般嚷道：「不就是銅鼓占了冬——」話還沒說完，就被全子一腳踹了過去，摔到了地上。
「你儘管叫吧，叫出來後，今兒晚上我就割了你的脖子，放乾你的血！」全子在宋柏耳朵邊陰狠地說道。
宋柏頓時就噤聲了，臉色發白。全子的丈人是跑船的老大，跑船的都有黑勢力，心狠手辣，殺個人跟殺隻雞似的。

林福和秋霞嬸子把巧仙和銅鼓抬上了板車後，穿過了看熱鬧的眾人，推到了林家門口，從自己家裡抱了秋裡收下來的包穀稈蓋到了兩人身上。

巧仙心裡怕得要命，拚命地晃著身子，給宋柏使眼色。

宋柏哪裡敢上前去救她？把頭撇向一旁，當沒看到。

有看熱鬧的人試探地跟林福問道：「福哥，這咋回事啊？」

不等林福開口，一旁便有人接話了。「肯定是偷作坊裡的東西了，那銅鼓一看就不是什麼好小子。」

「就是、就是！」又有人憤憤地開口了。「還有那巧仙，瞧她走路屁股蛋子扭的，就不是啥正經人！」她丈夫的目光老黏在巧仙的屁股上，她不爽巧仙已經很久了。

第一百一十一章 處置

林寶抱冬寶回家後，就坐上驢車，火速地離開了塔溝集。直到出了村口很遠了，冬寶才敢哭出聲來。

林實坐在前頭趕車，聽著車裡的嗚咽聲，也趕不下去了，讓大灰自己走，他進到車廂裡抱住了冬寶，輕聲安慰著。

他心裡火氣比誰都大，恨不得當場就拿刀砍了那對黑心姊弟！看他的心肝寶貝慘兮兮的模樣，真叫他心疼得都要碎掉了。

「沒事了、沒事了。」林實小心翼翼地親了親冬寶的額頭，生怕弄疼了她。「放心，我們會給妳報仇的。等這件事了了，咱們就成親！」

冬寶如今最主要的感覺就是一個字——疼！真的是全身上下都疼，尤其是臉和手，火辣辣地疼！冬寶也知道，林實這麼小心翼翼地安慰她，是怕她想不開，畢竟在這個年代，貞節對女子多重要啊！

可其實她還真沒這方面的想法，貞節那玩意兒算啥啊！

冬寶心裡清楚巧仙和銅鼓打的是什麼主意，不就是想逼她嫁給銅鼓嘛！今天最壞的情況就是被銅鼓得手了，林實因此嫌棄了她、不要她了，可那又如何？即便是人人都知道她被銅鼓給強了，她也不會嫁給銅鼓的。先弄死他和巧仙報了仇再說，至少要砍成七七四十九段餵狗！

她和林實相識相知這麼久，自然清楚林實的為人，就算今天失身了，林實也不會嫌棄她的，然而退一萬步說，林實若真嫌棄她了，那也只能證明她看錯了人，不過是傷心一陣子，再繼續過日子罷了。

到了鎮上後，林實就從車廂裡出來了，趕著大灰一路小跑到了嚴家門口，壓低了聲音在門口喊道：「大娘、小旭，快開門！」

李氏開了門後，林實就直接駕著車進了院子，再下車轉身關上了院子門。

「這麼早就回來了？」李氏笑著問道，還開玩笑地問了一句。「咋，你娘還不管飯啊？」

嚴大人也領著小旭，抱著小棟出來了，瞧見林實臉色不對，便問道：「出什麼事了？」

林實嘆了口氣，掀開了車廂簾子，把裹得嚴嚴實實的冬寶抱下了驢車。

冬寶抱著李氏，又哭了起來，淒淒慘慘、嗚嗚咽咽的，別提叫人多心疼了。

「哎喲！這……」李氏抱著冬寶，驚得話都說不囫圇了。冬寶身上披著林實的外衫，衣服掉下去後，就露出了被打傷的臉和手。

林實在一旁低頭認罪。「這事怪我，是我沒看好冬寶……」接下來就把事情簡單地說了一遍，雖然他不清楚具體是怎麼回事，但大概是什麼情形他也猜得到。

冬寶在一旁哭著連連點頭。

李氏越聽臉越黑，看女兒好端端地出去，回來卻成了這副模樣，她心疼難受地抱著女兒一起哭。

嚴大人轉身回屋拿了自己的佩刀出來，恨聲問道：「人呢？」

林實沈聲說道：「我先帶冬寶回來，我爹娘他們可能一會兒就會帶著那對狗男女來鎮上了。」

大中午的，鎮上幾乎見不到人，家家戶戶都忙著過端午，林家人推著蓋著包穀稈的板車到鎮上，只有被堵了嘴的巧仙在車上嗚嗚叫著，偶爾有人經過他們，也以為他們是推了豬要到鎮上宰殺。

到了寶記鋪子後，一行人把板車直接推到了後院。秋霞嬸子快跑著去嚴家報了信，李紅琴也關了鋪子門，去女婿家報信。

梁子和張秀玉接了消息後，當即就放了碗筷趕了過來。

「打死都便宜了他們！」張秀玉恨得咬牙切齒。因為她懷了身孕，不方便動手，便指著板車拉著梁子叮囑道：「等會兒使勁地打，連我的分一起打了！」

「放心吧！」梁子臉色鐵青，拳頭握得咯吱咯吱響。

嚴大人領著林實出了門，小旭也跟著到了門口，嚴大人轉身吩咐道：「回去，你跟著出去幹什麼？」

小旭倔強地看著嚴大人，挺胸說道：「我是男子漢大丈夫，萬沒有姊姊被人欺負了，我這個當弟弟的躲在家裡的道理。」

嚴大人看著身量已經到自己胸口的兒子，忍不住讚嘆了一聲。「好孩子！走，咱們一起去給你姊報這個仇。」

寶記鋪子的後院裡，壓在巧仙和銅鼓身上的包穀稈早就被林老頭卸掉了，重見天日的巧仙和剛醒來的銅鼓被人抬著扔到了地上。

兩個人嚇得面如土色，縮成一團瑟瑟發抖。

嚴大人沈著臉看著，揮手說道：「先審審再說。」

立刻地，巧仙就被李紅琴和秋霞嬸子拖著去了堂屋，銅鼓則被梁子堵了嘴，用繩子結結實實地捆在了院子裡的大樹上。

「這事怨不得我的……」巧仙一進屋就給眾人跪下了，哭哭啼啼地說了起來。「是銅鼓，自從見到了冬寶姑娘後，就茶不思、飯不想地上了心。我就這麼一個弟弟，他就這麼個念想……我原先跟銅鼓囑咐過了，就老老實實地和冬寶姑娘關在一個屋裡，等林家人找來了，見兩人關一起就……誰知道銅鼓他竟沒忍住，想幹那事……」

嚴大人冷笑了一聲，吩咐道：「先把這毒婦堵了嘴拖出去，帶銅鼓進來問問。」

銅鼓被帶進來後，跪在地上，哭得眼淚、鼻涕糊了一臉，一口咬定都是巧仙指使他幹的。

「她根本不是我親姊，我們是拜的乾姊弟。」銅鼓說道。「都是她讓我幹的，本來我就想找個鄉下姑娘，是她非得讓我娶了冬寶姑娘！人家冬寶姑娘能看得上我嗎？她就給我出了主意，說只要辦了冬寶姑娘，等冬寶姑娘是我的人了，冬寶姑娘的錢就是我的錢了……」

「我看兩人都不是好東西！」小旭在一旁冷冷地說道。

林實點頭道：「沒一句話可信的！不受點皮肉苦，看來是不會招供的了。」

「那就繼續打！」梁子準備再給銅鼓來上幾鞭子。

銅鼓聞言，趕忙跪下磕頭，大聲叫道：「今兒這個事，宋柏也有分兒！他在燒紙的時候拖住那兩個老不死的。還有，那個巧仙她壓根兒不是啥安州城裡的姑娘，她就是個窯姊兒！」

宋柏參與這事不奇怪，他畢竟不是什麼好東西，可巧仙的身分就讓人震驚了，宋柏那麼好面子的人，居然娶了個妓女？

「窯姊兒?!」秋霞嬸子又驚又怒，眾人也都是一臉的不敢置信。

銅鼓連忙點頭。「她從進了窯子後就跟著樓裡的頭牌巧香混，認了巧香當乾姊姊。我是幹雜活的，和她是一個村出來的，她非得認我當乾弟弟。後來巧香被一個姓李的員外贖出去當外室了，就把我和巧仙也一併帶走了。宋柏那時候在李員外家的糧油鋪子當夥計，常來給我們送米、送麵，就認識了。本來我們日子過得好好的，可巧仙那賤女人不安分，居然想勾搭李員外，巧香就給了宋柏銀子，打發巧仙跟了宋柏，把我也攆出來了。宋柏不知道巧仙當過窯姊兒，這事是瞞著他的。」

林實冷著臉，瞧著跪在地上的銅鼓，實在無法忍受這種人居然敢打他媳婦的主意！

宋家這些年沒有宋柏在家，宋老二一家和宋老頭兩口子雖然各有各的賴處，但沒鬧騰出來什麼么蛾子，因為幾個人本質上都是膽小老實的莊稼人，有賊心，沒賊膽。這件事的罪魁禍首是誰，不言而喻。

這些年來，宋柏對冬寶做下了一樁樁惡毒的事，卻沒有受到過多大的懲罰，一次次地原諒放過他，反而助長了他的賊膽。

幾個人出來時，院子裡捆綁成粽子的巧仙和銅鼓正在雙眼噴火地互相咒罵著對方。

嚴大人幾個對兩人也沒客氣，暴打了一頓後，準備明天一早送到縣衙去請縣老爺判罪。

宋家門口圍了裡三層、外三層看熱鬧的人，眾人議論紛紛，一致認為肯定是巧仙和銅鼓偷了什麼東西，林家人大怒之下打上門來，還帶走了人見官。

黃氏沒好氣地說道：「還不趕緊去鎮上把人要回來！他們要是不願意放銅鼓就算了，咱不要了，可巧仙得要回來啊！」

「行了。」宋老頭疲憊地揮了揮手。「我跟老三去鎮上要人。」

黃氏在家等得心焦，卻只等回來了宋老頭。原來嚴大人他們正準備捉拿宋柏，宋柏自己就送上門了。

「不行，咱得想個法子啊！」黃氏這回急哭了。

宋老頭也沒辦法。

直到天快亮的時候，宋老頭才想到了個主意，跟黃氏一說，就收拾了家裡僅剩的銀錢，動身走了。

而這天一大早，一輛馬車拉著的板車上放著宋柏、巧仙和銅鼓，三人堵了嘴、捆了身子，被送到了縣衙。

宋柏三人不過是上不得檯面的鄉下無賴，嚴大人是所官，每年給縣太爺的好處不少，狀紙也寫得一清二楚，三人合謀偷盜寶記作坊的財物，還十分凶殘地打傷了作坊的大管事林福，三個人也都在狀紙上按了手印。

案情簡單，還有兩個秀才和幾個塔溝集的村民作擔保，縣太爺和嚴大人在後堂談了一會兒後，就直接升堂宣判。巧仙和銅鼓兩個人終身監禁，發配到西涼苦寒之地做勞役；而宋柏則是打了一頓板子後，判了三年監牢。

宋柏打完板子就被扒了衣服，換了囚服，投入了大牢，和一群五大三粗的罪犯們關到了一起。

宋老頭搭了車趕到安州，走了一天的冤枉路，經歷了無數的嘲笑和白眼，才在看熱鬧的閒漢的指點下明白過來，原來宋柏嘴裡的「李夫人」，不過是李員外從窯子裡贖出來的外室夫人，而那個「有錢有勢」的李員外，不過是家裡有兩間小鋪子的小商戶，至於黃氏喜愛的小兒媳巧仙，也是個窯姊兒！

宋老頭渾渾噩噩地回了塔溝集，剛到村口，就瞧見村裡人以各種詭異的目光看著他。宋老頭趕緊回家，老遠就看到黃氏坐在院子裡撕心裂肺地嚎哭著。

宋二嬸以一種表面惋惜、實則幸災樂禍的口吻說道：「爹，你咋才回來啊？晚了，老三他們被縣老爺判刑下大獄啦！」

宋老頭恍若被雷劈了一般，眼前一黑，暈倒在了地上。

雖然明知道替宋柏求情無濟於事，宋老頭還是抱著一線希望去了鎮上，想找找冬寶，讓她別這麼絕情絕義。

宋老頭先到了寶記鋪子，乾坐了半天都沒人搭理，便又去了鎮所，嚴大人叫衙役直接把他轟走了。他還沒那個膽子找到嚴大人家門上，想了半天就把主意打到了林實的頭上。

為了宋柏，宋老頭什麼樣的臉都可以丟！他就坐在書院門口等林實出來，皇天不負有心人，到中午下學的時候，林實和張謙結伴出來了。

「大實啊……」宋老頭趕忙起身，叫住了林實。

林實強忍著厭惡，問道：「什麼事啊？」

「就是你三叔……」宋老頭小心翼翼地看著林實的臉色。「這多大點兒事啊……他也知道悔改了──」

宋老頭話沒說完，林實就轉身對張謙說道：「我才想起來，宋柏曾經夥同鎮上的地痞搶劫寡嫂和姪女，咱忘了把這條罪狀上報給縣太爺了，定能把他的三年改判成十年。」

「別！」宋老頭嚇得頭髮都要豎起來了。「三年就三年吧，你可別去縣裡啊！」

到底是冬寶的親爺爺，林實也不好再說什麼，只輕輕點點頭。

宋老頭長吁了口氣，垂頭喪氣地回家了，徹底絕了為宋柏求情的念頭，準備把巧仙的首飾變賣了，好好替宋柏打點，免得寶貝兒子在大獄裡受欺負。

只可惜的是，這個宋柏是嚴大人使了銀子，點名要獄卒們「關照」的，至於宋老頭前後送進去的銀子，獄卒們這邊笑呵呵地收下，那邊繼續「愛心關照」著宋柏。

冬寶這些日子在家養傷，因為年紀小，恢復得快，還不到六月，她臉上和手腕上的傷就已經看不出來了，還是一個漂亮水靈的小姑娘。

六月初六的這天，是巧仙和銅鼓要從縣城押解到安州的日子，他們將從安州和大批囚犯一起流放到涼州。

巧仙和銅鼓到安州後的第一天夜裡，就在睡夢中被吵醒了，醒來後，她發現手裡握著一把沾滿了血的匕首，一旁的銅鼓則捂著鮮血淋漓的褲襠，在地上翻滾著，殺豬般地嚎叫。

看到銅鼓那慘樣的一瞬間，巧仙的頭皮都要炸開了，還沒等她反應過來，囚室裡就突然闖進來幾個衙役。

巧仙手裡拿著血淋淋的匕首，銅鼓胯下少了二兩君，跟殺豬似地滾在地上嚎叫。

事實太明顯不過了。

兩個人才剛到安州就因為私怨而鬥毆，又犯下了罪，安州知府大筆一揮，重新宣判，銅鼓和巧仙不去涼州了，改去遼東。

遼東是和游牧民族的交界處，銅鼓和巧仙去了就是挖礦，若遇到蠻族入侵的時候，他們這些流放來的囚犯就要被派往戰場當炮灰。

冬寶是聽全子告訴她這件事的。

「誰幹的啊？」冬寶問道。

全子得意地衝冬寶眨了眨眼。一般人沒膽子做這個，但跑船的漢子可就不一樣了。

「我爺奶他們呢？」冬寶問道。宋柏被判了三年，宋老頭和黃氏不鬧簡直不科學。

全子嘿嘿笑了笑，說道：「他們去找了我哥，我哥說要拿以前宋老三犯下的事告他，再多判他幾年，宋爺爺他們就不敢再鬧了。」

「隨便他們吧。」冬寶是懶得再去看宋老頭和黃氏一眼了。

全子來看過冬寶沒多久，秋霞嬸子就來了，給冬寶拎了一個籃子，裡頭裝的是新摘下來的桃子。

看望了冬寶之後，秋霞嬸子就拉著李氏去外頭說悄悄話。

冬寶湊到窗戶旁，只隱約聽到了幾句——

「……家具啥的也打好了，就等著小倆口住進去。冬寶晚一天嫁進來，我這心裡就多一天不安生，總怕再出什麼意外。」秋霞嬸子懇切地說道。

李氏長嘆了一聲。「說到底都是我的錯，總想著他們是冬寶的長輩，這些年來把那群白眼狼的胃口越養越大……妳和林哥定個日子吧。」

得了李氏的准信，秋霞嬸子喜得趕忙拍手應下了，出了嚴家的門就往家裡趕，好趕緊定下個好日子。

冬寶臉色有點發燙，她總覺得自己還是個小姑娘，至少還得等個兩、三年才能成親，可真沒想到，居然這麼快就要嫁給林實了，怎麼想都覺得有點太快了。

李氏從外頭進來的時候，冬寶正裝模作樣地比劃著手裡的布料。

「剛我跟妳秋霞嬸子商量過了，下半年就把妳和大實的親事辦了。」李氏摸著冬寶的頭髮，輕聲說道。

冬寶紅著臉問道：「會不會太早了？我還想多陪妳幾年。」

李氏笑了起來，嘆道：「再陪娘幾年，我怕女婿記我的仇呢！」

「他才不會。」冬寶小聲地替林實辯解了一句。

成親的日子還是林實跑來跟冬寶說的，定在了十月二十六。

冬寶笑咪咪地拉著林實的手，小聲說道：「哪天都行。」

不管哪天嫁，都是她的良辰吉日！

第一百一十二章 成親

八月初，林實和張謙就整理行裝出發了，林福幾個人護送著兩人去了省城，省城裡冬寶買好的院子早騰了出來，供兩人居住。

兩人走後，秋霞嬸子和李紅琴從廟裡請來了觀音菩薩，每天和李氏虔誠地早晚三炷香，祈禱菩薩能保佑兩個孩子考中舉人。

冬寶雖然不信這個，可被幾個女人的緊張氣氛給渲染了，在李氏的勸說下也加入了祈禱上香的隊伍，只不過別人求的是他們金榜高中，她求的是兩個人平平安安。

直到九月中旬，兩個人才回來，只不過兩個人的神色都不是那麼高興，看到李紅琴的那一刻，張謙眼圈都紅了，硬撐著才沒流出淚來。

看樣子，兩個人都沒考中。

「瞧你那點出息！」李紅琴笑著罵兒子。「不過一次沒考中，算個啥！」

同要走科舉之路的張謙不同，林實這次沒考中，只是在眾人面前笑了笑，並沒有表現出多麼的難過。

晚上接風宴過後，他拉著冬寶在後院說悄悄話。「我還想著，這次僥倖能中了，能給妳掙一個舉人太太的名號。」

九月的夜晚略有些冷，漫天的星光下，林實的臉色有說不出的遺憾。

「還有明年呢！」冬寶握住了林實的手。

林實心裡暖暖的，貼到冬寶的額頭輕柔地吻了一下，說道：「我知道妳是為了我著想，不過這事我已經決定了，不管是坐館還是幫家裡的忙，空閒的時候我一樣能看書。」

冬寶出嫁前一天晚上，李氏做了一大桌子的菜，一家人圍坐在一起，嚴大人還開了一罈酒，除了小棟外，每個人都倒上了一杯。

「明天妳就嫁人了。」嚴大人有些感嘆地說道。「今天晚上是在家裡的最後一頓飯了。」以後冬寶就是林家的媳婦了，再回這個家的時候是客人，而不是主人了。

小旭也有點難過，他明白姊姊嫁人意味著什麼，以後再不能像現在這樣住在一起了，也不能天天見面了。

「以後我肯定好好唸書。」小旭鄭重其事地說道。「等我考了進士，就沒人敢欺負妳了。」

冬寶為了緩解一下這時的氣氛，便笑道：「光考個進士可不行，得考個狀元、探花什麼的。」

小旭嘿嘿笑了起來，點頭道：「我儘量，儘量還不行嗎？」

李氏難過得沒說話，眼睛一直是紅紅的，看著冬寶就像看不夠似的。儘管女兒嫁的是林家，知根知底，她依舊不放心，回回情緒上來了，都想乾脆不嫁女兒了，留身邊一輩子就好了。

吃過了飯，夜幕就降臨了，冬寶正準備睡覺時，李氏就進來了。

「妳明兒就嫁人了，娘有些話得跟妳說說。」李氏笑道。

冬寶趕忙在床上讓了塊地方出來，笑道：「娘，妳坐下來說。」

她還以為李氏要跟她講的是三從四德，沒想到李氏紅著臉，躊躇了半天，一開口，講的是「房事」。

結了兩次婚的李氏比冬寶這個黃花大閨女更羞澀，聲音小得跟蚊子哼哼似的，強撐著把話給說完了，最後總結道：「妳別動就行了，大實他怎麼樣，妳就受著……」

本來冬寶是不覺得有什麼的，可看李氏這麼羞澀，害她也跟著臉紅了起來，等李氏說完，連忙擺手道：「行、行，我知道了……」

十月二十六是個豔陽高照的好日子。

冬寶起床後，疊好了被褥，環視了一圈自己的房間，就出去了。

前院裡，嚴大人腳踩在板凳上，手裡拿著沾了漿糊的紅雙囍字往牆上貼，小旭站在幾步開外的地方，笑嘻嘻地指揮道：「歪了，往左一點，再往上一點！」

嚴大人笑著問道：「起來了？妳娘給妳煮了餛飩，一會兒就能吃了。」

「欸！」冬寶有些不好意思地笑著應了。今天是她的好日子，就連小棟起得都比她早。

沒等李氏把餛飩煮好，賀喜的人就已經開始陸陸續續地上門了。

李氏端著餛飩到冬寶房裡，說道：「吃吧，蝦仁香菇餡的。」

冬寶笑著應了，低頭扒餛飩時覺得眼圈有點發紅。沅水離海邊遠，大粒的蝦仁很難買到，也貴得很，李氏儉省慣了，平常不會買這麼貴的吃食，今天卻是個例外。

吃完餛飩沒一會兒，嚴大人請來的老師兒和幫廚們就上門了，今天不光林家要擺喜宴，嚴家也要在鎮上擺幾桌喜宴送嫁。

李氏招呼完了客人後，就領了個打扮乾淨俐落的年輕媳婦進來，對冬寶笑道：「這是妳水根嫂子，給妳梳頭上妝的。」

冬寶瞧那個小媳婦，年紀還不到二十的模樣，身材豐滿，白胖臉，正是長輩的最愛——胸大、屁股大，好生養！

果然，李氏在冬寶耳邊小聲說道：「人家四年抱了仨，都是兒子。」

厲害啊！冬寶的精神都為之一振。

幾個人說著話時，水根媳婦手腳痲利地上了妝，給冬寶換了一身紅豔豔的衣裙，重新梳了頭，戴上了訂親時林家送來的金首飾。

還沒等梳妝好，外頭就響起了震天的鞭炮聲和嗩吶鑼鼓聲。

李紅琴快步走了進來，笑道：「趕緊的，新郎官就要來接新娘子了。」

冬寶看到了李紅琴，立刻想起了在家裡的張秀玉，叮囑李氏說道：「娘，記得給我姊挑點好菜，讓梁子哥帶回家去。」

「我自己挑就行，不會餓著她的，妳就別操心這個了。」李紅琴哈哈笑道。

梳妝打扮好後，冬寶就被一群人擁簇著往門外走，在踏出門的那一剎那，李氏捂著嘴哭了出來。

「寶兒……」李氏往前踉蹌了兩步，抓著冬寶泣不成聲。她原本想跟冬寶說，到了林家要收斂脾氣、要孝敬公婆……可現在她改主意了，這麼好的女兒，哪捨得委屈著她過日子？只要女兒過得高興，隨她愛怎麼折騰就怎麼折騰！但話到了嘴邊，她卻什麼都說不出來，只能抓著女兒放聲大哭。她虧欠女兒太多了，女兒跟著她還沒過幾年好日子就要嫁人了，她怎麼捨得？

「娘！」冬寶也難受地抱著李氏哭了起來。剛來到這個世界上的時候，最艱難的日子是李氏陪伴著她在宋家那間破舊的土坯房裡度過的。

一起生活了這麼多年，日積月累起來的感情不是假的，如今面臨著分別，冬寶也忍不住失聲痛哭了。

在幾個人的勸說下，李氏由嚎啕大哭變成了小聲抽泣，拉著冬寶的手，在眾人的攙扶下，把冬寶送到了前院。

前院裡頭還有不少人起鬨，笑著喊著「新娘子好漂亮」、「林秀才有福氣」之類的話。

冬寶一出來就看到了站在院子裡的林實，他穿著鮮紅的綢緞袍子，胸前別著一朵大紅花，麥色的臉龐被紅色的錦袍映襯得格外英俊喜慶。

看到冬寶出來，林實情不自禁地就往前走了幾步，結果被一群人起鬨嘲笑了。

「哎喲，新郎官等不及了！」

林實也不惱，反正步子都邁出去了，哪還有再收回來的道理？誰成親不盼著趕緊把媳婦接回家啊？便接著走了過去，站到了嚴大人和李氏面前，一撩袍子，拉著冬寶一起跪下了。

嚴大人和李氏都嚇了一跳，自古以來都只有新媳婦拜堂的時候跪公婆的，沒聽說過新女婿跪岳父岳母的。

林實拉著冬寶跪下了，朗聲說道：「岳父、岳母大人在上，你們將冬寶養大不容易，過了今天，她就是我林實的媳婦，我和冬寶感謝你們的養育之恩。」當即，就和冬寶給嚴大人和李氏規規矩矩地磕了三個頭。

冬寶是含著眼淚跪下磕頭的，父母的生養之恩，哪裡是磕幾個頭能感謝得了的。

林家的喜宴是在新宅院裡進行的，擺了將近有二十桌。

拜天地的時候，林實也拉著冬寶跪下了，給坐在首位的林老頭、林福還有秋霞嬸子磕了三個頭。

林老頭喜得不知道說什麼好，彷彿寶貝重孫馬上就要到眼前了。

林福趕忙上前扶起了林實和冬寶。

秋霞嬸子眼淚吧嗒吧嗒地往下掉，嘴角卻是合不攏的笑意。

新房裡頭，全子早安排了村裡的男娃、女娃們壓床，因為早先梁子和張秀玉成親時，全子也被梁子當小孩子地推進新房壓床過，幾個年輕人便起鬨，讓他也去壓哥嫂的床，被全子笑罵著虛晃幾拳打跑了。

拜完堂，冬寶進屋的時候，就瞧見了一群奶娃娃坐在她的新床上，有迷茫著東張西望的、有爭搶糖果和花生打成一團的、有在床上打滾爬的、還有找不到娘嗷嗷哭的……將來她要是不生個十個八個，能對得起這一床的奶娃娃嗎？想起來冬寶就壓力忒大啊！

「新娘子來了！」守在新房裡的婦人們嘻嘻哈哈地笑了起來，拉著冬寶到床上坐下了。新房的婦人們都是冬寶熟悉的人，有荷花嫂子、春雷媳婦，還有桂枝，冬寶沒有丁點兒嫁人的不安，她好像不過是換了個吃飯睡覺的地方罷了。

「肚子餓不餓？灶上有炸好的丸子，我給妳拾一碗過來？」桂枝拉著她小聲問道。「等會兒開席了妳跟大實得去敬酒，估計會沒工夫吃東西。」

冬寶笑著搖頭。「不餓，早上我娘給我煮了餛飩。」

到了開席的時候，大實走到新房門口，在一眾媳婦、姑娘揶揄的目光下，俊朗的面孔泛著紅，對冬寶說道：「該敬酒了，娘讓我喊妳出來。」

「欸！」冬寶趕忙應了一聲，在眾人的笑聲中紅著臉、低著頭出來了。

林福原本沒想到會來這麼多客人，不但塔溝集的村民大部分都來了，全子未來丈母娘家的大舅子和二舅子也來了，還有那些有生意往來的客商們，也都帶了禮物來討杯喜酒。

結果本來小半個時辰就能敬完的酒，硬是拖了一個多時辰。還有不少人同林家關係不算近，藉著新娘子敬酒的工夫，拉著小夫妻倆說個沒完，藉此想拉近關係的。

冬寶訂親的日子宋家人沒出現，如今又出了宋柏蹲大牢的事，宋老頭和黃氏算是恨透了冬寶，每天不扎小人詛咒她就是好的了，當然不可能去參加她的成親喜宴。

等到最後一桌敬完，太陽都偏西了，到屋裡後，秋霞嬸子趕緊給兩個人端來了兩碗雞蛋細麵，還有兩碗她一早從席面上撥下來的好菜。

「趕緊吃吧，別餓壞了肚子。」秋霞嬸子憐愛地對兩個孩子說道。

吃完了遲來的中飯後，做喜宴的老師兒已經領著幫廚走了，院子裡的大榮幾個正幫忙收拾著借來的桌椅，桂枝則領著幾個婦人蹲在院子的井邊洗刷著碗盤。

張謙和小旭正和全子在角落裡說著話，瞧見冬寶和林實出來，笑著問道：「吃好了？」

冬寶點點頭，對兩人說道：「時間也不早了，你們趕緊回去吧，免得爹娘和大姨擔心。」

秋霞嬸子本來想收拾一包還沒上桌的淨菜，讓小旭帶回去的，讓冬寶給攔住了。

「我爹娘那邊也在宴客，菜肯定剩得也多，送過去他們也吃不完，倒不如給幫工的嫂子和嬸子們各家分一點。」冬寶笑道。

秋霞嬸子有點發愁。「都留的有。這麼多菜，咱們家得吃到啥時候去啊？」

「慢慢吃吧。」冬寶安慰道。「先緊著沒上席的淨菜吃，席上的剩菜就餵豬餵雞好了，總之瞎不了。」

就算是餵豬餵雞，也完全沒人想要把菜送給宋家人。送給他們幹啥？還不勝餵豬餵雞呢！

林家人都不是愛鬧的性子，但在全子是個例外，他早摩拳擦掌準備好了，要和村裡幾個活潑的年輕人一起，好好鬧大哥的洞房。

結果天剛擦黑，幾個年輕人賴在林家的新房子裡不走，把自己知道的各種新鮮點子都想盡了，準備大展身手的時候，秋霞嬸子就慓悍地揪著眾人的耳朵，把人一個個都揪了出去。

「敢耽誤老娘抱孫子，老娘擰斷你們這群渾小子的耳朵！」秋霞嬸子氣勢十足地訓斥道。

有母親大人開道護法，林實樂得逍遙自在，在全子等人哀怨的目光中，笑咪咪地關上了新房的大門。春宵一刻值千金，他才不願意把時間讓全子這群渾小子給浪費了。

新房子的院子很大，林福他們暫時沒搬過來，新房子裡就小倆口住著。

林實走到後院時，冬寶剛洗完澡從浴桶裡出來，燭光下，冬寶披在身後的烏鴉鴉黑髮散發著濕氣，身上還有皂角的香味，洗乾淨了脂粉的小臉被熱氣熏得粉嫩嫩的，白裡透紅。

瞧見林實微笑著，直勾勾地盯著她瞧，冬寶有點不好意思，小聲說道：「鍋裡還有熱水，我給你提過來，你也洗洗吧。」佛祖、耶穌、真主都看著吧，她馬上就要邁出伺候相公的第一步了。

「不用了，我就著妳的水洗洗就行。」林實笑道，伸手摸了摸冬寶粉嫩的小臉，暗自感嘆媳婦不上妝比上妝還好看。

冬寶坐在床邊，慢慢地用帕子擦著頭髮，隔著一道屏風，她能聽到林實在裡面洗澡的水聲，一聲一聲的，撩得她面紅耳赤的。

林實從浴房裡出來的時候，冬寶正坐在床上發呆，明黃的燭光下，烏亮的頭髮披散在她的肩頭，像瀑布一樣淌到了床上，沈靜的側臉美得就像夏夜裡河中盛開的睡蓮。

「想什麼呢？」林實走到了冬寶面前，伸手把她抱進了懷裡，親了親冬寶紅潤的嘴唇。兩個人都只穿了貼身的單薄衣裳，林實滾燙的體溫立刻就隔著衣服傳遞了過來，他嘴裡還有剛刷過牙的青鹽的味道。

冬寶的臉唰地就紅了，搖頭道：「沒想什麼……就是覺得挺快的，好像前幾天你還領著我和全子割豬草、下溝子玩，今天我們就……」

「就什麼？」林實追問道，輕啄著冬寶的臉，手裡還牢牢地抱著冬寶的細腰。

冬寶笑了起來，反手也抱住了林實，像撒嬌一樣把頭埋到了林實的胸前，躲閃著不讓他親，還偷偷伸手咯吱林實腋下的癢癢肉，笑嘻嘻地說道：「就成親啦！」

這話林實聽著十分受用，抱著冬寶歡喜不已，輕聲說道：「寶兒，我們是夫妻了。」說著，就把冬寶抱到了床上，壓了上去……

第一百一十三章　二次分家

冬寶是被雞鳴狗叫聲給叫醒的，睜開眼，就看到林實用胳膊支撐著身子，側躺在床上看著她。

冬寶紅了臉，問道：「你怎麼不叫醒我？」

林實笑了笑，摟過冬寶親了一口，說道：「我也是剛醒。醒了就起來吧，爹娘還等著咱們去吃飯呢！」

想到昨晚，冬寶就想羞澀捂臉。除了第一次很痛，不怎麼成功外，其餘時候兩個人還是很和諧的，只不過她體力實在跟不上，腿痠腰痠的，累得動都動不得了，林實便把她抱到了自己身上「做運動」，在她耳邊脖頸旁吻著，喘著粗氣……

兩人起床後，冬寶趁林實去茅房洗漱時，趕緊揉了揉痠硬的大腿。前世裡她也看過某些重口味小說，一女N男什麼的，以前是她不懂，覺得女主好有豔福，現在懂了，女主一定是鐵打的女漢子啊……

林福和秋霞昨天走之前就說了，這幾天都到老家裡去吃飯，等過上一段時間，小倆口再自己做飯吃。

兩個人出門時，太陽已經昇起來了，路旁有不少人扛著鋤頭、端著洗衣盆子從他們旁邊經過，都熱情地跟他們打招呼。

林實出面和別人寒暄，冬寶就害羞地站在林實背後，讓大叔、小媳婦們打趣幾句。

林家的堂屋裡已經擺好了飯桌，全子和林福正在往堂屋裡端飯、端菜。

瞧見兩個人拉著手進來，全子揶揄地笑道：「哥，捨得起床了？」

林福回頭就是一巴掌拍到小兒子的後腦勺上，笑罵道：「沒大沒小的！」

全子嘿嘿笑了起來，越罵他，他還越來勁，湊到冬寶跟前說道：「嫂子，有沒有準備給我的見面禮？」

林實伸手擰住了全子的耳朵，故作嚴肅地說道：「有，巴掌一個，要不要？」

灶房裡，秋霞正在炒菜，冬寶上前笑道：「娘，我來吧！」

秋霞聽到那聲娘，當即喜得合不攏嘴，因為手上沾的有油煙，便用手肘推著冬寶，笑道：「用不著妳，這都最後一盆菜了，叫全子端出去就行了。妳趕緊出去，別髒了身上的衣裳。」

因為實在太熟了，坐下來吃飯時，冬寶一點新媳婦的羞澀和不安都沒有，該怎麼吃就怎麼吃。

秋霞還一個勁兒地給她挾肉，說道：「好好補補。」

吃完飯後，冬寶想幫忙去洗碗，秋霞和林福也不讓她沾手，喊著林實讓他帶冬寶出去走走。

「時間長著呢，不著急。」林實拉住了還想上前的冬寶，笑道。母親喜歡冬寶，當然不願意讓新媳婦一嫁進來就幹活。

冬寶也點點頭，要是一開始就讓新媳婦把活兒全包了，那就不是秋霞嬸子了，那是隔壁的黃氏。

出門的時候，冬寶忍不住往隔壁的宋家看了一眼，破舊又蕭索。

「過幾天我們來看看老人？」林實見冬寶看向了宋家，便小聲問道。

冬寶立刻拉著林實快步走了，嘟囔道：「我哪有那閒心！」她現在瞧見宋老頭和黃氏就覺得膈應。大家最好當作互不相識，誰也別打擾誰。

下午的時候，林實帶著冬寶下溝子玩，剛出溝子，就碰上了幾個半大孩子往這邊跑。其中就有宋二毛，拖著長長的青鼻涕，傻笑著跟在一群小男孩的後邊跑。

二毛早就看到了冬寶，他知道那是他的二姊，跑動的腳步就慢了下來。

等到了冬寶跟前，他猶豫了半天，鼻涕都快流到嘴巴裡了，才擠出來兩個字。「二姊！」

這一聲叫出來，他沒事，倒把冬寶嚇了一跳。

冬寶壓根兒沒想過二毛居然還會搭理她，人家從來都是只認禮，不認人的，這真是叫她「受寵若驚」。

等回過神來，冬寶連忙點頭道：「欸！」

還是林實笑道：「你也下溝子玩？」

二毛連忙點頭。林實是村裡唯一的秀才，村裡的男孩子都把林實當作偶像，這是林實頭一次跟他說話，二毛內心有點小激動。

林實把在溝子裡摘的野果給了二毛，笑道：「拿去吃吧。」以二毛的腦子和身手，跟在那群野小子後面，只有他看別人吃果子的分兒。

二毛黑黢黢的臉有點紅了，接過帕子就跑了。

冬寶看著二毛跑遠的背影，發現他腳上的鞋子是拖拉著的，都十月的天了還沒穿襪子，鞋也明顯小了，兩個腳後跟露在外面。

攤上宋二嬸那種管生不管養的娘，也是宋招娣和大毛、二毛倒楣，冬寶暗自想著。

回家後，冬寶跟林實笑道：「這都多少年沒搭理過我了，突然喊我一聲二姊，我以為他是在喊別人呢！你說，是不是我二叔、二嬸又想打什麼主意了？」

林實笑著把冬寶抱到了腿上，親了幾口才說道：「應該不是，他們想打主意，也該叫大毛來才對，二毛……」那就是個歡樂的傻子啊！

新婚第三天，是冬寶和林實回門的日子。

李氏過了這麼幾天，加上一直被嚴大人開導著，情緒早淡定下來了，看女兒過得好，李氏終於放下了心。

回門過後，林實就提出了要幹活的決定，全家人集體坐下來討論。林實的本意是想去鎮上找個館教書，但全家人都不同意。

「在家唸書。」秋霞很堅決。「家裡不缺你這個勞力，有冬寶照顧你，我也放心。」

林實哭笑不得，笑道：「娘，書我不會落下的，只是我不能跟宋柏一樣，成為一個靠別人養的廢物。」

「到作坊裡幫忙吧！」林福最後笑道。「作坊裡每天的買賣越來越大，靠貴子那兩下三腳貓功夫，早就應付不了了，正缺個能寫會算的人。你先來幹著，以後慢慢再說。」

如果林實去做作坊的帳房，每天只用上半天去作坊忙，下午還能回家看書，兩下都不耽誤。

「還沒問冬寶的意思呢？」林實笑著回頭看新婚妻子。

冬寶莞爾一笑。「爹說的挺好的，就按爹的意思來吧。」

不管林實幹什麼，她都支持。

就這樣，林實成了作坊的大帳房，他一來，貴子就解放了，成了和大榮他們一樣的管事。

日子過得飛快，轉眼就到了新年。

宋老頭和黃氏今年依舊沒有置辦過年的年貨，兩人心照不宣，準備等著冬寶來送年禮。

他們兩個坐得住，宋二嬸和宋榆卻坐不住了。

等到年三十這天，年貨還沒個蹤影，中飯居然是白水熬白菜和包穀渣餅子，連滴油星都見不到，一家子過得不像回事。宋二嬸和宋榆徹底爆發了，以年貨為藉口，和宋老頭還有黃氏大戰了一場，吵得是天昏地暗。

冬寶本來是不想摻和這事的，奈何他們上午就來了林家老宅，給秋霞嬸子和林福搭手準備年夜飯，隔壁吵得震耳欲聾，各種不堪入耳的話接連飄過牆來。

林老頭嘆了口氣。「這麼鬧實在不像話，大福，你跟秋霞過去看看。」

兩人應了一聲，回頭看冬寶一臉淡定，好像聽不到隔壁的吵鬧似的。

秋霞用胳膊肘推了推林福，林福便清了清嗓子，問道：「冬寶啊，妳過去看看不？」

冬寶抬頭笑道：「我不去了，爹娘你們去看看就行了。」有什麼好去看的？宋家人吵架歷來只為一個字——錢！

「欸，好。」林福趕忙應下了，和秋霞出門後，才小聲地對妻子說道：「我看冬寶真是被宋家把心給傷透了。」

秋霞想起兒媳婦的遭遇就忍不住心疼，憤憤地罵道：「老宋家都不是東西，活該大過年的雞犬不寧！」

宋家門口早就圍了不少人在看熱鬧，劉勝跟著他的村長爹在院子裡勸解，奈何宋家雙方積怨已久，宋家二房不但年輕力壯，而且占據了人多的優勢，村長在也無濟於事。

「分家，現在就分！這個年，老子不跟這兩個老不死的過了！」宋榆氣咻咻地罵道。「跟著他們，早晚把老子一家都賣了，給他三兒子換錢！」

黃氏再罵、再撒潑都沒用了，宋榆和宋二嬸早不把她的叫罵放在眼裡了。她第一次覺得，她老了，真的老了，子孫輩已經不再聽她的話了。

宋老頭本來就瘦，被宋榆拉扯得搖搖晃晃的，麻木地說道：「分吧，不分，我們這兩把老骨頭都要保不住了。」

既然雙方都同意分家了，村長也不好說什麼，畢竟這是宋家的家務事。

宋榆的意思是，按男丁人頭分，他家有三個男丁，宋老頭只一個男丁，家裡十五畝地他們家就吃點虧，分十一畝地，給老兩口留四畝，足夠兩個老人吃飯了。另外，大毛、二毛說親的費用，總共十兩銀子，宋老頭和黃氏要一次付清。

黃氏和宋老頭堅決不答應，說宋柏過兩年就回來，哪能一分地都不給宋柏留，說三家要均分十五畝地。至於給大毛、二毛說親的費用，那是當爹娘的該出的，不關他們當爺奶的事。

最後一句話可算是捅到了馬蜂窩，宋榆惱紅了眼，當場就要揮拳去打宋老頭，被村長攔住了。

這會兒，坐在地上撒潑痛哭的變成了宋二嬸。

宋榆看到了林福和秋霞，好像見到了親人一般，趕緊拉著林福就往院子裡走，邊走邊大聲說道：「福哥，咱們兩家可是親家，你來給評評理，我爹娘這麼幹，可不講理啊！」

秋霞拉住了林福，笑道：「我們都是大老粗，可啥都不懂啊！」說罷，趕忙拉著林福就往家裡跑。

到家時，冬寶和林實已經把菜都炒好裝盤了，就等著他們回來吃飯。

林老頭還問了一句。「到底咋回事啊？」

「鬧著要分家唄！」秋霞嬸子說道。「大過年的，也不叫人安生。」

冬寶親親熱熱地給秋霞挾了一大塊排骨，笑道：「娘，別理他們，咱們吃咱們的。」

下午一家人圍著火爐包餃子的時候，春雷媳婦帶著大妞來了。

冬寶可喜歡大妞了，趕忙讓她坐下，給她拿炒花生和糖吃。

秋霞嬸子喊春雷媳婦坐下，春雷媳婦擺擺手，笑道：「家裡也正在包餃子呢！我來就是跟嬸子你們說一聲的，那邊……」她指了指宋家的方向。「分完了。說是住還在一起住，吃飯不在一起吃了。在宋老三下大獄的這幾年，家裡的地一邊十一畝，一邊四畝，打下來的糧食各算各的。宋老頭出十兩銀子給兩個孫子說親。等宋柏出來了，再分一回。」

秋霞嬸子長長地哦了一聲，眾人都沒再吭聲。

「就是……」春雷媳婦欲言又止，看了眼冬寶。

冬寶笑道：「嫂子有話就說唄！」

春雷媳婦氣惱地說道：「那邊宋老太太罵罵咧咧的，說都是因為今年冬寶沒送年禮，家裡過不下去，才落得個大過年要分家的。冬寶，嫂子說這話不是為了給妳添堵，就是想給妳提個醒，以後也別去送禮了，沒他們這麼老不羞的！」

「我知道。」冬寶笑道，有錢去縣裡給宋柏送錢打點，就沒錢讓別的兒子、孫子過個年？還賴到她身上了！

子時放過鞭炮後，秋霞就催著小倆口回家睡覺，別大年初一的沒精神。

然而到了床上，剛剛在家裡哈欠連天的林實，卻異常地精神抖擻起來，伏在冬寶身上，一手摟著她的肩膀，一手抬著她的腿，下身重重地頂著，上身卻溫柔地吻著她的脖頸，在她耳邊細細喘息。「寶兒，我疼妳……」

正月初十那天，全子在安州的大舅兄和二舅兄帶著人來了，因為全子過年前去給未來的岳父、岳母送了拜年禮，這回是劉家來送回禮的。

冬寶和秋霞嬸子在灶房裡忙著準備午宴。

她們倆不喝酒，也不打算上桌，準備在灶房裡湊合著吃一頓算了。然而全子的兩個舅兄端著酒杯過來了，笑嘻嘻地說嬸子和弟妹做菜辛苦了，他們要來敬酒表示一下感謝。

給秋霞嬸子和冬寶端的酒是指頭肚那麼大的小酒杯，他們兩個用的卻是茶盅似的大酒杯，且是一口喝光的。人家都這麼熱情客氣了，秋霞嬸子和冬寶也不好太推辭了，等冬寶要喝的時候，林實卻趕忙跑了過來。

林實笑道：「我喝，我替她喝！」

兩個劉舅兄立即哈哈揶揄道：「還是大伯哥知道心疼媳婦啊！」

冬寶被揶揄得滿臉通紅，回頭瞪了眼林實。不過是兩小杯酒罷了，林實巴巴地跑來替她喝，這不成了前世的她最鄙視的「當眾秀恩愛」嗎？

不過在冬寶看來是「凶巴巴」地瞪了林實一眼，在林實看來，卻是小嬌妻給他拋了個含羞帶怯的媚眼，心裡別提有多舒坦了。

晚上的時候，兩個人躺在被窩裡摟在一起。

「睡吧。」林實說道，輕撫著冬寶光滑的後背。

冬寶有點遲疑了，兩個人新婚還不到三個月，正是如膠似漆的時候，特別是剛成親那幾天，林實看她的眼神都是恨不得把她一口吞到肚子裡去，不過因為她也挺喜歡的，所以兩個人夜裡總要折騰一場才會摟在一起睡去。

不過今天……

可也不能讓她一個女孩子跟林實說「喂，你是不是忘了？今天還沒嗯嗯啊啊呢」！天啊，羞死人了！

想著想著，冬寶的手就不老實起來，摸摸林實精壯的腰，又摸摸林實的胸膛，他底下的那個東西就抬起了頭。

林實好笑地抓住冬寶的手，說道：「趕緊睡覺吧，動來動去幹什麼？」

冬寶厚著臉皮說道：「我摸我的東西，你睡你的覺吧！」反正屋裡是黑的，他也看不到她紅彤彤的臉。

林實真是哭笑不得。

「還有啊，今天你幹麼跑過來替我喝酒？就兩小杯酒，我又不是不能喝，淨讓別人看笑話！」冬寶想起下午的事，忍不住抱怨。

林實親了冬寶一口，說道：「妳自己都不記得了吧？妳這個月的癸水還沒來。妳前兩個月，不都是初五就來了嗎？」

經過林實這麼一提醒，冬寶才恍然想起來了，她的大姨媽一向很準，最多有時候晚個一、兩天而已，但今天都初十了！

「你的意思是……我懷孕了？」冬寶有點不敢置信地摸了摸自己的小肚子，平平的，一點起伏都沒有，完全感受不到有個小生命在裡面生根發芽。

林實也伸手覆蓋上了她放在小肚子上的手，笑道：「我也不知道啊，日子太短，大夫也看不出來。我也是在他們端酒過去後才想起來的，就趕緊跑過去了，幸好來得及。」

林實這麼一說，冬寶也期待了起來，她沒想到自己這麼快就有可能懷上了。冬寶摟著林實的脖子問道：「那你想要個男孩還是女孩？」

「都一樣。」林實笑道。「不過要說更偏愛哪一個的話，那咱們就先生一個女孩好了。」

冬寶想起她出嫁那天，李氏哭得肝腸寸斷的模樣，便撇嘴說道：「女孩不好，千辛萬苦養大了，就嫁到別人家去了，自己落得傷心。咱們就生兒子，專門娶別人家的好姑娘。」

兩個人雖然猜到可能是懷孕了，但因為沒有確定，也不敢聲張，冬寶只跟秋霞嬸子和李氏說了，兩人驚喜之餘都叮囑她多休息、多注意身體，等一個月後再請大夫把脈看看。

「其實不用把脈。」秋霞嬸子喜得嘴巴都合不攏了。「我看就是懷上了！冬寶的身體一向好，肯定是懷上了！」

李氏也喜得不行，笑道：「這孩子九月就能出來了，算起來和小棟甥舅倆就差了三歲！」

秋霞嬸子怕冬寶懷頭胎沒經驗，天天給冬寶燉湯補身子，又叮囑林實好好照顧冬寶，別耽誤了兒媳婦肚子裡的孩子。

全子得知自己要當叔叔後，乾脆從劉家要了幾個下人過來，伺候嫂子和爹娘、爺爺。

「咱不是買不起，只不過這幾個人都是在劉家幹了多年的，老實可靠，賣身契也在我手裡。」全子說道。「嫂子懷孕是大事，得慎重。」

下人來了之後，就把冬寶手裡的活兒都接了去。

李氏和秋霞嬸子都哄著冬寶，讓她等頭三個月過去，胎坐穩了再活動。

第一百一十四章　生女

正月沒過，張秀玉就生了一個大胖小子，李氏沒讓冬寶去吃麵條，冬寶內疚之餘，拿了五兩金子出來，給小外甥打了一套長命金鎖和金項圈，託李氏送了過去。

冬寶一心只管著養胎，熬過了最熱的夏天後，就到了八月趕考的季節，今年張謙是要去趕考的，但林實卻不能陪著他去了。冬寶的肚子已經很大了，雖說按時間是九月，但孩子隨時都可能生出來，他即便去了，也放心不下。

等到九月初的時候，張謙還沒回來，省城報喜的人就已經到了鎮上。張謙中了舉人，是同科第二十七名。

巧的是，就在鎮上把喜訊送來沒多久，冬寶正高興著，突然覺得底下濕漉漉的，一摸褲子，濕答答的，羊水破了！

晚上的時候，冬寶生下來一個女兒，身上紅彤彤、皺巴巴的，哭起來嗓門嘹亮，把全家人給喜壞了。

「這是借了小謙的喜氣，才生得這麼順啊！」秋霞嬸子喜孜孜地說道。

因為自己的前車之鑑，李氏本來還怕林家人嫌棄冬寶生的是個閨女，但看林家上下都是一片歡喜的樣子，便覺得自己想多了。

冬寶生下閨女後沒多久，就累得睡過去了，她真沒想到生孩子會這麼痛。

「這丫頭生的時間好，現在不冷也不熱，適合坐月子。」李氏和秋霞嬸子坐在冬寶床邊，一邊看著孩子，一邊小聲地說笑著。

冬寶生完第二天，奶水就下來了。

小姑娘吃飽後就安靜地睡著了，五官小小的，小手小腳也只有一點點大，紅彤彤、皺巴巴的臉暫時還看不出像她多一點還是像林實多一點。冬寶看著愛得不行，她和林實看上一天都不會覺得膩。

林實翻了很多書，想了幾天，否定了無數個名字後，最後給愛女起了個很樸實的名字，叫林婉。秋霞給孫女取了個小名叫晚晚，因為是在晚上出生的。

過幾天就是給晚晚吃麵條的時候，林福和秋霞決定大辦一場，這是他們的頭一個孫兒，不管從意義上還是感情上，都想給晚晚辦個風光隆重的。

宋榆聽說了這個消息後，回家想了半天，跟宋二嬸說要去送禮吃席。

「我看你是又犯饞了！想喝那兩口貓尿水兒！」宋二嬸挖苦道。

「妳懂個屁！」宋榆冷哼。「大毛馬上要訂親了，咱現在去送點禮，她能不給咱大毛送訂親禮？」

晚晚吃麵條那天，宋榆從黃氏那裡偷了三個雞蛋，帶上大毛、二毛去吃席了，林福和秋霞懶得搭理他，但也沒有趕他出去。

等到酒席散了，冬寶和林實核對禮單時，看到有一行寫著「宋榆同大毛、二毛，三個雞蛋」的時候，實在不知道說什麼好。

「他可真是我的親叔啊！」冬寶感嘆道。

林實笑著摸了摸冬寶的臉，說道：「咱家又不缺他送的這點東西，別放在心上。」

冬寶笑了笑，趁林福和秋霞都回去了，問道：「你今年沒去省城考試，是不是心裡挺遺憾的？」

今天雖然是晚晚吃麵條的大日子，可宴席的主角既不是晚晚，也不是她和林實，而是來參加喜宴的新晉舉人張謙。

客人的目光都集中在了張謙身上，不少人都套交情，想把家裡的地掛到張舉人名下，以逃避賦稅，還有不少人巴結著李紅琴和張秀玉，想把閨女嫁給張謙。

什麼？人家舉人不會娶鄉下姑娘為妻的？喔，那不要緊，自家閨女給張舉人當個姨娘也願意……

冬寶不信林實心裡沒什麼想法，如果他去，也許他也是個舉人了，和張謙一樣，能接受鮮花和掌聲。

「妳想到哪裡去了？張謙能考中，那是他命中該有的。」林實笑了笑，摸了摸熟睡中女兒的小臉，說道：「看著妳和晚晚，我就沒什麼遺憾的。」

女人生孩子是走鬼門關，他不能為了求功名就把臨產的妻子扔給家中的長輩，如果冬寶和孩子有個什麼，那才是真正的遺憾。冬寶在屋裡頭生晚晚的時候，那一聲聲慘叫聽得他臉色發白，手腳顫抖，當時他就在心裡向佛祖發了誓言，他願意用以後的前程，來換取妻兒的平平安安。

自從有了孩子，冬寶的一顆心都撲到了晚晚身上，安州都是兩、三個月才去一次。五月的時候，全子帶著劉芳華跑商隊回來了，除了給晚晚買了成堆的新鮮玩意兒，還給晚晚帶了從頭到腳戴全套的金首飾。

「她才多大點啊！」冬寶和林實哭笑不得。長命金鎖和金手鐲也就罷了，怎麼連金釵、金耳環這種大姑娘用的首飾也有？

劉芳華笑道：「嫂子，全子聽說我們多了個姪女兒，高興壞了，他這個當小叔叔的要從小就開始給晚晚攢嫁妝，這一年攢一套的，等出嫁的時候，就差不多了。」

等晚晚漸漸長大了，眉眼長開了，就能看出來，長相上隨了冬寶，膚色白淨，大眼睛、柳葉眉，脾氣上倒是隨了林實，從小就乖巧聽話得不得了，但有時候也會耍小聰明。

比如她在屋裡待煩了，讓冬寶抱著她去外面，冬寶嫌外面正下著雨，就不抱著她去。要是別的剛會說話的小孩，肯定是又哭又鬧的，但人家晚晚才不，她會耐心地等到林實回來，然後伸手熱情地摟著爹爹的脖子，用嫩得能掐出水來的小女聲撒嬌道「爹爹，去外頭、去外頭！」，林實立刻就會繳械投降，被女兒哄得找不到東南西北，樂顛樂顛地抱著孩子去外頭玩水了。

冬寶和林實說過好多次了，不能這麼慣著晚晚，林實都是嘴皮子上答應得好好的，等到晚晚撒嬌的時候，人家照舊是「女兒說什麼就是什麼」，標準的指東不打西，指狗不攆雞。

等到晚晚兩歲的時候，林實才依依不捨地離開了老婆、孩子，由張謙和林福陪著去省城考舉人。他剛得女兒那時候，滿心滿眼都是冬寶和晚晚，沒想過再去考舉人了，後來聽了弟媳婦給晚晚攢嫁妝的那一番話，他心思才活動開。

就是為了女兒，他也得給晚晚掙個舉人千金的名號回來。

這一年，不光是林實去省城考試了，嚴大人也帶著小旭去了縣城考秀才，嚴家只剩下了李氏和小棟。

冬寶就和秋霞嬸子說了一聲，帶著晚晚在娘家住了幾天。

晚晚經常去姥姥家，一點也不認生，小棟正是好動調皮狗都嫌的年紀，然而面對著比他還小的晚晚，小棟這個當舅舅的挺有耐心，帶著晚晚和小黑玩。

小黑到冬寶家也有七、八年了，這個年紀在狗裡面算是上了年歲的老人，跑也跑不快了。現在接替牠守門的是小黑的女兒，小棟給牠取了個名字叫「兜兜」。

狗養的時間長了會有靈性，小黑就算老了，在院子裡玩一會兒就累得趴地上歇氣，但牠的耳朵一直是豎著的，眼睛也盯著在院子裡瘋玩的晚晚，比任何人都上心。

「小黑也老了……」冬寶跟李氏咬耳朵，眼圈有點紅。小黑陪伴著她和李氏度過了最艱難的歲月，不管以後再養幾條狗，感情上都無法取代小黑。

還沒等林實他們回來，宋柏先回來了。

本來他早就該出獄的，但嚴大人早向縣裡打了招呼，能多關一天是一天，省得早出來禍害人，所以宋柏就一直被關到九月初。

嚴大人在縣裡陪小旭趕考，早有熟人跟他說了這個消息，他立刻給李氏捎了信，讓梁子帶著張秀玉和孩子住到了嚴家，就是怕宋柏出來後破罐子破摔，報復冬寶。

「他有那個膽子？」冬寶笑著跟已經住進來的張秀玉說道。宋柏壞主意不少，但他都是躲在最後面，裝作沒事人的模樣，現在這幾番教訓下來，他不說看到冬寶就躲，也絕不敢再起什麼壞心思了。

張秀玉不贊同。「姨父是想得周全，我看還是小心些好。」過了一會兒，又壞笑著說道：「我倒是盼著他再冒點什麼壞水，正好再送他去蹲幾年大獄。」最好是蹲一輩子都不出來了！反正不管在塔溝集還是鎮上，都是他們自己人，宋柏要是打上門來，只有吃虧的分兒。

冬寶和張秀玉笑倒在了床上。

宋柏如今的模樣很淒慘，三年前他還是個自認為風度翩翩、氣質儒雅的讀書人，三年後的他狼狽不堪，原本在家養得細嫩的手也變成了像糙黑的老樹皮一樣。

囚徒們是要被獄卒趕去做勞役的，稍有懈怠就是一頓好打，吃不飽、睡不好，加上一個囚室的人還欺負宋柏這個文弱書生，不是搶他的飯食就是揍他，各種花樣層出不窮。宋柏這三年的日子真像是在地獄裡煎熬一樣，要不是對自己下不了那個狠手，他早就想辦法自殺了！

如今從大牢裡頭出來，看著摟著他嚎啕大哭的爹娘，他恍然覺得自己從地獄裡爬到了人間。

對於這樣的宋柏，沒什麼比讓他再回這個地獄更讓他恐懼的了，所以，他即便是心裡恨意滔天，也得把這恨嚥下去忘了。

一直等到天擦黑了，宋柏才肯跟著宋老頭和黃氏進村，進村的時候還用衣服包著頭，生怕別人瞧見了他這麼落魄的模樣。

第二天，宋家就炸鍋一樣地鬧騰開了。

原因無他，三年前宋家分家只是暫時的，等宋柏回來還要重新分，那麼怎麼分，就成了眾人分歧的焦點。

這次鬧得比三年前更厲害，宋二嬸扯著剛回家的宋柏，把宋柏幹過的醜事一件件地拿出來叫罵，宋榆則是領著大毛、二毛，跟宋老頭和黃氏對上了。

大毛和二毛早就長大了，二毛還好說話，大毛可就完全是個壯小子了，鬧得比誰都凶，凶橫地站在宋老頭跟前，大有分家不如他的意，他就敢打宋老頭的意思。

有村裡人去找村長，村長早得了信躺在床上裝病。宋家人愛怎麼鬧就怎麼鬧吧，他是不管了。

而冬寶在鎮上，林家裡頭就一個林老頭守在家裡，閉門不出，一副「宋家如何我不知道，也不想知道」的態度。

眼看宋家就要打起來了，這時，有吹著嗩吶、敲著鑼鼓、放著鞭炮的一隊人馬從村口過來了，在林家門口停了下來。

這下子，沒人再圍在宋家門口看打架的熱鬧了，紛紛朝林家門口湧去。

正瞪紅了眼，揮著拳頭要打向宋老頭的大毛聽到門口紛紛嚷著「林秀才中舉人了！」，趕緊把拳頭又放了下來。

「爹，林實那小子真中舉人了？」大毛不敢置信地問道。

宋榆瞥了眼黑瘦的宋老頭，嘿嘿笑了兩聲，往後拉了大毛一把，陰陽怪氣地對宋老頭說道：「大毛，可不能打下去啊，要哪天你爺爺養出來的好兒子給你爺考來了一個舉人，想起今兒的事，還不打死你這個姪子？」不是宋榆怕老爹挨打，而是林實中舉了，他怕打了宋老頭，冬寶那丫頭會管閒事。

宋柏在一旁又羞又怒，他是坐過牢的罪人，這輩子都不可能去考功名了，宋榆這就是在諷刺他們！

「我那是時運不濟，命犯小人！等我——」宋柏脫口而出的就是老一套的「等我如何如何」的話，結果話說出口卻說不下去了。他沮喪地想著，這輩子他都不可能如何如何了。

回答他的是宋老頭的嘆息、黃氏的哭罵還有宋榆的一聲冷笑。

與此同時，嚴大人也託人從縣裡先一步發回了喜報——小旭不但考中了秀才，還是案首！

報喜的人是山根，一路跑馬到嚴家報喜，還說了縣裡報喜的人明天就到，嚴大人囑咐讓夫人好好準備。

山根走後，李氏激動得眼淚不停地往下掉，一個勁兒地說小旭是個有福運的，從小到大都乖巧上進，叫人省心得很。

冬寶勸了半天，才把李氏的眼淚給勸下去了，然而李氏這邊不哭了，那邊就盯上了小棟。小棟已經啟蒙了，正處於認字練字的年紀，李氏就抓了小棟，不讓他跟晚晚和小黑繼續玩，讓他去學習了。

「你哥都是案首了，你這個當弟弟的也不能給你哥丟人。」李氏說道。

好消息到了沒多久，村裡的大偉就過來了，跟冬寶和李氏報告了好消息。

兩個人驚喜過後，李氏就眼淚嘩嘩地看著閨女，感嘆女兒的好日子終於來了。

「妳爹中舉人了，妳也是舉人小千金了！」冬寶捏著晚晚的小嫩臉笑道。

晚晚才兩歲，話還說不了完整的一句，不懂什麼叫舉人千金，只不過看姥姥和娘都很高興、很激動，她便也跟著甜甜地笑，露出一口嫩白的小牙。

「大偉哥，煩勞你再去鋪子跑一趟，跟秋霞嬸子她們說說這個好消息。」冬寶笑道。

大偉欸了一聲，剛要走，突然又想起來一件事，回頭對冬寶笑道：「還有個事得跟妳說一聲，宋柏從牢裡頭放出來了，宋家這會兒正鬧著要分家呢，都要打起來了。」

冬寶笑了笑，點點頭。「我知道了，你快過去吧。」就是打出人命來，她也不打算管。宋家的事，李氏更是懶得提。她拉著冬寶的手，喜道：「這下可好了，大實出息了！」

報喜的隊伍都到了林家門口，冬寶自然不好在嚴家繼續住下去了，很快就收拾了東西，和秋霞一道回了塔溝集。

李氏還細心地給冬寶準備了幾個大紅包，裡頭各裝了一兩銀子，到時候發給來報喜的官差。

面對著這麼大的喜訊，冬寶以為怎麼著自己和秋霞也得抱頭痛哭一場的，然而婆媳兩個都挺平靜的。

冬寶想過這個原因，大概是因為他們一家都本著中了更好、不中也無所謂的心態，所以高興是高興，但沒有像范進中舉那樣，一家子都歡喜得要瘋魔了。

晚晚在嚴家過得很開心，有姥姥寵著，有小黑和小舅舅陪著她玩，因此被冬寶抱上驢車時她還挺不高興的，嘟著嘴說不想回家。

冬寶只得貼著她的小嫩臉哄她。「家裡來客人了，咱們當主人的怎麼能不回家招待客人呢？」又許諾她，爹爹很快就回來了，哄了一路，口頭答應了無數喪權辱國的條約，才把這小丫頭給哄開心了。

林家在村裡人緣好，不少婦人自發地過來燒水、泡茶，也有村裡德高望重的老人來陪著官差們說話。

剛還「病」得在床上起不來的村長，這會兒上已經在林家的院子裡，精神抖擻、滿臉笑容地請官差們喝茶、吃點心了。

冬寶請那些來陪客的老人和村長都留下，幫忙的婦人也留下，做了幾桌席面出來，請林老頭和村長他們陪著官差們喝酒吃席，來幫忙的婦人每家給準備了一塊細棉花布、兩斤五花肉。

官差們吃完席就要走了，冬寶在準備席面的時候就數好了人數，按人頭每人都塞了一個一兩銀子的紅包，把官差們滿意地送走了。

秋霞嬸子說道：「夜裡得叫守門的警醒點，有啥事就大聲嚷嚷，那人到底心術不正啊……」

秋霞指的是宋柏，怕他報復。

第一百一十五章　小老婆

「這才什麼時候啊，人都走了？」院子門口，林大姑帶著一個年輕姑娘往院子裡走，邊走邊大聲笑道：「我還說要帶艾葉兒來給你們倆搭把手哩！」對於林實中舉而林家人沒去通知她的事，林大姑很不滿。林大姑拉過站在她身後的姑娘，讓她站到了秋霞和冬寶面前，笑道：「這是田毛兒他三嬸子家的艾葉兒，手腳麻利能幹得很，帶她來給嫂子和姪媳婦幫忙的。」

冬寶朝艾葉兒笑了笑，哄著懷裡的晚晚，說道：「叫姑婆。」

晚晚在外人面前一向表現得特別聽話，當即奶聲奶氣地喊了一聲。「姑婆。」

林大姑推著艾葉兒去幫忙收拾席面，她則拉著秋霞和林老頭進了屋，一副有事要說的模樣。

冬寶看了眼林大姑，感覺有點奇怪，因為林大姑進門前還特意看了她一眼，那眼神叫人不知道說什麼好。

然而過沒一會兒，屋裡就傳來了秋霞嬸子的暴喝——

「胡說八道什麼？妳趕緊領著人走！」說罷，秋霞嬸子就怒氣沖沖地掀開堂屋的簾子出來了，毫不客氣地上前去扯著艾葉兒的胳膊往外拉，說道：「田姑娘，我們這兒不用妳忙活！時間不早了，趕緊回家去吧！」

艾葉兒被秋霞媷子不客氣的態度嚇到了，驚惶焦急地看著堂屋，喊著。「大伯娘、大伯娘！」

林大姑也氣沖沖地從堂屋出來了，看秋霞正在拉扯艾葉兒，便跺腳指著秋霞罵道：「白秋霞，妳這是啥意思？我好心好意，妳當驢肝肺啊！」

冬寶也驚呆了，剛要上前勸，秋霞就對冬寶說道：「好孩子，這兒沒妳的事，妳帶著晚晚進屋去吧。」

冬寶見婆婆這麼說，只好抱著晚晚去後院了。

一進屋，晚晚就打哈欠睡著了，冬寶給她脫了衣裳，放到了被窩裡。

這時，鐵子跑到了冬寶跟前，小心翼翼地說道：「媷子，我知道為啥奶奶跟姑奶奶生那麼大的氣，她們說話的時候，我蹲牆根那兒都聽到了。」

鐵子是下人的兒子，五、六歲了，冬寶讓他喊她媷子。

「你聽到了什麼？」冬寶笑著問道。

鐵子小聲說道：「姑奶奶說了，林叔現在是舉人了，光妳一個媳婦不像個樣子，那個艾葉兒就是她領過來要給林叔做妾的，她還說……」

「還說什麼？」冬寶笑咪咪地問道，心裡恨不得把林大姑給按在地上，噼哩啪啦幾個大耳光搧上去！敢打她男人的主意？

「媷子妳別生氣啊！她說，那個艾葉兒屁股大，一看就是能給林叔生兒子的。」鐵子說道。

晚晚已經兩歲多了，但冬寶還沒有懷上第二個孩子。

並不是她不能生了，而是冬寶和林實商量過，覺得兩個孩子之間應該隔上三、四年，等晚晚大一點，她再給晚晚生一個弟弟或者妹妹，不然兩個孩子都太小，大人的精力有限，難免會重視小的忽略大的，她哪捨得委屈了女兒。

為此林實還笑話她，平時表現得對晚晚很嚴厲，但實際上誰都沒她疼晚晚。

冬寶的大姨媽一向很準，掐對了安全期就沒事。

知道這件事之前，冬寶從沒想過林實中舉後他們的生活會有什麼大的不同，然而現實真真切切地擺在她面前，即便林實不想，也會有不少女人前仆後繼地想進入林家。他們現在成親不過三、四年，林實對她感情還深厚，可十年、八年後呢？林實會不會去納個妾？冬寶越想越煩。

晚飯前秋霞進屋，拉著冬寶的手，跟她說了今天林大姑的來意。

「妳放心！」秋霞嬸子斬釘截鐵地說道：「有娘在，沒人能打得了那歪心思。就是大實，他只要敢有那不三不四的心思，我就打斷他的腿！沒有妳、沒有妳娘，他這輩子就是個泥腿子，說妳是他的恩人都不為過，他要敢做出對不起妳的事，那是要天打雷劈的。」

林實和林福回來的時候，天色已經接近黃昏了，他們進村時，家家戶戶的煙囪裡都冒起了炊煙。

家中一切都像他走之前一樣，林實先是洗了澡，出來後就看到媳婦坐在床上等著他。

林實一個月沒見冬寶了，看冬寶的眼神恨不得把冬寶一口吞了，伸手就想解冬寶單衣的盤扣。事到如今，他總算理解了那句「小別勝新婚」的意思。

冬寶卻躲開了，拍了拍身邊的床鋪，神色平靜，說道：「你趕路累了，趕快睡吧。」

林實低頭一看，怎麼被窩都成兩個了？他們倆不管春夏秋冬，可是只睡一個窩的。

「怎麼了？」林實笑著坐到了床上，抱住了想往被窩裡滑的冬寶，將她拖了出來，使勁親了一口，手腳麻利地解著盤扣，很快地，冬寶胸前那對白嫩柔軟的雪團子就跳到了林實眼前。

還沒等林實埋頭下去，冬寶就推開了林實，把自己的扣子一顆顆重新扣了回去，白了他一眼，翻身背對著林實躺下了。

林實再穩重老成，他也只是個二十出頭、血氣方剛的小青年，此刻到嘴的大餐吃不到，簡直讓他憋得要吐血了。

「好乖乖，到底怎麼了？」林實從背後摟著冬寶，柔聲問道。

「你大姑給你準備了個妾！」冬寶咬牙切齒地說道。「你什麼時候有空，去領回來吧！」

林實沒想到溫香軟玉在懷，聽到的竟是這麼爆炸性的消息，腦袋空白了幾秒鐘，才想起來「妾」到底是什麼意思。

「什麼妾？我大姑給準備的？她憑什麼給我準備啊？」林實驚訝得不行。

冬寶硬邦邦地回了一句。「我哪知道？」

「沒影的事妳都能氣成這樣。」林實失笑出聲了，把冬寶給硬扳了過來，笑道：「我不納妾，我就守著妳過。別說是我大姑，就是我爹娘給我準備的，我也不會要。」

雖然這話聽得挺爽的，冬寶還是板著臉，問道：「為什麼不要？多一個伺候你的，你還不願意？」

林實嘆了口氣，親了親冬寶嘟起的嘴，苦笑道：「我是那麼傻的人嗎？妳和晚晚對我來說多重要啊！我難道要為了那些莫名其妙的女人放棄妳和晚晚，把自己弄得妻離子散？」

冬寶大概能理解林實話裡的意思，現代有句名言：如果出軌的成本大於收益，那男人就不會出軌。

對於他們來說，林實納妾就意味著放棄他愛了多年的妻子和孩子，放棄了他花心血和精力建立起來的家庭，在他看來，接受不了這個成本。

架子擺夠了，冬寶也不想板著臉了，她剛才已經是強撐著了，要對林實板臉，她還真做不來。冬寶臉貼著林實的胸膛，小聲說道：「你要是不要我們娘兒倆了，我就帶著晚晚住到鋪子裡去，其實也沒什麼，就是免不了讓晚晚受一遍我受過的罪罷了。」

冬寶的嘴唇就貼在林實的胸膛上，噴出來的氣掃過他的胸膛，暖暖的、癢癢的，剛才壓下去的火氣立刻又起來了，林實翻身伏在冬寶身上，拽下了冬寶的褲子，分開她的腿，直接強勢地頂了進去。

進去後他不忙著動，一顆顆地解開了冬寶上衣的扣子，喘著氣在冬寶耳邊笑道：「還裝？底下都濕成什麼樣了，我一下子就進去了……」

冬寶臉紅得都要滴血了，不搭理他。這人太壞了！她都一個月沒見老公了，能不想嗎？

林實回來後，就帶著禮物去走親戚了，冬寶娘家、冬寶舅舅家、李紅琴家、林實的兩個舅舅家和姨媽家都去過了，唯獨沒有去林大姑家裡。

這一巴掌打在田家人臉上，也是為了給林大姑一個教訓。

入了臘月，林實和冬寶帶著晚晚回了林家老宅。

在外奔波了大半年的全子也回來了，除了給一家人帶來了豐厚的禮物，還要辦一件大事，就是和劉芳華正式成親。

自從兩人訂親後，全子就帶著劉芳華天南海北地到處跑，剛開始的時候兩家大人都不准許，生怕劉芳華在外面受什麼委屈，然而兩個人都是膽大包天的主兒，趁家裡人不注意，劉芳華央求全子偷偷帶著她跑了，大半年後玩開心了才興高采烈地回來，兩家大人也不好說什麼了，只得默許了這事。

秋霞嬸子覺得兩人雖然訂親了，可到底不是正式夫妻，唯恐別人說小倆口的閒話，早就捎信催著兩人回來，趕緊把親事給辦了。

劉家人自然是歡喜得不行，一邊把劉芳華的嫁妝往厚裡準備，一邊暗地裡竊喜，覺得這門親訂得不錯。算起來女婿家裡有兩個舉人，劉芳華的大嫂弟弟也是個有出息的。劉爹爹人逢喜事精神爽，每天都樂滋滋地陶醉在自己的眼光當中。

臘月十二那天，全子和劉芳華在塔溝集和安州兩處都辦了熱鬧的酒席，劉家在安州給女兒女婿買了宅子，以後兩個人怕是要在安州住的時候居多了。

然而就在全子成親沒多久後，大榮和桂枝上了門，一臉羞愧地跟冬寶和林實說了件事。

「宋老三和我妹子小紅訂親了。」大榮脹紅著臉說道。「我娘和我弟不跟我們說一聲，就收了宋家老太太的聘禮，要不然我們是不會答應的。」

楊小紅是嫁不出去的老姑娘，宋柏頂著一個「前犯人」的身分，兩家是半斤對八兩，不管雙方內心如何看不起對方，但這樁婚事是一拍即合。

「是我們疏忽了。」大榮一臉愧色，打死他都想不到宋柏要喊他一聲大舅哥，真是膈應死人了！

很快地，臘月二十這天，宋柏和楊小紅正式成親了，然而來吃喜酒的人只有稀稀拉拉的幾個，誰也不想和犯過罪的人扯上關係。

在冬寶以現代人的眼光看來，宋柏和楊小紅這是標準的「閃婚」，第一次見面就訂親，第二次見面就結婚了。

臘月二十三那天，冬寶和林實去給村長送寫好的春聯。一進臘月，不少人都來求林實給寫對聯，一是舉人老爺的字貼出來有面子，二是家裡有學生的，想沾沾林實的運氣，指望著孩子將來也能考中個秀才、舉人的。

經過宋家門口時，一家人都聽到了吵鬧聲，抬眼看過去，院子裡已經撕扯成一團，只差揮拳頭了。

晚晚兩歲多，還是頭一次看到吵架，嚇得她趕緊把頭埋進了林實的懷裡，兩隻小手還捂著耳朵。林實柔聲哄著她，加快了腳步往前走。

然而這會兒上，宋二嬸已經看到了他們，當即就喊了一聲——

「冬寶、大實！來來，咱們請舉人老爺給咱們斷一斷這官司！」說著，就奔出來拉住了冬寶。

冬寶當然不會管這糟心事，沒見村長都不來嘛！

宋柏瞧見了冬寶和林實，一張臉立刻就嚇白了，站在那裡恨不得縮到地縫裡去，一個字都不敢吭。

「我們是小輩，可不敢管長輩們的事。」冬寶笑著擺手，拉著林實就跑，身後的下人趕緊攔住了要拉扯冬寶的宋二嬸。

到了下午，有看熱鬧的鄉親到林家來嘮嗑，說宋家今天鬧分家，已經分好了，宋榆分七畝地，剩下的八畝歸宋老頭和宋柏，但宋老頭要給宋榆十兩銀子的蓋房子錢。

又過了兩天，馬上就快過年了，冬寶和林實帶著晚晚去鎮上送年禮，經過宋家門口時，黃氏正籠著袖子坐在院子門口，和一個上了年紀的老太太嘮嗑。

這些年黃氏老了很多，臉上滿是皺紋，頭髮也花白了不少，整個人又瘦又小，坐在那裡幾乎能縮到板凳上去。

經過宋家門口時，黃氏還在高聲說道：「妳看我這衣裳，都穿了五、六年了！多少年都沒做過新衣裳了，大過年的也是這一身……養這些小的有啥用？長大了，翅膀硬了，就忘了他們吃過妳的飯了，有錢了也想不起妳來。」

冬寶繼續往前走，看都不看黃氏一眼。這些年她沒往宋家送節禮、年禮，黃氏就沒布料做新衣裳。黃氏不怪兒子沒出息、不孝順，反而怪到她身上來了。

那就讓她繼續沒新衣裳穿吧！

「娘，那個老婆婆在說什麼啊？」晚晚在她懷裡小聲問道。

冬寶笑著親了親晚晚的小臉蛋，略放大了聲音說道：「那個老婆婆在抱怨她兒子沒本事、沒出息，過年都不能給她做新衣裳穿啊！」

「喔！」晚晚的神色很憂慮，低頭看了看自己身上嶄新的小花襖和小皮靴，覺得過年都沒新衣裳穿，多可憐啊！

黃氏氣得不行，張著嘴說不出話來，被堵得無話可說。

全子和劉芳華已經從安州回來了，兩個人雖然把家置在了安州，但畢竟父母在塔溝集，過年還是要在塔溝集過的。因為多了個新媳婦，林家的這個年就過得格外熱鬧。

吃年夜飯前，林老頭堅持要去老屋放一掛炮，林實和冬寶怕路滑，林老頭摔著了，就帶了全子，拿著鞭炮去了老屋，省得這小叔沒事做就把晚晚當玩具逗。等他們放完炮回來，正好煮餃子吃。

天上還飄著雪花，地上一踩就是一個深深的腳印，這會兒上，村裡家家戶戶都在放年夜飯前的鞭炮，爆竹聲噼哩啪啦地響成一片，整個村子都瀰漫著鞭炮的火藥味和青煙。

三個人走到宋家門口時，看到一行四人站在門口，像是兩口子帶著一兒一女，正探頭往裡面看，一副猶豫不決的模樣。

看到冬寶一行人過來了，領頭的中年婦人趕緊問道：「閨女，我跟妳打聽個事兒，這家是塔溝集的宋家不？」

婦人五十上下的年紀，她旁邊一直咳嗽的矮個子漢子更老，身上穿著破襖子，黑瘦的臉，看起來比宋老頭年紀還大。

身後的一個男孩有十七、八的模樣，個子挺高，就是瘦得厲害，推了一個架子車。車旁邊站著的小姑娘十一、二了，除了有點黑，長了雙大大的眼睛，模樣還不錯。

「你們是宋家什麼人啊？」不等冬寶開口，林實就先問道。

冬寶三人穿的都十分不錯，嶄新的綢緞外袍，冬寶還披了一件純白色的狐狸皮襖子，任誰都看得出來這三人非富即貴。

婦人往後縮了一步，頭埋得更低了，說道：「我們是宋家的親戚。」

據冬寶所知，宋家的親戚只有劉樓的宋姑奶奶和小王莊的宋書海。然而她不想管宋家的閒事，便指著宋家說道：「這裡就是。」

婦人連連作揖道了謝，就領著一兒一女往院子裡走了。

冬寶幾個也沒有多停留，去了林家把鞭炮放了。

噼哩啪啦的鞭炮聲震耳欲聾，炸開的鞭炮花蹦得哪裡都是。全子舉著挑著鞭炮的竹竿，縮著脖子往後躲；林實則是笑著捂住冬寶的耳朵，看著院子裡的火光閃閃。

回去經過宋家門口時，冬寶停下了腳步，她看到剛才那四個人齊刷刷地跪在了黃氏和宋老頭面前，為首的婦人失聲痛哭。

冬寶聽到院子裡那婦人斷斷續續地哭訴道——

「……生了六個，只活下來他們兄妹倆……實在是沒辦法……男孩還好說，咋都能行……春妮兒都十二了，不能跟著我們到處跑著受罪……她長得好，在外頭就有人打壞主意……」

林實看冬寶的腳步停了下來，便小聲問道：「要不進去看看？」

「算了。」冬寶搖了搖頭。「趕快走吧，家裡還等著咱們回家下餃子呢！」

第一百一十六章　宋大姑

回到家後，趁餃子還沒端上來，冬寶問林老頭。「爺爺，剛我們回家的時候，宋家門口來了幾個人，說是宋家的親戚，我怎麼不記得他們有這一門親戚啊？」冬寶便把幾個人的相貌、特徵跟林老頭說了。

林老頭想了半天，搖搖頭說：「不知道，沒聽說過有這樣的親戚。」

等熱騰騰的菜和餃子上了桌，林老頭喝了兩杯酒後，才突然一拍腦袋，說道：「我想起來那人是誰了！」

「誰啊？」林實笑著問道。

林老頭的神色十分嚴肅。「許是冬寶的大姑，叫大妮兒的，回來了。不過也不一定是妳大姑，她都嫁出去二十多年了……」林老頭抿了口溫酒，嘆了口氣。

晚飯後，大夥兒圍著炭火盆，聽著外頭連綿不絕的鞭炮聲，剝著花生、瓜子嘮嗑。

因為今年多了個新媳婦守歲，冬寶負責逗劉芳華，林實逗全子，把新婚小夫妻倆逗得面紅耳赤的。

最後全子跳出來嚷嚷道：「不帶你們這樣當大哥大嫂的，淨欺負我和我媳婦！」

一家人都哈哈大笑了起來，過了個開心幸福的除夕夜。

正月初二的時候，冬寶和林實帶著晚晚回了娘家，吃過飯後，冬寶就和李氏說了宋大姑的事。

「有這回事？」李氏很是震驚，隨即搖頭道：「我一點都不知道，沒一個人提過她。」宋招娣都走了這麼多年了，一點音信都沒有，宋家還不是就當沒這個人？冷心冷肺這麼多年，冬寶都習慣了。

李氏猶豫了下，才說道：「要是方便的話，妳能拉拔一把就拉拔一把，也別太過了。到底，她是為了供妳爹讀書，才被聘給貨郎的，要不然，咋也能嫁個正經人家。不過，她要跟宋老二、宋老三一個德行，就別搭理她了。」

冬寶點點頭。「我知道了。」

宋大姑的遭遇只是千萬個倒楣女孩的一個代表而已，冬寶怎麼也不能理解那些狠心的父母，如果是她和林實，寧願自己餓死，也不捨得把晚晚賣掉或者拿去換親。

宋大姑回來那天是年三十，帶著一家人跪在雪地裡，在黃氏和宋老頭跟前哭了大半個時辰，黃氏和宋老頭才允許他們住進了之前宋楊一家住過的東屋。

宋柏和楊小紅忍了這麼幾天，到初四這天，就忍不住了。

「嫁出去的閨女潑出去的水，大姑帶著一家老小住娘家不走，沒這個理吧？」楊小紅火力全開。「這臉上都不嫌臊得慌？」

「看弟媳婦說的……」宋大姑話說不下去了，捂著臉哭了起來。

黃氏走了出來，虎著臉瞪著宋大姑，喝道：「哭啥哭？大過年的，也不嫌晦氣！」

「不是的，娘，我不是那個意思。」宋大姑趕緊抹掉了眼淚，結結巴巴地說道。

黃氏重重地哼了一聲，看著又黑又瘦、外表看起來幾乎快和她一樣年紀的宋大姑，滿臉都是厭惡。果然，閨女都是賠錢貨！

「妳弟媳婦說的話糙理不糙，這都住了幾天了，啥時候走？」黃氏問道。

宋大姑為難得很，脹紅了臉，囁嚅著不吭聲。

東屋裡頭，宋大姑的兒子柱子忍不住了，從屋裡出來了，咬著牙對黃氏說道：「我們這就搬，不住了！」

宋大姑氣得往柱子身上拍了一巴掌，推著他進屋，不讓他出來，跟黃氏賠笑。「娘，柱子他不懂事，您別搭理他。」

黃氏冷笑了一聲，擺手道：「他又不是我們宋家人，我才懶得管他。剛我問妳的話妳聽清楚沒有？啥時候走？我也好做點好菜給你們送行。」

「娘！」宋大姑撲通就跪下了。「這大雪天的，柱子他爹一直病著，搬出去，他還能活幾天啊？」

黃氏瞪著眼罵道：「妳這是訛上我了？妳男人活不了幾天我不管，妳再住下去，我跟妳爹就要被妳氣死了！」

宋大姑看母親是咬死了不肯再收留他們，父親則躲在屋裡根本不出來，她也灰心了，跪在母親面前說道：「娘，等開春了，雪化了，我們就不住了。我這一家子到處飄著不是個事兒，我尋思著，我和春妮兒能賃人家的地種，柱子去當貨郎，您借我八百個錢，我們蓋兩間土坯房，熬過這一、兩年，就能還您錢……」宋大姑抬頭，滿臉是淚地哀求著黃氏。「娘，就八百個錢，明年我就還……」

黃氏乾脆地說道：「一個錢也沒有！」

外頭看熱鬧的人當中，有知道當年黃氏賣閨女的事的，當即就叫道：「宋老婆子，妳當年賣閨女可不止賣了八百個錢吧？妳把錢拿出來，就當那時候少賣了八百個錢不就完了！」

「你有錢，你咋不給啊！」黃氏羞憤難平，到底賣閨女給那麼大年紀的貨郎不是個光彩事。

楊小紅像是被黃氏的一句話給點開了竅，指著跪在地上的宋大姑笑道：「大姑，誰有錢妳就去找誰要。當年爹娘是為了供大哥讀書才把妳聘出去的，妳去找大哥的閨女要吧！」

「哪有這個道理……」宋大姑低低地哭了起來。「不管是供誰，我沒一句怨言。當年是爹娘賣的我，哪有找姪女要錢的道理？」

黃氏呸了一聲，高聲叫道：「妳不去要，那妳就走吧，我是一文錢都沒有！」說罷，就轉身進屋了。

宋大姑和春妮兒在雪地裡抱著哭成一團。

下午富發媳婦去冬寶家串門子的時候，說了這事。

「哎喲，哭得可憐的，正收拾東西準備走呢！這要不是走投無路了，她會回來嗎？當年都把她給賣了……」富發媳婦一邊說，一邊搖頭。

冬寶想了想，回了一趟屋，拿了一個布袋子過來，遞給了富發媳婦。「這裡頭是一千個錢。」冬寶笑道：「我不方便出面，就煩勞嬸子以妳的名義借給他們吧，只是千萬別扯到我頭上。」

富發媳婦是個明白人，立刻說道：「好，這事保證辦得妥妥的。」

冬寶猜不透為什麼宋大姑不來找她，如果真的到她門前嚎啕一場，她肯定多少會打發一些錢，足夠她蓋土坯房子住了。

也許是膽小，不敢惹她這個「舉人太太」，也可能是覺得沒道理來找她開口借這個錢。

就在宋大姑把破爛家什都裝到了架子車上，準備走人的時候，富發媳婦的婆婆經過宋家門口時，一眼就認出了宋大姑的丈夫石老頭，說石老頭從河裡撈起了她小兒子，是他們家的大恩人。

石老頭雖然病得厲害，可他腦子還不糊塗，連連擺手。「妳肯定是認錯人了，我沒撈起過小孩子。」

「就是你！」富發媳婦的婆婆很堅持，又仔細地在石老頭黑瘦的臉上瞅了半天後，肯定地說道：「右臉眉毛上有一顆黑痣，我記得清楚得很。」

既然是救命恩人，萬沒有讓恩人大過年的無家可歸、露宿街頭的道理。

富發媳婦家裡還有一間空出來的土坯房子，收拾了一下，便拉著宋大姑一家搬了進去。

聽說宋大姑想在塔溝集蓋房子定居下來，富發媳婦的婆婆當即拿出了一千個私房錢借給了宋大姑。

「要是不嫌棄的話，先在家裡住著，等開了春、蓋好了房子再搬。」富發媳婦笑道。

宋大姑惶恐地連連擺手。「不嫌棄、不嫌棄！」

一家人像是腳下踩了棉花，剛才還在哭泣難受著馬上又要流浪了，不過一刻鐘的工夫，他們就被好心人家收留了，有房子住，還有熱騰騰的飯吃，人家還大方地借了他們蓋房子的錢。若說此刻置身天堂，也不過如此了。

晚上的時候，石老頭是個老實人，惴惴不安地跟宋大姑說道：「我真沒救過掉河裡的小孩，肯定是他們認錯人，報錯恩了。」

宋大姑本來想說那咱們去跟人家說清楚的，後來起身看了看睡得正香的一雙兒女，咬著牙含著淚說道：「不管了，先蓋了房子再說，等咱攢了錢就趕緊還給人家。」

等開了春，地裡的雪都化了，宋大姑就開始找人蓋房子，村長可憐她，連地皮錢都沒收她的。

蓋房子打土坯的時候，原本宋大姑是請了兩個工人的，結果大榮和大偉帶了不少壯漢過去幫忙，硬把人家請的工人給攆走了，不過一天工夫，宋大姑的兩間土坯房就蓋起來了。

宋大姑一家感動得不知道說什麼好，給錢吧人家不要，招待吃飯吧人家也不吃，只笑呵呵地說都是鄉里鄉親的，來搭把手而已。

倒是有明眼人瞧出來了，提醒了宋大姑一句——不管是收留他們的富發一家也好，還是來免費幹活的大榮、大偉，都是在林舉人太太手下幹活的人。這世道，哪有那麼多好心幫忙的人啊！

宋大姑搬家那天，冬寶正在家裡算帳，鐵子跑到她窗臺下叫道：「嬸子，外頭有人給咱們家磕頭哩！」

冬寶一愣，放下筆出去，只看到宋大姑一家四口離去的背影。

後來李氏聽說了這事，連誇了冬寶好幾句。「說到底她也是因為妳爹才被賣的，人家也不怨誰恨誰的，就想安頓下來好好過日子，這個錢，該給！」

很快地，冬去春來。

清明這天，冬寶先和林實帶著晚晚去給宋楊上了墳，濛濛細雨中，給宋楊燒了紙，清理了墳上的雜草。

雨不過下了一會兒，就停了。

林實回家後，就帶著人下地搶種油菜了。

中午冬寶領著人做了飯，給林實他們送到了地頭來。

經過宋家地頭的時候，冬寶遠遠地就聽到了楊小紅尖酸的叫罵，走近了，才看到楊小紅罵的人是宋柏。

宋柏依舊穿著他那身顯示讀書人身分的長衫，穿著黑布鞋，蹲在地上皺著眉頭摳著鞋幫子上的泥。

「你到底下不下地？」楊小紅瞪著眼，指著宋柏叫道。

宋柏不耐煩地抬頭說道：「有你們仨不就夠了？我就沒幹過地裡的活兒，不會幹！」

黃氏立刻虎了臉，這還得了！剛要走過去，就被宋老頭拉住了。

「妳別管了，咱還能幹幾年？他能一輩子不下地嗎？」宋老頭嘆道。

「小紅啊，跟三兒說啥吶？趕緊過來翻地啊！」黃氏高聲說了一句，想把楊小紅叫過來，別再為難宋柏了，反正這八畝地，三個人也能幹得過來。

楊小紅壓根兒不搭理黃氏，她對宋柏冷笑道：「不會幹也得幹！我上午都聽說了，人家林舉人都下地種油菜了，你算個什麼東西？比林舉人還厲害嗎？」

宋柏張著嘴說不出話來，氣得別過頭去，正好就看到了走過來的冬寶一行人，立刻像老鼠見了貓似的，竄到黃氏身邊去了。這回黃氏也不敢讓他扶犁，只催著他去幹撒種的輕活。

冬寶隨意地往宋家地裡看了一眼，就見宋柏挎了個籃子，抓著籃子裡的油菜籽，往犁過的地裡扔，有一把沒一把的，估計油菜長出來也夠嗆。

到了自家地頭，看見林老頭趕著騾子在前面走，林實在後面扶著犁。

「爹和太爺爺怎麼不回家吃飯啊？」晚晚問道。

冬寶抱著她，指著已經犁開的地說道：「來不及啊，要是回家吃飯了，今天就種不完油菜了，我們明年就沒有菜油吃了。妳得記得一句話，人誤地一時，地誤人一年。」

晚晚過了三歲生日之後，張謙就找了林實，商量明年開春一起去京城趕考的事。

林實不大願意去，他整天作坊和家裡兩頭跑，去考也考不上。

但冬寶非常鼓勵林實去考。「去嘛，試一試唄。」

她還沒去過京城哩！反正也沒指望林實能考中進士，到時候帶著晚晚一起去，就是一家三口去首都旅遊，想想就覺得很期待、很美好啊！

這麼多年夫妻做下來，林實哪能不知道冬寶心裡打的是什麼算盤？既然夫人都發話了，他還能再說什麼？便笑道：「說的也是，我們明年隨你一同去京城試試吧。」

秋霞十分捨不得晚晚，便跟林實打商量。「晚晚還小，帶在路上不方便，把晚晚留下來，我和你爹給你看著，成不？」

林實哭笑不得，說道：「我和冬寶怎麼樣都行，妳跟晚晚商量，看她願不願意留下來。」

結果秋霞興沖沖地去問晚晚了。「晚晚，妳留下來陪爺爺、奶奶好不好？奶奶天天給妳做糖糕吃。」

晚晚噘著紅潤潤的小嘴，又覺得拒絕奶奶於心不忍，最後還是點了點頭，然後一頭扎進了林實的懷裡，抱著林實的脖子哭了起來。

這一下，弄得秋霞又是感動、又是無奈，哄著嬌滴滴的小孫女說道：「奶奶跟妳鬧著玩的，讓妳爹娘帶著妳去京城啊！不留下來陪爺爺、奶奶了。」

臨出發前，張謙和林實在鎮上置辦了一桌酒席，請了柳夫子和柳夫人，特意來感激柳夫子這麼多年的教導之情的。

柳夫子在席間說道：「我知道你們倆心思純良，但你們不日就要進京了，有些事我還是要與你們說清楚。」

林實和張謙立刻放下了手中的筷子，端正坐好，準備聆聽教導。

「當年我是一甲第三名，那時候年少輕狂不懂事，自以為考了個排得上名次的進士，就人生得意了。你們師母是我趕考前娶進門的，我甚至連你們師母都嫌棄了……太過狂妄的代價，就是得罪了人都不知道，後來有一次騎馬，莫名其妙地就從馬上摔了下來，這條腿就這麼廢了。一日之間，我就跌進了谷底，只有你們師母不離不棄地跟著我，照顧著我這個廢人……大實，你是個好孩子。當初我想教你，就是心疼你們小倆口。師傅當年……不如你。」柳夫子的眼睛有些濕潤，朝林實舉杯笑了笑，先乾了一杯酒。

柳夫子又朝張謙舉杯，笑道：「小謙，我給我昔日的一個好友寫了信，你們去了後先找他拜訪，我託他給你說個媒，你也該安個家了。男子漢大丈夫要成家立業，只有先成了家，才能談立業。」

張謙紅著臉應下了。

正月二十那天，林實一行人就出發去了京城。沿途有全子在各地設的人手接待，不管是住宿還是吃飯，都照顧得妥妥貼貼的。除了張謙是在馬車裡一路勤學苦讀外，林實和冬寶一家三口就像是出來度假旅遊的。

到了京城之後，林實他們住進了全子早前買下的一處宅子裡。

張謙乖乖地按著柳夫子的提議，拉著林實去拜訪了柳夫子的同窗黃御史。

黃御史對待張謙和林實挺熱情的，爽快地接下了「媒婆」的重任，只是他給張謙的建議，是過了春闈再議親，若是張謙能考中了，自然有門第高的人家向張謙拋繡球，就算是考不中，那也跟春闈前訂親差不了太多。

然而，沒等林實和張謙進考場，冬寶這邊就不對勁了。她的小日子已經延後了十天還沒來，估摸著是懷上了。

「回家一路顛簸，為了妳和孩子的安全，還是等孩子落地滿月了，咱們再回家吧。」林實摸著冬寶平坦的小肚子，慎重地說道。

第一百一十七章　老了

考春闈是個辛苦活兒，考生連考七天，都在逼仄狹小的斗室裡作題，再優雅俊美的貴公子，被這樣「摧殘」七天後，出來也都是一副刑滿釋放的頹廢犯人模樣。

冬寶帶著晚晚去接林實和張謙，人都站她面前了，她愣是沒認出來那是自己的丈夫和表哥，最後還是林實喊了她一聲，她才反應過來。

等林實吃完飯，晚晚也睡著了，冬寶問道：「考得如何？可有把握？」

林實搖頭笑道：「我這邊怕是不行，就看張謙怎麼樣了。」

幾個人又等了幾天，榜文出來，張謙和林實都名落孫山了。林實是對此行不抱什麼希望，自然沒什麼失意一說，不過張謙這次心態調整得也不錯，雖然有些失望，但沒有像頭一次考舉人失利那般難過自責。

「進士哪是那麼容易考的？肯定比舉人難考多了，謙哥再準備三年，肯定能金榜高中的。」冬寶笑著安慰張謙。

張謙笑著點頭，他早就不是那個沒考上舉人會對家人失聲痛哭的少年，這麼多年早成長起來了，而且他是李紅琴和張秀玉的希望和依靠，不管發生了什麼事，他都不能倒。

黃御史安慰了兩人幾句，就開始著手幫張謙物色媳婦了。

等到四月中旬，張謙的婚事也有了頭緒，他相中了一個姓胡的小姐。那位胡小姐的祖父曾任翰林院編修，父親是正五品的中侍大夫，只可惜的是，胡爺爺和胡爹爹沒得早，胡小姐十二歲準備訂親的時候胡爺爺去世，守了一年的孝，到了十三歲的時候爹爹又沒了，又守了三年的孝，等守孝完了，她也耽誤成了十六歲的大姑娘了。

有黃御史保媒，胡小姐年紀又在那裡擺著，胡夫人對這樁親事很是熱衷。本來胡小姐是不怎麼樂意的，張謙只是個舉人，更重要的是，家裡離京城太遠，小姑娘都怕遠嫁，他這個條件沒什麼吸引力。後來在胡夫人的安排下，偷偷見了張謙一面，小姑娘轉身就一副羞答答的模樣，聲稱「都由母親作主」。

胡小姐急著出嫁，張謙卻不急著娶，兩家說定之後，張謙按照安州成親的禮數，先託全子回沅水接了母親過來，接著找鋪子打了三金三銀，準備等母親來了再訂親、成親。

「這孩子是個孝順的。現在雖然只是個舉人，日後肯定有騰達的一天。」黃御史對胡家人把張謙從頭髮絲誇到了腳後跟。

李紅琴不是一個人來的，李氏也跟著過來了，說是來伺候冬寶，等孩子滿月了，她再跟著冬寶一塊兒回塔溝集。

「娘，妳來了，那爹、小旭還有小棟怎麼辦？」林實笑著問道。

「我不來能行嗎？」李氏一邊給晚晚紮辮子，一邊數落著冬寶和林實。「生孩子這麼大的事，沒個長輩在跟前看著，就你們兩個人，我哪放得下心？大實能照顧妳，那晚晚誰照顧？芳華也懷孕了，她這是頭一胎，妳娘雖然心裡記掛著妳，但不好撇下芳華過來，便只有我過來了。」

等到京郊山上的楓葉紅成一片的時候，冬寶生下了一個六斤重的兒子，一出生就頂著一頭濃密烏黑的胎髮，紅通通、皺巴巴的，哭得極為響亮。

林實給兒子取了個大名，叫林正，李氏去京郊佛寺燒香的時候，請人給小外孫算了命，說是五行缺金，於是給小外孫取了個稍顯惡俗的小名，叫金哥兒。

有了孩子之後，冬寶總覺得時間過得很快，一轉眼工夫，晚晚都九歲了，金哥兒也六歲了，小兒子敏哥兒也兩歲了，她整天看著三個孩子嘻嘻哈哈玩成一團，日子就跟流水一般地過去了。

像她這樣只有三個孩子的，算是少的，張謙雖然成親比她晚了四年，但人家都有四個孩子了，一年抱一個的節奏，就連全子也有了兩兒兩女。

她在塔溝集的家也擴建了兩次，院子裡蓋了六間廂房，後院也往後擴了，蓋了三間瓦房。

小旭已經考了舉人，還是案首，開了春之後，柳夫子就帶著他到處遊歷了。對於小旭來說，考個進士不難，難的是如何考狀元，來個三元及第。想考狀元，寫出考官們稱讚的錦繡文章，光憑死讀書是不行的，閱歷也是很重要的。

晚晚九歲那年，張謙金榜題名，考中了二甲進士，很快地就等來了他的任命書，到湖州餘縣做七品縣令。

大家都以為李紅琴要跟著兒子一家去湖州上任，然而李紅琴卻不願意去，只囑咐兒媳胡氏好好照顧張謙和孫子孫女。

「我去幹啥？到那兒我一個人都不認得，想找個人嘮嗑說話都找不來。」李紅琴說道。「還不勝就在這兒，有老姊妹們陪著，還有我閨女、女婿照看著我，多少人羨慕我這日子。」

送張謙一家從鎮上出發時，李紅琴一直是笑著的，勸兒子好好做官，莫要辜負了百姓。馬車漸漸消失在視線中後，李紅琴就開始掉眼淚了，最後抱著張秀玉和李氏，嚎啕了起來。除去張謙趕考的那幾次，兒子就沒離開過她的身邊，現在這一走，不知道何年何月才能回來。

眾人勸了半天，才把李紅琴給勸住了。湖州離安州也不算遠，坐馬車也就五、六天的路程，李紅琴實在想兒子和孫子了，去一趟也不是什麼難事。

冬寶一家人回到塔溝集時，已經是中午時分了。馬車經過村口時，林老頭突然說起老宅已經很久沒回去看過了，想進去看看。

趕車的鐵子就把馬車掉了頭，從另個方向進了村子。冬寶和林實陪著林老頭看宅院，秋霞嬸子則帶著孩子們回家做飯。

林老頭愛惜地看著院子裡的東西，笑呵呵地跟林實和冬寶講院子裡發生的故事。人一旦上了年紀，就喜歡回憶往事，變得絮絮叨叨起來，像林老頭給他們講的故事，不知道講了多少遍了，林老頭自己也忘了，一到興頭上，就拿起來說。

冬寶和林實笑著聽著，一副非常感興趣的模樣。老人麼，就那點愛好了，做小輩的包容一下也不是什麼難事。

三個人正說著話時，就聽到隔壁宋家響起一陣尖利的叫罵，打破了農家小院的寧靜——

「你個老不死的東西！東西擱你手裡就不值錢？把你連骨頭帶筋賣了都換不回來個碗……」尖利刻薄的女人聲音還在繼續罵。

冬寶聽出來了，罵人的是楊小紅。

林老頭嘆了口氣，背著手站著聽了一會兒後，搖著頭對冬寶說道：「去看看吧，妳是個好孩子。」到底是親爺奶，就這麼放著裝不知道也不合適，加上過了這麼多年了，再大的委屈仇怨也該放下了。

冬寶應了一聲，準備過去的時候，林實也要跟過去，冬寶笑著攔住了他。

「他們如今哪還有害人的膽子。」冬寶笑道。

宋家的大門沒有關著，冬寶就直接進了院子。

東屋的房頂去年夏天暴雨，塌了好大一塊，西廂房和堂屋是瓦房，多年的老房子了，也破舊得很了。

農家之間向來沒有敲門打招呼的習慣，冬寶走到堂屋門口時，楊小紅還在罵著，她沒吭聲，直接掀開了簾子。

堂屋那張斑駁破舊的木桌旁，坐著端著碗吃飯的宋柏，還有宋柏的一兒兩女，四個人都是一副心無旁騖地在吃飯的模樣，壓根兒不管旁邊的楊小紅指著宋老頭和黃氏罵得口沫橫飛、天昏地暗。

地上一隻豁了口子的粗瓷碗摔成了兩半，包穀渣子湯潑了一地。

宋老頭顫抖著手，被罵得滿臉通紅，看到冬寶後立刻低下了頭。

黃氏坐在地上嗷嗷地哭著，一個勁兒地叫道：「還不勝死了算了、還不勝死了算了！」

「這是幹啥呢？」冬寶站在門口，輕巧地笑了，看向了楊小紅，漫不經心地說道：「三嬸好大的火氣啊！」

見了舉人太太，楊小紅再潑辣也是得收斂點的，便賠著笑說道：「是冬寶啊！咋有空過來三嬸家啊？哎喲，這可真是貴人上門啊！」

「別扯那套了。」冬寶也懶得跟她多說，看著宋老頭說道：「大中午的罵成這樣，三嬸是成心想讓全村人都知道妳有多厲害嗎？也不嫌臊得慌。」

楊小紅嘿嘿地笑了笑，說道：「冬寶姪女，妳這些年不往這邊走，妳是不知道，妳爺這是叫鬼上身了，看那手抖的，連個碗都端不住。都說鬼怕人凶，我這就是嚇唬嚇唬妳爺身上的鬼，好叫妳爺早點變回正常人啊……」

冬寶看了眼宋老頭的手，頓時就明白過來了。什麼狗屁的鬼上身啊？宋老頭這是得了老年人的常見疾病——帕金森氏症。

「別給我扯那些不著調的，再讓我聽到一句妳罵兩個老人的話，我保證讓妳陪著三叔再去縣大獄裡重溫舊夢！」冬寶不耐煩地說道，說完轉身就走。

宋柏聞言哆嗦了一下，看都不敢看冬寶一眼。

這些年來，黃氏和宋老頭老得厲害。宋老頭手抖得厲害，背佝僂了，眼也花了；黃氏的頭髮全白了，身體像是縮水似的小了，以前她還到冬寶的肩膀，現在連胸前都搆不著了。老成這樣，走路都是顫巍巍的，早就失去了勞動的能力。

冬寶回到林家後，林實趕忙問她怎麼回事。

「我爺手抖，摔了個碗，楊小紅就罵起來了。」冬寶說道。「說了他們幾句，也不知道管不管用。」

林實沈默了一會兒，說道：「咱們也只能說他們幾句，再多的，管不了。」

到底不是一家人，他們姓林，管別人家的事，說不定宋老頭和黃氏還覺得他們欺負了宋柏呢！

「咱走吧。」林老頭說道。他讓冬寶過去敲打敲打宋柏夫妻，算是仁至義盡了，再說宋老頭夫妻倆真的值得同情嗎？

又過了幾天，冬寶再沒聽人說楊小紅打罵宋老頭和黃氏的事了，還以為這件事就算過去了，不料，還有更大的鬧騰在後面等著。

過了五月，就忙過了收穫和播種的季節，一年當中最苦最累的時候就算過去了。

林家正在吃中飯時，大門就被人拍響了。

楊小紅一邊拍門，一邊嚷道：「宋冬凝，妳出來！」

「這是要幹啥啊？」秋霞又驚又怒。多少年了，沒人敢在林家門口這麼放肆的。

冬寶放下了筷子。「我去看看，聽聲音像是楊小紅。」

一旁的晚晚趕緊站了起來，對冬寶說道：「娘，我陪妳一起去。」

本來冬寶是不想讓晚晚去的，然而想一想，晚晚終究要離開她和林實，早見識點醜惡的、陰暗的東西，對她的成長也有好處，便帶上了晚晚，和林實一起去了門口。

林家大門有三級臺階，朱紅的大門一開，站在前面的是林實和冬寶，身後還有一干健壯的下人，虎視眈眈地看著楊小紅。

「妳有什麼事？」林實皺著眉頭問道。

楊小紅面對這個架勢，還是有些膽怯的，往後退了一步，對冬寶笑道：「看姪女婿說的，沒事就不能來看看了？」

「沒事就算了，三嬸趕緊回去吧，我們家還要吃飯。」冬寶沈著臉說道，看了眼楊小紅身後的宋老頭和黃氏，一個悶頭蹲在地上，一個坐在林家門口的臺階上，兩個人一句話都不吭。

「有事！」楊小紅趕忙說道，又笑了起來，搓著手說道：「冬寶，妳別怪嬸子有話直說啊，我們家啥情況妳也知道，每年都要借錢、借糧才能過得下去，這眼看著妳爺奶的年紀越來越大，我們實在是……實在是……嘿嘿，沒那個能耐養活他們了。」

一旁的晚晚拉住了冬寶的手，冬寶側過頭和她對視了一眼，示意她不要開口。
「那妳想怎麼辦？」冬寶問道。
楊小紅趕忙說道：「我們不要多的，妳每個月出二兩銀子，夠老倆口吃飯就行，我們把他們伺候得妥妥貼貼的。」
冬寶身後的下人們集體抽了口涼氣，就是每個月頓頓吃肉、吃白麵饅頭，也花不了二兩銀子啊！這是來敲詐的吧？
「妳要的確實不多。」冬寶笑道。「要我出銀子也不是不可以，不過妳出面沒用，宋家還輪不到妳當家作主。要銀子可以，讓我三叔來跟我說吧。」
楊小紅嘿嘿地乾笑了兩聲。宋柏那軟蛋他哪敢來！她眼珠子一轉，頓時想了個主意。
「那也成，我這就回家喊他過來。」楊小紅說道。「妳看，老倆口還在外頭坐著，天這麼熱，先讓他們進屋坐著吧，我一會兒就過來。」
冬寶才不可能讓楊小紅走了，把宋老頭和黃氏留在這裡，真那麼幹了，楊小紅就再也不會回來了，正好把老倆口甩給她，到時她難道還能把走路都顫悠的老人給攆出去嗎？
「妳站住！」冬寶喝住了她，指了兩個健壯的僕婦說道：「妳扶著我三嬸，免得熱暈了她。妳去把村長他們叫過來，讓他們評評理，這銀子該不該給？鐵子，你去宋家喊我三叔過來。」
鐵子早長成個健壯的小夥子了，當即應了一聲，往外跑。
不一會兒，村長劉勝就帶了十來個人過來了，林家門口也圍滿了看熱鬧的人，得知了事情原委後，差點沒把楊小紅的脊梁骨給戳爛了。

桂枝聞訊而來，指著楊小紅，氣得發抖。她和大榮這些年來累死累活、忠心耿耿，做到今天的地位容易嗎？偏攤上這麼一個妹子！

楊小紅從做姑娘起就是個慓悍人物，這麼多人指著她罵，人家就當沒聽到。宋老頭和黃氏低著頭坐在那裡，雖然臉臊得慌，但也沒有吭聲。

一行人乾等了大半天，鐵子才氣喘吁吁地跑了回來。

「我三叔呢？」冬寶問道。

鐵子慚愧地搖頭道：「宋三老爺說他中暑了，起不來床。我拖著他下床，他就抱著床腿不撒手。嬸子，我實在是沒辦法，喊不來他。」

冬寶實在不知道該說什麼好了，宋柏這無賴勁啊……

「妳男人都病了，妳還賴這兒幹啥？還不趕緊帶著兩個老的回去看看！」劉勝衝楊小紅嚷了一聲。

楊小紅被桂枝和大榮架著回了家，她敢反抗，桂枝和大榮就敢抽她耳光。

黃氏和宋老頭還坐在那裡，不知道是該跟著楊小紅走，還是繼續留下來？

劉勝看了兩個老人一眼，捺著火氣，放大了聲音說道：「宋爺爺、宋奶奶，你們家兒媳婦都走了，你們也跟著回去吧！坐人家門口也不好看，是吧？」

宋老頭拉著黃氏站起身，在眾人的圍觀下，低著頭相攙著走了。

冬寶瞧著兩個老人乾瘦的身影，有點唏噓。

第一百一十八章 巧治無賴

下午的時候，冬寶讓人去鎮上買了兩斤糯軟的糕點，和林實一道，提著點心去了宋家，看望宋老頭夫妻倆。

楊小紅出面接待林實和冬寶，笑咪咪地打著招呼。「冬寶來啦？」說著，就要去接冬寶手裡的點心。

冬寶擺開手，讓楊小紅撲了個空，笑道：「我來看我爺奶的。」

楊小紅就沒那麼開心了，指了指東屋，拉長了聲音說道：「爹、娘，舉人老爺和舉人太太來看你們啦！」

宋老頭和黃氏兩個人現在住在最差的東屋，地面坑窪不平，房頂破了老大一個洞，只用麥秸堵著，屋裡的櫃子和床都是當年剩下來的，散發著一股老舊發黴的味道。

「冬寶來啦？快坐。」黃氏笑著起身，上前來拉著冬寶的手，要她坐床上。

冬寶笑了笑，她很多年沒和黃氏說過話了，怎麼都想不到有一天黃氏對她的態度會這麼熱情。要是早幾年就這樣，也不至於關係僵到這種地步。

床上鋪著一層薄薄的棉絮，冬寶伸手摸了摸，又潮又硬，還散發著一股臭烘烘的味道，薄溜溜的跟紙似的。

「當初就不該給妳三叔聘她……連口熱水都喝不上，多喝一口包穀渣子湯，就劈頭蓋臉地罵……早晚我們老倆口要死在她手裡。」黃氏拉著冬寶的手，枯瘦的手上青筋縱橫，骨頭清晰可見，一邊絮絮叨叨地罵，一邊哭。「冬寶啊，妳奶、妳爺快死了，活不下去了！」

宋老頭也跟著哭，淒慘得很。

冬寶不知道說什麼好，都到這分兒上了，兩個人還不肯說宋柏一點不好，反正他們的心頭肉是沒錯的，錯的永遠是媳婦。

「我三叔就沒點不是？」冬寶實在忍無可忍了，張口問道。

黃氏愣了下，嘆了口氣。「妳三叔也難，他一個讀書人，哪能是那潑婦的對手？」

宋老頭不吭聲，只低頭哭。

「還有妳二叔，也不是個東西！」黃氏又憤憤然了。「分家後他們就沒來看過我們……」黃氏又嗚嗚地哭了起來。「只有二毛來過一次，帶了一包紅糖，還被她給拿走了……」

林實看不下去了，遞了點心過去，隔開了冬寶和黃氏，笑道：「奶，別哭了，日子還長著呢！這點心是冬寶特意買給你們倆的，又軟又甜。」

黃氏抱著點心還在哭，一手拉著冬寶不放，哀哀切切地說道：「冬寶啊，奶和爺現在只有妳了，這麼多孫子、孫女，只有妳是真心對爺奶好啊！」

冬寶聽得頭皮發麻，慌忙掙脫了黃氏的手，笑道：「時候不早了，我跟大實該回家去了。你們倆好好保重身子，我過兩天再來看你們。」說著，她就推著大實趕緊走人。

出了宋家後，冬寶小聲說道：「我看我奶和我爺都想靠我，就是想給宋柏省幾口糧食。

我是挺厭煩他們的，都可憐到這分兒上了，還不說宋柏一句不好的。」冬寶咬牙說道。「但看他們老成那樣，想喝口熱水沒有，想吃口熱飯也沒有，路都走不動了，腦袋也糊塗了，就等著哪天餓死了、病死了……我實在是沒辦法眼睜睜地看著。」

回到家後，林實握住了冬寶的手，笑道：「別想那麼多，要是妳想養他們，我是沒什麼意見的。咱們家房子夠多，多兩個人──」

「不要！」冬寶斷然拒絕。「我是看不了他們可憐，可我也忘不了他們對我和我娘造成的傷害。有時候晚上作夢，我還會夢見她指著我和我娘的鼻子罵，什麼難聽的話都有，我只能聽著她罵，連一句話都不能說，難受憋悶得要命。」

林實把冬寶摟進了懷裡，柔聲哄著。「都過去多少年的事了，就忘了吧。現在咱們才是一家人，沒人會欺負妳，也沒人敢罵妳了。」

冬寶閉著眼睛說道：「……我是這麼想的，咱們找個地方給他們倆蓋一間房子，每個月出五百個錢，雇村裡頭的嬸子來給他們兩人做飯、洗衣裳。他們吃的米麵菜啥的，都由咱們來出，讓照顧他們的大嬸、嬸子到咱們這裡來領，吃多少領多少。」

林實當然同意，他的心肝寶貝才不是冷心冷肺的人。「好，就這麼辦！」林實笑著親了冬寶一口。

這會兒上，鐵子在門外說道：「叔、嬸子，嬸子的大姑和表哥過來了。要是嬸子不想見他們，我這就讓他們回去得了。」

這些年來，宋大姑算是在塔溝集安下家了，去年送女兒出了門子後，她和石老頭租了人家的地種，兒子柱子當貨郎，除了賣針頭線腦，還批發了豆腐去賣，總算是將將地把日子過起來了。

冬寶有點驚訝，這些年來，宋大姑一家在塔溝集的名聲還算不錯，因為一家人都老實，柱子做小買賣也實誠，但他們從來沒上門找過冬寶，只是在還富發一家子錢的時候，除了那一千個錢外，宋大姑另外還送了一雙小女孩穿的軟緞子鞋，一看就知道是給晚晚做的。

「見見吧。」冬寶說道。

宋大姑也老了不少，柱子長得又高又壯，站在宋大姑身旁，像鐵塔似的。

「大姑。」冬寶先喊了一聲，又笑著側了下身子。「進來坐吧！」

宋大姑沒想到舉人太太居然和氣地喊她大姑，愣了一下後，紅著臉，慌忙擺手。「不了、不了，我們就幾句話，說完就走，值不當進屋坐。」

「那您說。」冬寶笑道。

宋大姑低頭說道：「是這樣的，這幾天老三那邊鬧得厲害，實在難看。我跟孩子他爹商量了下，想把老倆口接去我們那裡養著。總歸是個大事，就是來跟妳說一聲。」

「喔？」冬寶驚訝得不行，沒想到宋大姑居然主動要養宋老頭和黃氏！她沈吟了一下後，問道：「你們那就兩間土坯房吧，我爺、我奶去了你們那裡，住哪兒啊？」

宋大姑笑道：「這兩年柱子攢了點錢，再蓋間土坯房就行了。我們那兒比不上老三那裡，不過現在老倆口也沒得挑了。叫妳一個孫女來養老人，太不像話了……」

「我先想想。」冬寶笑道。宋大姑他們自己日子就不好過了，柱子到現在還是個光棍，再養活宋老頭和黃氏，那日子不是過得更不好了？

宋大姑和善地笑了笑，說道：「這有啥好想的？也不是沒有閨女養爹娘的。妳要是沒啥不願意的，我這就去把他們接過來，先湊合著住幾天，過兩天再找人給他們蓋房子。」

宋老頭和黃氏有兩個兒子、三個孫子，到頭來還要一個被賣出家門的女兒來養，這世道……

「不能叫您一個人吃虧。」林實笑道。「老人在你們那裡，我和冬寶也放心。這樣吧，我們每個月給你們送兩百斤白麵，算是老人的嚼用。」

宋大姑連連擺手。「我知道舉人老爺和舉人太太都是好心人，這個真不用，兩個老人能吃多少？我們管得起的。」

說完，不等冬寶和林實開口，宋大姑就帶著兒子告辭了，說是趁天還沒黑，要把兩個老人接過來。

冬寶沒辦法，乾站著看著夕陽下兩人離去的背影，心頭無端地冒出一股火氣來，越燒越旺。

「沒道理讓那兩個無賴清閒，讓好人吃虧的！他們不是覺得自己無賴得厲害嗎？那就來比比，誰比誰更無賴！」冬寶冷哼道。

劉勝家正準備吃晚飯時，迎來了舉人老爺和舉人太太的登門，還沒等劉勝驚喜加榮幸地致歡迎詞，冬寶便揮了揮手，沈著臉說道：「煩勞劉勝哥準備一下，多帶些作坊裡的工人到宋家去，再叫上宋老二一家，這個家，重新分！之前分的不算！」

宋家值錢的只有地，宋柏分得最多，他最心虛，怕地被分走。

宋榆一家分得少，巴不得重新分，多分給他們一些。

「對，就該重新分！」宋榆臉上興奮得要命，指著宋柏說道：「他不孝順，不養活兩個老的，那地就不該多分給他。得收回來，重新分！」

「憑啥重新分家？」楊小紅心虛地大聲嚷嚷，一屁股坐在地上，準備撒潑賣唱。

「不憑啥，我說重新分就重新分。」冬寶冷笑，指著身後二十幾個壯漢，說道：「你們要是不願意分，也行，等一下我就叫他們去地裡把你們新種上的莊稼給拔了。以後你們種上我們就拔，等著喝西北風去吧！」

玩無賴是吧？誰怕誰啊！以前是給你們面子，現在誰讓你們給臉不要臉啊！

楊小紅被嚇到了，糧食是莊稼人的命根子，要是被人拔了，補種都來不及，更何況人家已經凶悍地宣佈只要他們種一次就拔一次，這等於是要徹底絕了他們的活路啊！

「你們仗勢欺人啊！你們不得好死啊！」楊小紅坐在地上，捶地嚎啕大哭。「大家都來看看啊，舉人太太要逼死我們一家了啊！」

宋柏早就在冬寶領人進來的一剎那就嚇慫了，還以為冬寶又帶人來揍他了，不過他情願冬寶揍他一頓，也好過把他地裡剛露頭的莊稼苗全拔了，那他就等著帶一家老小要飯吧！

「好，重新分……」宋柏顫抖著說道。

楊小紅哭得更撕心裂肺了，好似有人拿刀割她的肉。

一旁站著當背景的劉勝立刻躥了出來，清了清嗓子，說道：「宋老三，你家現在一共有八畝地，是當初你保證養兩個老的，才分給你這麼多的，既然你現在不養了，那這八畝地一分兩半，你留下四畝，剩下四畝歸宋爺爺和宋奶奶養老用。」

「這不行！」宋柏急了。「兩個老頭子、老太婆的，能吃多少？哪用得了四畝地？」

冬寶指著宋柏說道：「不願意是不是？」又回頭問身後的壯漢們。「你們可認得宋柏的地在哪裡？現在就去把莊稼拔了，我給你們發三倍工錢。」

壯漢們樂得不行，當即就齊刷刷地應了一聲，轉身就往外走。

宋柏嚇得鼻涕、眼淚都出來了，跪下來求冬寶。「舉人太太，我願意、我願意！可千萬別叫人拔我家的莊稼苗啊，我仨孩子還小啊！」

「那好，你同意了就行。」劉勝笑道。「這個家是我看著分的，不關人家舉人太太的事。」

宋榆和宋二嬸在一旁有些惴惴不安了，他們還以為宋柏的地少了，他們就能多得一些，不過看這情形明顯不對啊！正當兩個人準備趁人不注意偷偷開溜的時候，劉勝喊住了宋榆。

「宋老二！別忙著走，你也有份。」劉勝笑道。「你弟出了地，你家人口多，我就不叫你出地了，但錢總得多少表示一些吧？」

「我們沒錢啊！」宋榆欲哭無淚。「我們家人多，地裡的糧食都不夠吃的，見天地恨不得野地裡刨食了……」

劉勝不緊不慢地說道：「別急，沒讓你們出多，就出二兩銀子，算是宋爺爺和宋奶奶以後這些年的衣裳錢和看病的錢，這行不？」

宋榆不吭聲，即便是二兩銀子，他也心疼得要命，那是動了血本的啊！

「你家地裡的包穀苗，長得結實嗎？」一個壯漢開玩笑似地問了一句。

宋榆家的人口比宋柏家的多，更承擔不起莊稼的損失，當即就顫抖著嘴唇答應了，說是緩兩天就把錢送過來給宋老頭和黃氏。

「別緩兩天了，我看就今天吧！」劉勝說道。誰不知道宋榆是個無賴，明日復明日，明日何其多啊！

等事情辦妥後，冬寶託人把四畝地的地契和二兩銀子捎給了宋大姑。

宋老頭和黃氏從宋柏那裡挪出去後不到一個月的工夫，原先走路都困難的兩個老人，現在吃胖了，不靠枴杖都能沿著村子轉悠一圈，和一個月前那一腳踏進棺材板的模樣有了天壤之別。

其實宋大姑家也沒什麼好東西給老人補身子，家常的粗茶淡飯而已，不過是飯端到面前管飽，晚上睡得好。宋老頭和黃氏的身體本來就不差，養了一個月就強壯了不少。

儘管宋大姑不肯收東西，冬寶還是讓鐵子每個月送過去了一百斤白麵。

這年的冬天格外的寒冷漫長，沒等到過年，村裡就已經辦了好幾場白事了，都是年歲大、熬不過冬天的老人，而宋老頭和黃氏依舊活得好好的，穿著新棉襖、新棉褲過了年。

開春的時候，春雷媳婦到冬寶家嘮嗑，跟冬寶說了一件讓人啼笑皆非的事。

「宋老三這下子可算是遭報應了！」春雷媳婦原原本本地跟冬寶他們講了事情經過。

原來兩天前，宋柏跟著楊小紅去集市上買年貨，碰到了一個道士，說宋柏原本是有大氣運、大本事的，就是被什麼東西擋住了運道，只要幫宋柏改改風水，宋柏就能發達。

因為不肯贍養老人，宋柏家一下子失去了一半的土地，相當於是元氣大傷，他本人又啥也不願意幹，日子便越過越潦倒。

失意的宋柏一下子就信了那道士的話，恭敬地請了那個道士來家裡改風水。

道士去了宋柏家後，說了一通雲裡霧裡的話，大意就是只要他在屋裡埋了符，這風水就可以改。他改風水的時候，宋柏和一家老小要沿著院牆走上一圈，每走一步，要跪下來朝東邊磕三個頭。

期盼著轉運發達都要瘋了的宋柏和楊小紅對道士的話深信不疑，帶著孩子完成了一圈「轉運儀式」後，進去一看，屋裡的東西被翻得亂七八糟，道士沒了蹤影，他藏在櫃子裡的幾樣值錢首飾也不見了！那還是巧仙留下來的，是宋柏最後的一點財產了，就這麼被人偷走了。

「什麼玩意兒啊！」林福說道。「不是見天地說自己是讀書人嗎？讀書人咋還叫個假道士給騙了！」

冬寶笑著勸道：「爹消消火，這錢財啊，該是他的別人拿不走，不該是他的他也留不住。咱們就裝作不知道，反正不關咱們的事。」

春去秋來，塔溝集的作坊已經建立了十四年了，離當初冬寶和員工們簽訂的十年契約早過去了，但卻沒有一個人提出要離開作坊。

既然員工們忠心，冬寶自然歡迎他們留下來。

小旭在前年的時候由林實領著進京趕考，居然考中了狀元，讓一大家子歡喜壞了。

李氏又是哭、又是笑地說她有個狀元兒子了！

不管是小旭那邊還是冬寶這邊，日子都過得還算順風順水，而張謙那邊卻出了問題。

晚晚十五歲待嫁這年，張謙出任建州知府，開春起，建州就沒有下過一滴雨，張謙日夜憂心，想盡了各種辦法澆地保墒，然而杯水車薪，無濟於事。夏天時，建州迎來了歷史上前所未有的蝗災。

張謙的奏摺遞上去後就再沒了消息，賦稅還是要照常收。

蝗蟲過境，就連莊稼稈和野草都被吃得乾乾淨淨，徹底絕了人的活路，加上賦稅不減，一個處理不好，就會釀成民變，張謙這個官，恐怕也做到頭了。

張謙的大兒子張谷帶著家裡的四個弟弟妹妹，趕著馬車走了十幾天的路才走到塔溝集，給林實帶來了一封信。

林實讀了信給家裡人聽，信中張謙請林實幫忙照看五個孩子，他想讓胡氏帶孩子回來，胡氏卻不願意走，只讓孩子們回了塔溝集，她和張謙一道留在了建州。人人都聽出了張謙信中的悲涼和絕望，若是等到夏收的時候再沒有賑災的消息，他就要冒死開建州的官倉，放糧賑災了。

沒有皇上的朱批御印，地方官私自開官倉，按罪當誅。

眾人沈默了半晌。

張謙最小的兩個孩子一個女兒三歲，一個小兒才剛剛斷奶，連路都走不利索，也難為張谷一個十一歲的孩子，帶著四個弟妹跑這麼遠來投奔親人。

張秀玉及李紅琴和孩子們抱在一起哭成了一團。

冬寶最先開口了。「不是什麼大事，咱們都想想辦法，總不至於就在這裡絆倒了。」

「我看也是。」林實笑著安慰李紅琴。「大姨，先別哭了，免得嚇到了孩子。事情還沒到那地步，咱們幾家都想想辦法，不管如何，就是傾家蕩產，也要保住了謙哥！」

第一百一十九章 同心協力

張謙在建州焦急不安地等著京城的消息，建州的情況已經岌岌可危了，雖然他強迫命令了城裡的富戶商家捐米施粥，但隨著流民越來越多，真的是到了千鈞一髮的地步。

這個時候，張謙接到了林實的來信，林實在信中詳細地介紹了他們所能想出來的滅蝗的方法，就是利用蟲子的趨光性，在田間點了火，挖了大坑，邊撲殺邊燒。

信到後三天，建州迎來了一眼看不到頭的運糧食的隊伍，每輛車上都插著寶記的旗號，車裡一半裝的是糧食，一半是大豆。

領隊的是林實、梁子和大榮。

冬寶他們接到信後，從安州、青州等地到處買糧食，車隊日夜兼程，趕到了建州，到了之後，林實就領著人在城門口就地砌灶，熬雜糧粥和豆漿，不保證流民能吃飽，只能保證餓不死人。但只要人人都有一碗熱騰騰的粥和豆漿，就沒有人願意冒著掉腦袋的風險造反。

京城裡的全子和小旭，還有張謙昔日的同科好友也四處託人找關係，終於，在一個月後，京裡來了欽差，不但帶來了開倉放糧的旨意，還帶來了二十萬石糧食，以及對寶記的嘉獎。

胡氏來接孩子們回家，拉著五個孩子就給冬寶一家老小磕了三個頭。

「磕，你們都得磕！」胡氏抹著眼淚說道。「要不是你們表姑和表姑父，咱一家早就家破人亡了！」

冬寶連忙扶起了胡氏和孩子們，請他們進了屋。「嫂子這是幹什麼？咱們都是一家人，做這個就見外了。」這些年來，張謙也幫持了他們不少，只要是他和他朋友轄地裡的寶記商鋪，做什麼都是一路綠燈。

有張謙和小旭他們在朝中做官，全子的商隊也比以前順利多了，甚至於豆腐坊，依舊每個月會送幾百兩銀子的紅利過來。如果冬寶家沒有一個人做官，都這麼多年過去了，冬寶覺得王聰肯定不會這麼實誠地送她銀子，甚至還巴巴地帶了嫡長子過來給晚晚相看。

乍聽說有皇上的嘉獎後，冬寶頗為驚喜，以為自己這段時間的大出血終於有補償了，哪知皇上比葛朗台（注）都吝嗇，除了賞賜了宮裡的錦緞布疋和一些印有福祿壽喜的金銀錠子外，只給賜了「義商」兩個字。

秋霞嬸子私下裡跟冬寶抱怨。「咱為了救那一州府的百姓，把咱家這些年攢的老本都搭進去了，到頭來只拿了皇上兩個字兒！」

林實忍不住笑道：「娘，有皇上題的這兩個字，咱們還愁以前的老本回不來嗎？」之前他們在各地開鋪子，人生地不熟的，生意一火就遭人眼紅，不但要應付來勒索敲詐的地痞流氓，還要打點各處官員，如今每家店門口的匾額上都掛著皇帝給題的「義商」，還有誰敢不長眼？

說是這樣說，但晚上睡覺的時候，林實摟著冬寶，很是憂慮。「國庫沒錢，要不然也不會等到現在才給建州賑災。前些日子小旭來信，說京裡頭形勢動盪得很，皇帝老了，西北又不安生，他想外放做官，躲開新帝即位前的是是非非。」

「他要是不想做官，回家幫咱們磨豆腐也行。」冬寶閉著眼睛笑道。「有狀元郎給咱們磨豆腐，那豆腐一定不一般。」

「他說是那麼說，真讓他辭官，他肯定不幹！」林實笑道。「那小子比張謙精明得多，比張謙晚那麼幾年當官，現在官卻做得比張謙還高。人家當慣了官老爺，才不來給妳磨豆腐呢！」林實和冬寶都看得明白，小旭雖然長大了、穩重了，連媳婦都娶了，但他面對冬寶和林實時，依然是那個愛撒嬌的小弟弟，一封信囉哩叭嗦地說這麼多，抱怨完這接著抱怨那，其實就是跟姊姊、姊夫撒嬌而已。

笑過之後，林實問道：「妳還記得單良嗎？」

冬寶點點頭，單強前些年中風去世了，單家的下人來林家報喪，冬寶回了一包香燭紙錢和一兩銀子的禮錢，並沒有過去弔唁。

香燭紙錢是回敬單強當年送給宋秀才的，銀子是冬寶出於禮節送的。不管單強做過什麼對不起他們的事，人已經故去了，死者為大。

「他怎麼了？」冬寶問道。

林實嘆了口氣。「前些天聽人說，他賭博輸光了家業，做了乞丐。」

注：葛朗台，巴爾扎克小說《歐也妮．葛朗台》中的重要人物，是歐也妮．葛朗台的父親。他是法國索漠城一個最有錢、最有威望的商人，但他為人卻極其吝嗇。是守財奴的代表。

冬寶驚訝地張大了嘴巴。單良是單強的獨苗，被單強寵成了一個紈袴富二代，標準的會花錢不會賺錢。單強死後，沒人能管他了，他嫌沅水鎮是鄉下地方，就搬去安州了，沒想到才幾年工夫就敗光了家產。

「別跟娘說，我們就當不知道吧。」冬寶說道。畢竟單良是李氏奶大的，落到這地步，李氏心裡肯定不好受。

林實笑著摟緊了冬寶。「我知道。」

晚晚的丈夫是王聰的嫡長子王映，長得濃眉大眼，很是精神，才十七歲，已經是個舉人了。兩人小時候見過幾次面，長大後再見，就對上眼了。

其實冬寶不大樂意把寶貝女兒嫁到王家去，王家雄踞安州好幾代了，家族龐大，盤根錯節，這樣的家族好處是顯而易見的，人多勢眾，不過嫁到這樣的世家大族做媳婦卻不是那麼輕鬆的事。

但晚晚看中了王映，羞答答地說王映哥哥人不錯的，小時候在一起玩就常照顧她。冬寶這個當娘的又急又氣，卻沒辦法。

最後林實出面答應了王家的求親，勸冬寶莫要著急了，兒孫自有兒孫福，晚晚雖然不夠精明，卻也不是好糊弄的傻大姊，嫁到王聰這一支就是他們的嫡長媳婦，有王聰夫妻倆看著，不會叫她吃虧。

再說，晚晚有當舉人的爹、有把生意做到全國的叔叔、有兩個做官的舅舅，王家把晚晚供起來還來不及，除非是集體腦袋進水了，才會欺負晚晚。

晚晚的婆婆冬寶小時候就見過，就是當初那個月姑娘，這些年打交道下來，她給冬寶的印象就是一個標準的大家貴婦，人談不上多好，但也算不上壞，屬於人敬我一尺，我敬人一丈的類型，只要按照規矩來辦事，她就不會和你過不去。

王太太早在訂親的時候就發了話，等王映考了進士，不管是外放還是留京，她都不會把晚晚留在家裡伺候公婆，到時候晚晚隨著丈夫一起赴任，小倆口過逍遙日子去。

冬寶只給王家提了一點要求——她不管將來王家是否興旺發達，晚晚是否能過上官太太的好日子，她只要求在晚晚四十歲之前若是無子，王映方可納妾。

這點王家滿口答應了。便是王聰有錢成那樣，他也只是在成親前有過兩個通房丫頭，成親後就被打發嫁人了，到現在也沒有納過妾，二子一女都是王太太所出。至於他為什麼不納妾，冬寶私下認為，以賺錢為天性的王聰應該是嫌多養幾個女人太花錢了。

至於王聰的兩個兒子，王聰和夫人整日督促他們用功讀書，生怕耽誤兒子們的功課，連通房丫頭都省了。

林實雖然早歇了考進士做官的心思，但也從來沒動過納妾的想法，從成親到現在連個緋聞都沒有，家裡伺候的下人除了年輕小子，就是上了年紀的婦人。

村裡的男人因此分成了兩個派別，一類是以宋柏和宋榆為代表的男人，這兩兄弟雖然平常見了面連話都不說，恨不得橫眉冷對的，但在這件事上是保持了高度的統一態度，那就是——林實丟了廣大男人的臉面！他們要是舉人老爺，那肯定得納十個、八個年輕貌美的小妾，否則就不好意思出門！什麼？舉人太太不同意？啊呸，要是舉人老爺能當得起家來，至於讓舉人太太管成這樣嗎？丟人，太丟人了！

另一派則是以春雷等人為代表，在家做飯、洗衣裳，出門幹活掙錢，堅決執行「凡是老婆說的都是對的」的男人。林舉人是他們的範兒，要向林舉人學習，沒有最好，只有更好。

兩派人在老成雜貨鋪門口閒嘮嗑時，常常會吵得差點要動手。

村裡的婦人們九成以上都是林實的擁護者，只要家裡丈夫做得不對的，她們就會指著林家大宅的方向，說：人家林舉人如何如何……你再厲害，你能厲害得過人家林舉人嗎？還不快點該幹啥就給老娘幹啥去！

至於冬寶，和林實十幾年夫妻下來，早習慣了林實的方方面面，大概這個世界上，最瞭解林實的人就是她了。

每當別人跟她誇林實這也好、那也好時，她面上帶著笑，心裡卻是在吐槽。外人只看到林實最美好的一面，卻看不到林實的缺點。

林實不是活在傳說中的聖人，不管他在鄉親們眼中多完美，在冬寶眼裡，他就是個普通人，他當然也有毛病，而且毛病還不小。

比如，冬寶是在成親兩年後才發現林實不愛刷牙的，要是她不說，外人肯定不信這麼俊秀乾淨的好男人，居然討厭刷牙！

林實總是先讓冬寶洗漱，等冬寶上床後他才去屏風那邊的盥洗室裡洗漱。後來有一次冬寶在床上沒事，就聽起屏風那邊的動靜，怎知聽到了洗臉、洗腳的聲音後，就看到林實穿著裡衣，轉了出來，掀開了被子就要躺床上抱老婆。

「等等！」冬寶覺得不對勁，擋住了林實。「你忘了刷牙了吧？」

「……刷過了。」林實含糊地說了一聲，伸出胳膊把溫香軟玉的媳婦摟進了懷裡，心滿意足地這兒親親、那兒摸摸。

要不是心虛，那一聲「刷過了」肯定是斬釘截鐵的。

冬寶推開他，強忍著笑，面容嚴肅地問道：「到底刷了沒有？」

「刷了、刷了！趕緊睡覺吧！」林實催促道。

冬寶懶得跟他打嘴皮官司，直接披衣下了床，到屏風後面拿著林實的牙刷，對著燭光看了一眼，豬鬃毛做出來的牙刷還是乾的。

這個大懶蟲！

冬寶走到了床邊，揪起裝睡的林實，說道：「趕緊刷牙去！」這個時候可沒有瓷牙給他換，再不好好保護牙齒，等著年紀輕輕就掉光一嘴的牙，成了禿嘴老頭吧！到時候她第一個嫌棄他！

「我刷過了。」林實很委屈，死活賴在床上不下來。

冬寶恨恨地扯著被子，指著林實說道：「敢不敢發誓，今兒晚上我們倆誰沒刷牙，誰就是小狗？」

林實鬱悶地看了老婆一眼，只得悻悻地起身去刷牙了。

此後，監督林實刷牙就成了夫妻間的情趣之一。剛開始的時候，冬寶是通過檢查林實的牙刷來判斷林實是否有刷牙，到後來林實摸到門道，學聰明了，想偷懶不刷牙的時候就把牙刷沾沾水，再放回原位。

冬寶明明沒聽到刷牙的聲音，去檢查牙刷時發現牙刷卻是濕的。

好吧，你玩狠的……冬寶嚥下一口老血。那我就玩更狠的！每次林實都必須在她的見證下刷牙，否則不管刷沒刷過都不算，得再在她的眼皮子底下刷一遍。哎，她管兒子都沒管老公費勁啊！

林婉出嫁後，家裡猛然少了個人，冬寶沒了貼心小棉襖陪伴著，幾天都是悶悶不樂的。她覺得她老了，儘管她才剛三十一歲。

晚上，林實從背後抱住了冬寶，笑道：「別不高興了，咱們還有金哥兒和敏哥兒啊！要不，咱們再生一個？」

「不想生了！」冬寶悶悶不樂地說道。「三個孩子就夠了，要那麼多幹啥？生怕將來爭家產不夠熱鬧啊？」

得，林實無語了。自從女兒嫁人後，媳婦的脾氣就像是六月的天、孩兒的臉，說變就變。

「好、好，不生了。」林實笑著哄道。「那咱睡覺吧？過兩天咱們去安州看看晚晚？」

冬寶翻過身摟著林實嗯了一聲，剛閉上眼睛，突然就直起了身子，看著一臉無辜的林實，說道：「差點忘了，你還沒刷牙呢！」

「我刷過了！」林實舉雙手發誓。他比竇娥還冤，都十幾年了，媳婦還揪著刷牙這點雞毛蒜皮的事不放，實在太過分了！

冬寶不屑地擺手。「少來這套，我才不信！趕緊起來！」

大冷天的，林實被迫離開溫暖的被窩去刷牙，冬寶則是懶得下床，打著哈欠坐在床上，讓林實搬開屏風，她要盯著。

林實刷牙的時候偷偷地打量著冬寶，心中甜蜜而歡喜。媳婦到現在還沒覺察，她這個月的小日子已經推遲五、六天了，而且最近不但嗜睡，還喜歡吃醃的青杏，酸溜溜的青杏她一會兒就能吃上好幾個。

成親前，冬寶是少年林實的心肝寶貝，現在做了十幾年的夫妻後，冬寶已是他生命中無法缺少的一部分。

他曾經作過一個夢，夢見當年十歲的冬寶從安州被攆回家時就病死了，他後來慢慢地長大，漸漸忘掉了鄰居家有個早夭的漂亮妹妹，娶了個會持家的鄉下姑娘，生了幾個孩子，像他父親一樣做個農民，日出而作，日落而息，日復一日。等全子也娶親了，就分了家，他是長子，供養父母，直到孩子們都大了，父母故去了，他也老了，塔溝集還是那個樣子。

醒來後，林實出了一身的冷汗，去換過衣服後，把熟睡中的冬寶抱在懷裡，一直到天明。

他懼怕著夢裡發生的事，他可以沒有功名、沒有錢，卻不能沒有冬寶。任何一個女子，都不能取代冬寶的位置。

——全書完

番外　養兒方知父母恩

冬寶生晚晚、金哥兒還有敏哥兒的時候都很順利，但生小女兒啾啾的時候，原本應該更順利的她，卻在孩子出來後昏迷過去了一會兒。

她也不想昏迷的，只不過肚子疼得厲害，神志不受她的控制一般，整個魂魄似是脫離了軀體，飄浮在床的上方看著一屋子的產婆和長輩嚇得大呼小叫。她急得不行，拚命地想趴到自己的身體上，卻一點用都沒有。

在一陣天旋地轉後，她彷彿被拉進了黑洞一樣，等她再睜開眼，她已經置身於一間寬敞明亮的房間裡了。

清新果綠色的窗簾在微風的吹拂下晃動著，窗戶和家具都刷了柔和耐看的白漆，窗外的天空有點陰沈，像是快要下雨的樣子。

冬寶花了點工夫才想起來，這個現代簡約風格的房間，是她前世在家裡的房間。後來弟弟結婚前，弟媳婦就搬進了他們家，看中了這間房，說這間房的朝向好。那時候冬寶已經到別的城市工作了，她媽媽連知會她一聲都沒有，就把這間房收拾了下，讓給了準兒媳婦住。

等冬寶回來的時候，這間房已經不是她的了，她只能住在一樓朝北的客房裡頭，連二樓也不能上去了，因為爸媽不想讓弟弟、弟媳婦的二人世界被打擾。

那次過年回家，冬寶沒有任何的不滿和埋怨，只是上班後就再沒回過家了，在外面打拚的日子再苦再累，她也都沒有跟家裡吭過一聲。

她沒想到還能再回到這個她住過一段日子的地方，看來顯然是作夢呢，竟夢到了她以前的房間。

正當她焦急著怎麼回去的時候，房間的門被人推開了。

兩個已經滿頭白髮的老人走了進來，把窗戶給關上了，還拉上了窗簾，房間的光線一下子陰暗了起來，老頭子便打開了燈。

藉著明亮的燈光，冬寶才認出來，這兩個老人是她前世的父母，只是沒想到已經老成了這樣，和她記憶中健壯硬朗的父母有著天壤之別。

「哎，二十多年了！」母親坐到了床上，重重地嘆了口氣。「要是還活著，女兒的孩子肯定都該結婚了……」

父親從褲子的口袋裡掏出了一條手帕，擦了把眼角和鼻子後，扶著母親站了起來，說道：「走吧，再想也回不來了。」

母親突然掙脫了父親的手，坐回到了床上，捶著自己的胸口哭道：「我後悔啊，我這心裡疼得厲害啊……她是我身上掉下來的肉，她……我能不疼自己的女兒嗎？那時候，那時候我咋就跟中了魔一樣，盡幹些讓她心涼的事啊？女兒沒了，她走的時候心裡肯定還怨著我……」

「別說了……是我的錯……」父親也坐在椅子上哭了起來。

「我那時總想著她成績好，是大學生，聰明又能幹，將來的前途是不愁的，不用咱們操心。老二腦袋瓜不行，高中都讀不下來，要是不把家業留給他，以後他可咋辦？他大手大腳慣了，沒這份家業，他靠什麼活？女兒心眼多，又精明，公司的事她都參與過，要是不把她這份念想給折斷了，老二那個傻呵呵的勁兒，哪爭得過她啊！」母親哭著說。

冬寶浮在半空中，默默地看著前世的父母抱頭痛哭，心裡也是難受。她想摟著他們好好地勸一勸，她如今真的一點都不怨恨他們了。

她自己也生了四個孩子，每個孩子都是她的心肝寶貝，手心手背都是肉，可五根手指還各有長短，四個孩子在她心中的分量自然也不會是一樣的。

金哥兒很聰明，林實教他的功課幾乎不用複述第二遍他就能記得很牢固，可敏哥兒就比不上金哥兒了，一本《三字經》背了半年都還背不會，不是他不努力，是他天分如此。冬寶就私底下和林實商量過，金哥兒將來要是能考上舉人、進士，而敏哥兒在讀書上毫無建樹的話，就把大半的家產都留給敏哥兒，否則她和林實放心不下。

如今，養兒方知父母恩。

儘管前世的父母疼愛弟弟多過疼愛她，可對她也是疼過愛過的，小的時候父親也曾讓她坐到肩膀上，帶她去看過燈會。

如今長大了、成熟了，她只會感恩那些對她好的，忘掉那些對她不好的。她只希望父母能夠快樂地活下去，而不是活在對她的愧疚之中。

然而，冬寶卻觸摸不到任何人，就在她費力伸手的時候，那種天旋地轉的感覺又來了，等她頭腦昏沈地再睜開眼時，已經在家裡的產房當中了。林實握著她的手喜極而泣，旁邊站著流淚的金哥兒、哇哇大哭的敏哥兒，還有裹在襁褓裡，睡在她旁邊的小閨女。

哄走了擔心冬寶的孩子們，送走了大夫後，林實用熱巾給冬寶擦了臉，柔聲問道：「妳怎麼樣？頭還疼嗎？」

「別擔心，」冬寶嫣然一笑，握住了林實的手。「有你和孩子在，我哪捨得出什麼事！」

她有體貼溫柔的丈夫，有懂事可愛的孩子，前世的種種對她來說已經成了幾乎要遺忘掉的過去，現在的生活才是她捨棄不了的。

她不會像前世的父母那樣對子女偏心，她和林實會盡最大的努力，讓每一個孩子活得滿足快樂。她還要和林實幸福地白頭到老，不求大富大貴，只願夫妻恩愛，日子順心。

有林實陪著她，塔溝集的田園美景，她一輩子都看不夠。

等她和林實成了白髮蒼蒼的老人後，兩人還要一起手牽著手，去塔溝集的山上迎接朝陽……

——本篇完

文創風 199-202

年華似錦

全套四冊

細膩言情小說名家／天然宅

裝傻裝笨只是種保護色，
扮豬吃老虎才是高手！

死了一次差點再來一次，有沒有這麼倒楣啊？!
管他穿越重生還是重新投胎，
這一回，她要緊緊握住幸福……

常看到靈魂穿越時空成為古人的案例，怎麼到了自己身上，
事情就變得這麼詭異？！她可是硬生生被人從肚子裡擠出來啊，
得從小娃娃開始再活一回不說，還帶著原本的意識……
原以為這樣就夠驚悚了，誰知那剛回家的親爹看到她不是笑，
而是哭著要親娘把她交出去，代替當朝太子遺孤去死！
就在她以為自己這次肯定逃不過時，一雙溫暖的手護住她，
將她帶離京城，回到偏遠的鄉下落地生根，安穩度日。
只可惜，多年後的一道聖旨，將她引入風雲詭譎的情勢中——
全家人分隔兩地，大伯一家不懷好意，各家公子暗地覬覦，
這其中，還包括那個出生時就跟她成為死對頭的人……

招財進寶 4 完

國家圖書館出版品預行編目資料

招財進寶 / 天然宅著. --
初版. -- 臺北市 : 狗屋, 2015.01
冊 ; 公分. --（文創風）
ISBN 978-986-328-404-8（第4冊：平裝）. --

857.7　　103025061

著作者	天然宅
編輯	黃淑珍
校對	黃薇霓　馮佳美
發行所	狗屋出版社有限公司
地址	台北市104中山區龍江路71巷15號1樓
電話	02-2776-5889～0
發行字號	局版台業字845號
法律顧問	蕭雄淋律師
總經銷	知遠文化事業有限公司
電話	02-2664-8800
初版	2015 年1月
國際書碼	ISBN-13　978-986-328-404-8
原著書名	《良田美井》，由創世中文網（http://chuangshi.qq.com）授權出版

定價250元
狗屋劃撥帳號：19001626
網址：love.doghouse.com.tw　E-mail：love@doghouse.com.tw